THE TRAITOR

叛國者

李志德

推薦序

「現實的思索，與小說的必要」

臥斧・作家

這些人在夜半的祕密時分找到新的信條，獨自受到內心信念的驅動，出賣了個人天職、自己的家庭和國家。即使這些人內心充滿新的狂熱、新的希望，還是不得不跟當叛徒的恥辱掙扎；就連他們也會與幾乎宛如實體的椎心痛苦拉鋸，因為他們曾被訓練永遠、永遠不得洩密。

——《冷戰諜魂》

二十世紀的最後二十年左右，臺海兩岸的政治局勢出現明顯變化。

一九七八年，時任中共領導人的鄧小平宣布「對內改革，對外開放」，主因在於中國歷經三十年的封閉狀態，經濟蕭條，人民普遍生活困頓。改革初期中共內部派系相互鬥爭，開放步調遲緩，一九八九年發生的「六四天安門事件」更重挫改革進程，直到一九九二年才相對穩定。一九八七年，時任中華民國總統的蔣經國宣布解嚴，臺灣結束超過三十八年的「戒嚴時期」，四個多月後，開放兩岸探親。一九九四年，《中華民國憲法》增修條文通過，明定總統、副總統改由人民直選，任期由六年縮短為四年，僅得連任一次；增修條文通過的幾天之後，一本名為《一九九五閏八月》的書籍在臺灣出版，預言中共即將武力犯臺。武力犯臺並未成真，但中共的確發動升高緊張情勢的軍事演習，直至一九九六年，臺灣，亦即增修條文當中的「中華民國自由地區」，人民迎來第一次直接投票選擇領導人的總統大選。

《叛國者》的故事情節，發生在這樣的時空背景當中。

既是「叛國」，就得看是「叛」哪個「國」——以此視之，《叛國者》的書名相當微妙。二十世紀的八〇年代，「反攻大陸」之類口號在臺灣仍時有所聞，對兩岸的許多人而言，「海峽對面那個地方」仍然是「我們的」，因此「叛國」並不是叛「國」，而是反叛某個政權。「政府」、「國家」與「社會」其實是三個不同的概念，但時常被混用、甚至誤解，認為「政府」即是「國家」。「叛國者」三個字，幽微而明顯地點出箇中荒謬。

《叛國者》當中的「叛國」行為，主要是「玄武專案」。

「玄武專案」由臺灣情報單位主導，前後吸收了兩名中國解放軍高級將領，經此途徑獲知重要情資，包括中共當局對臺灣政治情勢變化的看法、反應，以及軍事設備與武力布署。「玄武專案」源於九〇年代真實存在的「少康專案」，運作期間將近十年，首先吸收解放軍大校邵正宗為「少康一號」，邵正宗退役時策反自己從前的上級少將劉連昆，接替成為「少康二號」。兩人在一九九九年先後被捕，因間諜罪被判死刑，同年執刑；臺灣派到中國的相關人員也因而在中國入獄，最後一名在二〇一九年年初才獲釋返臺。

已然官拜將校，為何仍背叛自身所屬政權？

間諜小說泰斗、已故英國小說家勒卡雷曾在作品當中多次詳細描寫，一個人選擇成為間諜，不見得是認同某個政權、對另一個政權抱有敵意這麼單純。對原來就從事情報工作的人而言，這可能就是一份工作，關乎薪資、職銜之類與尋常企業員工相差不多的考量；而對原來不做這類工作但被吸納成為諜報任務一分子的其他人而言，決定入夥的原因可能更多。他們或許不完全認同「另一邊」的主政者，但對彼方的政治制度發展較樂觀、對己方的有疑慮；他們或許想透過這種手段，確保自己或家人未來能在其他國家安全穩妥地生活；他們或許得靠這個方式，擺脫掉自己原有的麻煩；或許，他們的理由更私己，例如情感糾葛、例如金錢欲望。

因此，他們「叛國」，或協助他者「叛國」。

是故，一個人「叛國」與否，從來就無法簡化為這人是否「愛國」——《叛國者》精準描繪圍繞「玄武專案」的角色群像，每個角色都有自己的考量和算計，因為自身處境、因為眼下利益、因為未來計畫，也因為所屬單位；反過來說，政治局勢牽動經濟市場，也會直接或間接地影響個人生活及人際關係，自然也就左右了角色的決定。

勒卡雷的小說《冷戰諜魂》裡，出現過這段文字。

「他們會知道這是一場賭局。他們會知道即使是計畫最周詳的諜報行動路線，也會因為人為決定的前後不一致，結果變得毫無意義；叛徒、騙子以及罪犯有可能會抗拒所有甜言蜜語，而受人尊重的紳士也有可能只因在公家餐廳吃到濕軟的甘藍菜，就決定犯下駭人聽聞的叛國罪。」這段文字不僅指出諜報任務的成敗有極大比例取決於參與任務的個人，也指出驅策個人行動的因素可能難以預料。以結果視之，不難指出某人在某時某地做出的決定因何緣故、是對是錯，但對那個人來說，身處某個抉擇片刻，決定的剎那可能是不加思索的倉促，或者包含更為複雜的評估。

這樣的故事，適合以小說形式敘述。

《叛國者》作者李志德長年從事記者工作，擅長的是紀實報導，但《叛國者》以小說形式呈現，相信有部分原因在於李志德決定不以「事件」為主，而是將視角拉到「個人」，替主要角色設定了不同個性、加入「玄武專案」的不同因由與思考脈絡，具體呈現角色之間如何互信與猜忌、謀利與排擠，時局的變化推拉了角色的行動方向，而角色的作為——無論緣於試圖替自己謀得權位、展露實力，或是對掌權當局的做法存有異議——也成為時局推進當中，或大或小的變因。

以「小說」角度審度，《叛國者》表現亮眼，不過，這故事也適合從另一個角度思索。

除了部分人名變造之外，做為一本「小說」，《叛國者》當中必然存在其他虛構，倘若想要了解實際的「少康專案」始末，必須查閱相關報導；不過《叛國者》仍詳實地重現了當年同處轉變時期的兩岸政局，如何影響對方以及影響個人。「保密防諜」口號喊得震天價響的年代已經過去，但兩岸仍有間諜活動，加上科技輔助，情資竊取與傳遞的形式更加多元。中國的改革開放在新世紀已轉為保守，共產黨政權對內的管控日益嚴苛，對臺則從未放棄吞併意圖，《紅色賭盤》、《紅色滲透》等書都能讀到中共當局如何迫使企業及個人為黨服務，以及對外用各種方式宣傳滲透，尤其是透過網路等媒介進行的認知作戰（其實，當年的《一九九五閏八月》一書，幾乎也是一種認知作戰）。《叛國者》發生在間諜活動正要出現巨大變化的年代，所以讀得到一些類似傳統諜報小說的情節（例如傳遞情報的方式），而更重要的是，《叛國者》點出，所有活動的關鍵都是「個人」，對於身處資訊洪流當中，認知作戰會在不經意間滲入生活當中的讀者而言，將這層思索納入日常，是不得不為的功課。

本書創作受真實歷史事件啟發，但故事中主要情節皆屬虛構，並不代表作者對真實歷史的認識或揭露。書中絕大多數人物也僅存在於小說中，並不影射任何實際個人。

謝謝您能帶著這樣的認識，開始進入《叛國者》的故事。

主要人物簡介

臺灣

李光權：國家安全局長。在情報局長任內一手催生玄武專案，是他情報生涯巔峰之作。

孫衍樑：情報局長。李光權的繼任者，除了「李規孫隨」，更想開創自己的時代。

丁孟原：情報局副局長，能策劃、指揮第一線行動。但夾在李光權和孫衍樑之間常令他左右為難。

潘中統：玄武專案第一任情報官，能力極強但桀驁不馴。

郭宇千：往來臺港中三地的貿易商，玄武專案第一任交通員。

胡聞天：玄武專案第二任情報官。

黃敏聰：玄武專案第二任交通員，加入情報局工作希望洗刷早年汙點，重新回任軍官。專案失敗後遭中共逮捕下獄。

香港

鄺家祥：調景嶺出身的國軍後裔，到臺灣考入情報學校，畢業後派回香港工作。

Diana：出身成謎，曾經是演藝紅星，之後轉營貿易，為中國進口高科技產品。

黎玥兒：Diana的個人助理，另有特工身分。

董萬年：中共國安單位派駐香港的特工，以同鄉會幹事做為掩護。

中國

薛智理：解放軍大校，郭宇千的生意夥伴，日後成為情報局內線諜員，代號「玄武一號」。

馮　潼：解放軍少將，由薛智理引介成為情報局內線諜員，代號「玄武二號」。

伍維平：解放軍總政治部保衛部副處長，專司反情報、反間諜工作。

CONTENTS
目錄

楔子

二〇〇三年三月

「咦?」

採訪主任用力眨了眨眼睛，快按了幾次更新按鈕，但還是一樣——原本掛到頭版轉三版，三條一共一千六百字的稿子，其中兩條被清空得一字不剩，另一條只剩兩百字：

記者古宇同／臺北報導

一名年約三十五歲的香港籍女子，前天晚間在市區一間五星級飯店房間身亡。警方在房間發現幾顆含氰化物成分的膠囊，目前朝自殺方向偵辦。

至於警方消息透露，這名女子前天下午曾經在情報局附近活動。情報局相關官員向記者表示，這名女子的確從昨天下午就在情報局四周徘徊，門口衛兵雖有警覺，多次注意到她在附近遊蕩，但畢竟在營區以外，無法干涉或上前盤查。

情報局官員強調這名女子，「看起來像是精神病患」，加上又是外籍人士，全案已經交由警方處理。

不敢置信的採訪主任抬了抬身子，遠遠看到古宇同還在座位上講著手機。顧不得等他講完，直接按了內線。古宇同聽到電話響起，顯示主任來電，忙把手機放在一旁，接起話筒。

「你那稿子呢？」
「刪掉了。」
「刪了？為什麼要刪？」
古宇同聲音突然轉小，「剛才局長自己打電話來，跟我說我們查證的那個人已經回國了，死的這是另一個人，完全是神經病。」
「但我們就這樣相信他？鬼話！他是來搓湯圓的吧？」
「但我們也沒有證據說他一定不對啊？」
話說到這裡，就表示記者不肯出手，到手的獨家飛了。採訪主任長嘆一口氣，「好吧！我們這次配合他，但你提醒局長，以後要記得隨時接我們電話，該要有『表示』的時候也不要忘記。」
「好……一定一定。」
古宇同放下話筒，再拿起手機匆匆交代：「好了局長，沒問題，解決了。」手機還來不及放下，鈴聲又響起來，古宇同一看顯示，默默關掉聲音，把電話翻了個面。今天就不接了，接了他又不知道要抱怨多久，只是這位老哥明天看到這條新聞寫成這樣，自己爆的料一個字都沒登，應該會氣得打來咆哮至少二十分鐘吧？
但沒辦法，和現任者維持好關係，還是最重要的。古宇同默默對自己說。

第一部　越境交通黃敏聰

第一章

01

踏進機門前，黃敏聰忍不住回頭看了一眼。沒有尾隨、突然出現，吼叫著追趕他的人。

「過關了嗎？」他還不知道，但一路停不住發抖的手，倒是不知道什麼時候靜下來了。

走道旁的空姐看了一眼登機證，往機尾一比。這班上海飛香港的東方航空幾近全滿，補位的黃敏聰被安排在最後段，身形魁梧的黃敏聰看到要被夾在其他旅客中間，皮膚已經開始發汗。但顧不得這麼多了，能走脫才是最重要的。

黃敏聰一手提著一只網球袋，一手扶著比他略高一些的行李櫃，半側著身一路走到機尾，走道上還有不少舉著行李往置物櫃硬塞的旅客，黃敏聰走走停停，正側身擠過一位半天放不進行李的婦人。背後沉悶「碰」的一聲，機門關上了。黃敏聰深呼一口氣，彷彿吃下一顆定心丸。

機門口的推車上只零星剩些《南華早報》、《金融時報》，中文報紙散落在一個一個座位的旅客手上。「陳水扁：民進黨應組跨黨派全民政府」「宋楚瑜全省走透透」……黃敏聰掃視這些臺灣報紙，心裡暗記：這個是臺灣人，那個也是，那裡也有……。

走到最後一排，黃敏聰挪了挪櫃裡其他人的行李，把自己的網球袋塞進去。螢幕上已經開始播安全影片，站上走道的空姐空少比手畫腳，開始示範安全帶和救生衣的用法。黃敏聰向走道位的客人道個歉，努力讓自己塞進座位，假裝沒看到對方嫌惡的眼神。一靠上椅背，汗水立刻滲過了內衣和襯衫。冷汗、熱汗流得他滿頭滿臉，黃敏聰撕開紙巾抹了兩下。飛機已經開始後退。

黃敏聰心裡的時針分針轉得飛快，心裡盤算兩個小時後到香港，屆時不出機場，直接櫃檯買票，踏進華航才真是平安脫身。正想著，引擎聲拔高起來，飛機正要往前滑行，突然像斷線停電一樣，聲音沒了，飛機硬生生停了下來。黃敏聰心頭一緊，眼角一瞟窗外，五、六部轎車朝著飛機開過來，不遠處五、六個地勤人員正推著一座登機梯過來。

「還是來了！」黃敏聰深呼吸了一口，原本應該帶他脫困的機艙如今成了困住他的牢籠，三分鐘前歷歷在目的逃脫場景，像肥皂泡泡一樣瞬間破滅。十多個小時的逃亡就要結束，黃敏聰瞪著前座椅背，等等機門一開，未來的命運自會快步找上他來。

「誰是黃敏聰？」一位穿著白襯衫、黑西褲，留著平頭的中年男子站在走道頭，繃著臉向著機內大聲喝了一句。黃敏聰深呼吸一口氣，舉起手朗聲回答，「我是」。話說完，竟生出一種奇特的輕鬆感。機艙裡轟的一聲，四下爆出微微的驚呼。

「有點事情請您幫忙，麻煩跟我們去一趟，晚兩小時走可以嗎？」中年男子語氣和緩了一些，「謝謝大家，不好意思耽誤時間。」這句話對著其他乘客。

「你有行李嗎？」一位空少快步走到座位邊。

「有。」黃敏聰拿出網球袋，用手背抹掉額頭不停冒出的汗珠，低頭看到身邊乘客手上的

《聯合報》，心念一動。

機艙走道原本就不寬，黃敏聰慢下腳步，用著極其不標準的臺語，對著拿臺灣報紙的乘客，邊說邊往外走：

「我叫黃敏聰……我是臺灣人……我是情報局的情報員……誰會使幫忙我拍個電話……給情報局……我給人掠了。」

突如其來的臺語，上了飛機又被帶走的乘客。奇特的情境吸引了兩、三個中年旅客抬起頭來看著黃敏聰，他們的眼神有的迷惑、有的好奇，帶一點驚訝。

02

一、中共中央對於臺灣選舉情勢的估計如何？可有下發文件指示？

二、近期是否有國家領導人層級的領導人，針對臺灣總統大選發表內部講話？如有，內容為何？

三、南京軍區是否有外地部隊移入駐防，或外場軍機轉場進駐？如有，數量多少？

四、此前呈報的六十架Su-27採購案，目前進度如何？預計交機時間為何？交機後Su-27的人員座艙比概估為多少？

五、針對美軍航空母艦介入臺海，共軍可有新的戰術戰法構想？

……

紙上列舉了十來條問題，黃敏聰低頭默念默記，時不時蓋起紙，臉朝天空，試試自己能不能背起來，像個背單字的國中生。從高中畢業進軍校後，黃敏聰就一直留著平頭。除了髮型，他一直留著在部隊裡的說話方式，渾厚明亮的丹田發音，有股乾脆又滿不在乎的調調。

胡聞天在一旁靜靜聽著，雙手抱胸，盯著黃敏聰的眼睛炯炯有神。這位情報局的中校是黃敏聰的聯絡官。這對搭檔身材近似，身高都超過一八〇，局裡長官有時開玩笑形容這兩個人站在一起像「雙塔」，不過黃敏聰顯胖，胡聞天更精壯些。

胡聞天和黃敏聰一起進入「玄武專案」已經四年，黃敏聰被稱做「交通」，任務是將敵後間諜獲得的情報帶回情報局本部。老派的稱法叫「越交」——「越境交通」，以區別只在國內活動和穿越國境的交通員。交通和內勤聯絡官相互搭配，黃敏聰出發前的任務由胡聞天交付，帶回來的資料，也由胡聞天匯整、寫成報告後向上呈送。至於這個專案為什麼同時換掉了內勤聯絡官和外勤交通員？胡聞天聽過各種流言，但心知肚明自己沒有問出真正答案的分量。

看黃敏聰記得差不多了，胡聞天讓他再背一次，邊聽邊修正，直到一字不差地背了三次，胡聞天笑了笑，「可以了，小黃一路上記得時不時背一背，但可別念出聲。」

胡聞天掏出打火機把紙片點著，讓紙灰一塊一塊掉進煙灰缸裡。最後，他把手指捏住的一小角也往裡一丟，往煙灰缸裡倒了半杯水，拿一根筷子，把紙灰搗碎。

「好了。然後你要帶的東西還有這些。」胡聞天打開了自己的袋子，拿出一本巴掌大小的筆記本。「這是密寫本，上頭記的蒐集要項和你剛才背的一樣。只要有一點不對，馬上撕碎銷毀，最好能沖進馬桶。可是就算本子沒了，你還是要能把要項轉達給對象，明白嗎？」

黃敏聰點點頭，再留意到胡聞天拿出的一個墨綠色的紙盒，銀色縷空字體印著ACCAKAPPA，裡頭的玻璃瓶帶著噴嘴，「貴局現在時興搞名牌精品了？」他對著胡聞天噴了兩下。

「不要亂噴，以前我們教做的有的有腐蝕性，鋼筆都能鏽壞。」胡聞天笑著用手擋開，「密寫劑你隨身帶著，交給對象。上次信裡要我們幫他補充一些，大概快用完了。跟他說，用法和之前都一樣，要冷藏。但這次配方是新的，和之前的不能混用。」

「還是辛曉琪嗎？」胡聞天邊問，邊從袋子裡拿出四盒錄音帶，兩盒《Winter Light》，兩盒《女人何苦為難女人》。「不太好買了，我轉錄再自己做的包裝。你帶給他，兩盒讓他收藏，兩盒工作用。」

「還是辛曉琪，他真的愛聽，沒事就聽他哼著。有新歌我們就給他買吧。」黃敏聰笑著把四盒錄音帶收起進袋子裡。

「老哥，我多跟你說一句。」看著黃敏聰把東西一樣一樣收進行李包裡，胡聞天突然嚴肅起來：「玄武案到現在第七年，馮潼替我們工作也第五年了。一個情報來源，一般來講用個六、七年就已經夠本，時間愈長愈危險。現在要想的，是怎麼讓對象有個好的退路……。」

「上次不是交代，要我讓他找人往下傳？」黃敏聰低聲問。

「馮潼如果退了，能往下再找人接下來最好。老共那邊說發展情報來源要『爬高鑽深』，接手馮潼的人，理論上當然職務高過馮潼最好。目標對象是有了，但不知道馮潼對他說破了沒有。如果說破了，你這一趟又多一層危險。因為馮潼要策反他，等於要向對方坦承為我們工作。馮潼只要一點破，我們也就該安排他脫離大陸了。我看最多到明年總統選舉結束，就該把馮潼接出來了。」

「馮潼離開，有計畫嗎？」黃敏聰追問了一句。

「以往好像有預備過，但我沒有查檔案。你之前不是和他聊過？這次去可以再探探他的想法。」

「嗯，那我也幹得差不多了。」黃敏聰突然冒出一句。

「啊？為什麼這樣講？」

「我不是你們情報局的正式人員。」黃敏聰說：「用你們的話說，我是個『聘用幹部』，和你們簽合約、領薪水。你們有終身俸，我什麼都沒有。當年是局裡長官說我有機會恢復軍職，我才願意加入情報局工作，過這種每天擔心受怕的生活，我現在進出大陸、香港的護照、臺胞證，都是自己的，假護照、假臺胞證我提了幾次？都沒下來。這些沒有我也認了，如果恢復軍職也做不到，我也不想做了。」

「這兩件事開會時我都提了，會上副座的裁示是：護照，立刻交辦；軍職，全力爭取突破。」胡聞天說：「你之前犯的案子是『永久禁役』的，要回任不是不可能，但這要國防部往上報，要最上頭同意吧……等下吃飯副座也會來，你和他提提看，他肯定也是這樣回答你。」

黃敏聰瞪著胡聞天，一臉不高興。胡聞天又說：「也許等馮潼結束工作，出區之後，呈報有功人員，你一定在列。到那時第一次總統直選結束，新選的總統也上任了，我們說話也容易一點。是不是？」

「是龍哥當時說有機會，這對我是他媽的最重要的一件事。有什麼不行？當年蔡孝乾[1]匪諜都能當少將……。」

胡聞天沉默不語，他知道這是黃敏聰一直在意的事，但想辦成，要上大簽，透過國家安全局再呈給總統，總統同意才有可能。但時機不巧，李登輝任期已經是最後一年，明年總統大選投票，李登輝傳的連戰、民氣高漲的宋楚瑜，和訴求「政黨輪替執政」的陳水扁三強鼎立，再加上李敖、許信良兩組，五組人馬全臺灣跑行程。他們的安全都得靠國家安全局特勤中心維護。這時的國安局，光策畫候選人維安就占去大半時間；還有解放軍動態需要預警、監控，情報需求像下雨一樣從國安局落下來。兵荒馬亂，上山想見局長一面都不容易，哪有空去為一個聘任的情報交通員回任軍官說項？但黃敏聰出發在即，不好跟他談這個，只能沉默不語。其實黃敏聰自己也知道，這件事機會不大。再三提起，與其說是要求，不如說是情緒。

見黃敏聰抱怨暫時停下，胡聞天招呼他：「我們先坐吧，處長他們馬上就來，等會吃飯就不談公事了。等你下星期回來，我再請你一頓，就我們倆。」

「還在這包廂？」

「不要，太拘束了。我們外頭吉祥小館最好。我剛放了一瓶陳高在那裡。」

「那好，等我回來喝你的酒。」

03

走出機場，黃敏聰排在等出租車的隊伍裡，臨要上車突然作勢找不到錢包，只能閃身陪笑，後頭兩、三組的人搖著頭，帶著厭惡的表情上了車。黃敏聰確定沒有車等著跟蹤他後，坐進另一臺出租車車裡，交代司機開到東方明珠塔。想像自己跳進了來來往往觀光客的「人海」裡，海水的包圍會帶給他一點點安全感。

遠遠一部八十二路公車開近，黃敏聰在關門前忽然跳上車，搭了兩站下車，站定後假意蹲下綁鞋帶，斜眼看著一同下車的三個人向不同方向走開後，他才站起身，再招了一部出租車，報上了酒店對面一家海鮮餐廳的地址。

進到店裡，黃敏聰要了一個角落的位置，點一盤黏呼呼的西班牙海鮮飯，吃了大半盤，他突然起身，對著端來甜品、滿眼疑惑的侍者搖搖手，在桌上留了三張百元人民幣，不等找錢就走出門外。他直接穿過馬路，斜眼向後，確認餐廳或門口裡沒有人跟上來後，拉開門進了飯店大廳。他和馮潼各自訂了房間，黃敏聰通常早一天到，確定安全後，就等著明天下午碰頭。

一艘遊輪靜靜停泊在黃埔江上，幾個房間裡透出了燈光。太陽就要下山，一天最後的日光來自蘇州河的方向，沿江而上不遠處就是四行倉庫。黃敏聰對著窗外的景色欣賞了好一會兒才把飯店房間窗簾拉下。

黃敏聰記得第一次到上海時，刻意勾留了兩、三天，來到這個國民黨宣傳的抗戰聖地。當年的倉庫還在，但已經被加蓋成七層樓，一樓的店鋪和街上其他的大樓商鋪沒有任何不同，黃敏聽反覆走過兩、三次，才確定這裡就是四行倉庫。

國民黨政府的宣傳是一套，但黃敏聰從小反覆聽長輩說的是另一種場景：一九四九年初，國軍從上海撤退前在市區裡瘋狂「鋤奸」的情景，「一排一排的共產黨員，就拉在四行倉庫的牆邊當街槍斃，人來人往，誰也顧不上誰……。」

「你不知道那個時候，市區裡共產黨多啊！有些你都看不出來。」想起老人家這些話，黃敏聰心頭一驚。想起這些說故事的叔叔、伯伯有人當年一走就沒有再回上海，五十年後反而是聽故事的人來了，而且和當年的共產黨一樣見不得光。

拉下房間的窗簾，黃敏聰打開電視，聲音調到剛好能遮住兩個人面對面談話的音量。接著拿出手機，撥了一通往北京的電話，響了四、五聲，有人接了起來：

「喂……請問馮老在嗎？我是王傑，王經理。」黃敏聰報上了化名。

「啊……王經理，哪位王經理……」傳來的是馮家老二的聲音，停了幾秒。「我爸爸不在家，出門去了。」

「出門去了？那請他回來給我打個電話。」

「啊……爸爸出門了，不知道什麼時候回來。」

「不知道什麼時候回來？」黃敏聰愣了一下，無意識地重覆了一聲。「那我怎麼找他呢？」

「啊……聯絡不上，我們聯絡不上。」

黃敏聰一下子掛了電話，聲音明明很清楚，對方卻連著三聲貌似聽不清楚，拉著長長聲音的「啊……」黃敏聰和馮潼的兒子們沒有交情，但見過不是一次兩次，沒有不曉得他的道理。再者，馮潼生活向來規律，即使剛好出門，也沒有不知道什麼時候回來，甚至聯絡不上。這也是怪。

黃敏聰腦子裡「轟」地一聲炸開：莫非是最壞的事情發生了？該再打一次電話去馮家去確認嗎？不行了，多打一次電話就是多曝露一次行蹤。他倒抽了一口涼氣，控制住發抖的手，撥通了胡聞天的電話：

「吳協理，我是王傑。」

「是，小王啊，到了嗎？」胡聞天的聲音，夾雜在馬路上人、車的背景音裡，聽起來是在路上。

「到了，可是剛聯絡廠商老闆，老闆跑路了，錢都收不到了。」

電話那頭又是「啊！」了一聲

黃敏聰重重地重覆：「對！跑路了，錢都收不到了。」這是臨時編出來的暗語，胡聞天應該能意會。

「你那裡……找不到人了嗎？」胡聞天的聲音緊張起來。

「對！那我該待在這裡再找兩天，還是錢不要了，先回臺灣？」

「先回來吧！你等等，我到站了，先換部車，我們再聯絡。」

「先換部車」是約定好的暗語，就是要黃敏聰換一部「乾淨」的電話再來聯絡。就在黃敏聰下樓買儲值卡時，胡聞天撥通了副局長丁孟原的電話：

「喂，我是丁孟原。」

「我是胡聞天，副座你在局裡嗎？」

「在啊，怎麼了？」

「急事面報。」

04

外雙溪福林路走到底，上陽明山的仰德大道就在眼前。

陽明山像一座綴滿權力寶石的聖山：山頂有蔣中正總統的草山行館，半山腰有蔣夫人宋美齡創辦、早年招收烈士遺孤的華興中學。中學對面，牆上五個金黃大字：「國家安全局」，情報局本部緊靠山腳西側。情治圈裡的人習慣稱國安局「山上」，情報局做為下級單位，就只好是「山下」。「山下」的西側有座芝山岩，所以也有人拿「芝山」代稱局本部，以山為名，聽起來倒也雄偉，只不過它只有五十公尺高。

胡聞天的車子過了復興橋猛力左轉至誠路，左拐右拐了幾十公尺後，他重踩了一下煞車，好順利轉進雨聲街一六五巷，這條窄巷只通往一個地方：情報局局本部。一道活動鐵柵門攔在巷底，透過柵門可以看到一座照壁，上頭四個血紅大字，是蔣中正親題的黃埔校訓：「親愛精誠」。胡聞天早在幾個紅燈以前，就把證件拿在手上，在柵門前一停下車就開窗遞給上前盤查的憲兵。同時不等他開口，「砰」一聲先拉開了後車廂。年輕的憲兵感覺到他的急促，很快地用手電筒對著車內和後車廂掃看過一圈，行了個舉手禮，示意他可以進去。

快步走進情戰大樓，胡聞天刷了卡直上七樓，局長孫衍樑、副局長丁孟原辦公室都亮著燈。胡聞天邊走邊想，在上海可能碰上大麻煩的黃敏聰執行的是最機密的「玄武專案」，這項專案歷經「玄武一號」薛智理，到階級、職務更高的「玄武二號」馮潼，兩位內線諜員層級之高，放眼情報局工作的歷史上都罕見。

胡聞天心想，「玄武專案」由丁孟原開案執行，當時情報局局長還是李光權。李光權日後調升國安局局長，情報局長由孫衍樑接任，隨著執行愈來愈成熟，玄武案被看做「鎮山之寶」。所鎮之「山」，既是「芝山」，又何嘗不是「陽明山」上的國安局。胡聞天邊走邊盤算著，一旦最壞的情況發生，免不了會釀成情治圈的一場大風暴。但此時想不了這麼多，先讓黃敏聰撤退才是當務之急。

胡聞天邊想邊走到了丁孟原的辦公室。

「走，上局長那裡去。」丁孟原一見到胡聞天，略問幾句，發現大事不好。立即起身，拉著他就往局長室走。

「報告。」

「副座請進。別客氣。」

孫衍樑從桌上滿滿的公文包後頭站起身來，處室公文鎖密碼表攤在桌上，一把掛在公文包上頭的對號鎖開到一半，他見丁孟原進來，重新把鎖撥亂，把密碼表收進了抽屜，示意他們在沙發上坐下。

「玄武案交通員剛才回報，馮潼聯絡不上了。」丁孟原開門見山就說。

「啊？」孫衍樑倒抽了一口氣，但語氣倒還鎮定。「聯絡不上，以往發生過嗎？」

「沒有，馮潼的生活作息一直很規律，約定見面，改時間有過，但都會提前打招呼。像這樣臨時放鴿子的，從來不會。」

「所以這次是約定見面？」

「對，就是越交和他正常約見。」

「這位……交通，就是那位黃……？」

「是，黃敏聰。」

「他現在人呢？」孫衍樑轉向胡聞天。

「這次約在上海碰面，黃敏聰先到，馮潼再南下。但黃一到就聯絡不上馮潼了。」

「黃是怎麼回報的？」

「他說：『老闆跑路了，錢都收不到了』，不是約定的暗號，看起來是他臨時編的，但意思很清楚。」

「副座，以往這種情況，標準作業程序是什麼？再等一等，再試一次嗎？」

「不能等。約晤不到，時間一過立刻就要撤走。」

「要假設最壞的狀況。」胡聞天忍不住補了一句。

「所以兩位的建議都是讓交通員先回來？」

「要馬上。」丁孟原直接接了話。胡聞天也點點頭。

「好，讓他馬上撤退。但撤退……怎麼出來？有路線嗎？有沒有人接應？」

「他自己撤，我們不會有接應。這個，我們來跟他說。」丁孟原語氣很篤定。

「區內其他同志不能接應他一下嗎？開個車送他一程什麼的？」孫衍樑很是疑惑。

「不行，敵後嚴格禁止任何橫向聯繫；況且黃敏聰可能已經被他們盯上，出面接應他的人也可能會曝光。」

孫衍樑沒有再說什麼，點點頭說了一句：「你們好好安排。這個狀況，我也向『山上』報告一下。」孫衍樑口中的「山上」，指的是國家安全局局長李光權，他是執掌情報機關超過十年的強人，孫衍樑的局長印信，就是從李光權手中接下。「這事看起來非常不妙，可不要自己做決定。」孫衍樑在心裡喃喃警告自己。

出了局長室，丁、胡兩人再進了丁孟原辦公室。

「小黃要怎麼走？」丁孟原直接丟出問題。

「明天馬上買機票走是一條路；另一條路，他自己說過他在洞頭有路子，可以密渡(2)回來。」胡聞天說。

「洞頭？」

「溫州靠海邊的一個縣，他之前在那裡工作過，我猜是有朋友，才會自己給自己安排這條路。」

丁孟原從書架上抽出一本「軍官地圖集」，深綠色的封面燙金印著「中國解放軍總參謀部測繪局」，他在浙江、江蘇兩頁反覆翻了三、四次，一邊拿尺量著，腦袋裡噠啦噠啦地打著算盤。

「直線距離就四百公里，還要繞過杭州灣，起碼五百，太遠了。而且進了浙江都是山路，太危險。」丁孟原皺起眉頭。「這一路估計就要八到十小時，到了洞頭不太可能馬上有船可以出海——當然如果現在讓馬祖站備便，只要小黃能順利出海，我們就有把握在海上接到他——但如果小黃現在已經被盯上，還要讓他留在區內一天兩天嗎？還是先出區要緊？」

「副座，陸路雖然長，但即使被跟上，應變、脫離的空間很大。何況還跨省市，上海和浙江之間還要聯絡協調，那邊的效率未必這麼高。」胡聞天接著說：「反過來，如果搭飛機，一進管制區就跑不掉，出區了還要進香港，共產黨還是搆得到，分分鐘都是甕中捉鱉，被盯上了就不可能逃走。」

丁孟原低著頭，沉默了好一陣子，最後點點頭說道：「也對，聽你的。就讓小黃優先從洞頭走。」

胡聞天才回到座位，桌上分機響起，孫衍樑再把他和丁孟原找進辦公室。

「你們商量的結果怎麼樣？」

胡聞天報告了兩條路線：一是從浙江密渡出海，馬祖站派船在海上接應；另一條路線是上海飛香港轉機回臺灣。前者優先。

「山上那裡，局長有指示？」丁孟原試探地問。

「有。但差別不大。」孫衍樑轉述，李光權對搭飛機這條路線沒有意見；但修改了陸路撤退的方案。「局長認為小黃上了朋友的車之後，可以先說去洞頭，但中途找個理由——換個車都可以，轉到羅湖。」

「到了羅湖之後呢？」胡聞天有點吃驚。

「李局長那裡有人在中港邊界接應他，黃敏聰一到就進香港，再安排他密渡回臺灣。」

「但接應他的……」胡聞天沉默了一下，「不是玄武案案內人員的話，會不會有洩密疑慮？」

「多一個備案有好無壞。」孫衍樑有些惱怒，「香港這個接應的人，只要負責接送，不會知道太多，哪有洩密問題？」

一個黃敏聰緊急撤離要驚動這麼多人，胡聞天微微感到不安。但山上、山下兩位局長既然已經決定，也只能從命。他向孫衍樑微一躬身，和丁孟原轉身出了局長室。

兩人出局長室前，孫衍樑突然叫住胡聞天：「陸路到羅湖這條路線，不要一開始就告訴黃敏聰，等他在往浙江走的路上再告訴他。」

05

胡聞天匆忙下樓回到座位，手上捏著一張便條紙，這是他經過一輪協調，整理出的兩條路線：

陸路到浙江洞頭，密渡出海到馬祖。

上海買機票轉香港直飛臺灣。

才理清路線，胡聞天的手機響了，接的同時，看到三次未接來電，陌生號碼，看來是黃敏聰的新電話。

「小胡，你終於接電話了……你們談好了沒有，現在要我怎麼辦？」黃敏聰急促的聲音混著不滿。

「你換了新號碼打嗎？」胡聞天小心地先問過。

「嗯，只用這一次。」

「好。那你聽著，需要時記下來。你現在馬上出來，有兩條路線……」胡聞天刻意放慢了速度，一來讓黃敏聰容易記錄，二來也希望緩和他的情緒。路線說完，胡聞天接著問：「如果要走陸路，你那裡現在找得到車嗎？」

「我上海有個朋友，在這裡當KTV的經理，我剛才打電話給他，約好了他送我去浙江……不過我當然沒說什麼事。」

「那好。那你找這個朋友。」

「好啦，明白了。」黃敏聰的聲音有點焦急，似乎是想趕緊出發了。

「一路小心，記得不要從飯店check out。」胡聞天停了半晌，「平安回來，我們還要喝酒呢。」

06

「師傅，我抽根菸可以嗎？」黃敏聰一邊搖下車窗，一邊放鬆了語氣向前探問著。

「可以，隨便吧。」出租車司機頭也不回，眼睛盯著暗黑的路面。

車子向前疾馳，路燈的昏黃光線一陣一陣射進車窗，像把刀，一道一道刮過黃敏聰的臉。他的臉當然無恙，但右手掌真的有兩道隱隱作痛的刮傷，是砸掉聯絡胡聞天的手機時不小心劃傷的。

黃敏聰突然想起袋子裡還有密寫本。他拉開拉鍊，在包裡摸索著找到密寫本，扯下封面，把有密寫文字的幾頁撕得粉碎，碎紙片握在拳頭裡。

黃敏聰點起菸，抽了兩口，把夾著菸的右手伸出窗外作勢彈掉菸灰，拳頭一鬆，撕碎的紙片一下子散得無影無蹤。黃敏聰瞄了一眼，司機似乎沒感覺到什麼不對。

「晚上出來逛逛？」司機試探問了一句。

「是啊，朋友說悶，找我出來聊聊。」

「儂的口音不是上海人？」

「不是，我南方的，廈門。」

「看著不像呢。」

「我老家是山西，爸爸在福建插隊，娶了廈門姑娘，就落戶了。」

「怪不得，南人北相。」

突如其來的搭訕，讓黃敏聰有點緊張。他望向照後鏡，跟在後頭好一段時間的白色桑塔那已經不在了，是跟監的人換手了嗎？還是自己想太多？如果盯上我，為什麼不動手抓人？是想跟著我抓其他人？還是根本沒事，虛驚一場？黃敏聰沒有頭緒，下意識突然想打電話給胡聞天，一掏手機，念頭一閃：現在打電話，不是蠢嗎？

黃敏聰讓出租車在西藏中路和福州路口停下，多繞了半個街區才往好迪屋ＫＴＶ走，沿途擦身而過的年輕男女，一個、一對或者一群，看樣子不過十幾二十來歲，黃敏聰處在這裡，不僅沒有藏身人群的安全感，反而覺得自己特別突出，所有人似乎都能一眼就找到他。

五、六個小伙子說笑著快步越過黃敏聰進了好迪屋ＫＴＶ的大門，黃敏聰正要跟著進去，一個時尚的青春女孩攔住黃敏聰嬌聲問道：「知道人民廣場怎麼走嗎？」黃敏聰不好意思拒絕，努力回想剛才經過的地標，大致指了一個方向。但她若不是外地人，就是記性特別差，出了一個街區就不辨南北，黃敏聰仔細說了兩、三次，她才似懂非懂，格格笑著道謝離去。

「歡迎光臨！」ＫＴＶ自動門往兩側大開，兩個開深Ｖ領口，大紅色長裙拖地的女孩對著黃敏聰深深一鞠躬。「先生，有訂位嗎？」一位黑色西服少爺笑著問。

「我來找人的，找你們楚經理。」

「楚經理，您稍等一下。您和他有約嗎？」

「有，約好的。」

「那您……稍等一下。」少爺把黃敏聰請到一處沙發，讓他坐下，自己走進櫃檯後頭，拿起電話。

講了幾句，少爺回到黃敏聰面前：「楚經理今天休假，沒上班。我就記得他今天不在，剛才也去問過，他今天不會來的。」

「可是我跟他約好十點半，他應該會來的。你……你可以幫我打個電話給他嗎？」

「您沒有他的電話？」少爺露出了不耐煩，但還是維持住禮貌，「好，我給您打打看。」

黃敏聰低頭看了下手錶，十點二十五分。

那位少爺沒有再回來搭理黃敏聰，接下來的十分鐘，黃敏聰一秒一秒地數過去，等一張熟識的臉孔為他救命，但這塊浮木終究沒有出現，黃敏聰只好繼續靠著自己往前游，十點三十五分，黃敏聰驀地站起身來，把自己再投進街上的人群裡。

黃敏聰渾身疲倦，一股燥熱從軀體深處向外發散，不再管任何安全守則，他出KTV就招了一部出租車直接回飯店，進了房間打開電視，鳳凰臺播著政治評論節目，主持人和名嘴你一句我一句，連珠砲似的語速讓他愈發糟心。他幾次拿起手機又放下。再打給馮潼一次？說不定他回家了，所有事情都只是誤會一場？再打給胡聞天，要他安排人來這裡接？打給上海其他朋友，讓他們載自己往東、西還是南邊任何一個方向？

黃敏聰抬頭望向天花板：那個火災警報器裡有攝影機嗎？他伸手在桌子下頭、檯燈內緣掏掏摸摸，有竊聽器嗎？如果現在房間的角落、暗處或者頭頂上，有一雙眼睛正盯著他，能看盡他的行動，看穿他的想法，那他做什麼都是枉然。但，有這麼一雙眼睛嗎？胡聞天說過，所有的系統，只要是人組成的，一定都會有漏洞。

但問題是漏洞在哪裡？怎麼才能鑽過去？憑運氣？但好運在我這邊嗎？

黃敏聰怔怔地望著行天宮的鮮紅色平安符，他每趟出發前都去求一個帶著，時間一秒一秒走過。如果「他們」要來，也該來了。看看錶，還有半小時到午夜。黃敏聰思緒亢奮，但無法聚焦在任何地方，電視轉了又轉，新聞、體育、電影，轉了三輪還是四輪，停不在任何一個節目上。

黃敏聰一手探進包裡，抽出一本《爭鳴》雜誌，原本是給馮潼買的，他很愛讀香港的政論雜誌，總是要黃敏聰過境時幫忙帶一些。黃敏聰有時也讀一讀，但此時此刻，綿密的字句根本讀不進去。翻了兩下，他站起身，順手把雜誌丟在茶几上。他走到房門後，透過貓眼望向走廊，鏡頭裡空空盪盪的。接下來兩小時，他三次猛然開門探頭出去，但左右走道一望到底，沒有半個人影。

如果有人正在追捕他，此時他們在哪裡？在清查載過他的出租車嗎？或者在清理整個上海今晚的訂房紀錄？他們遲早要來的；或者已經來了，只是還在暗處窺看，想要一網打盡黃敏聰所有的聯絡人？黃敏聰不再聯絡任何人，決定用最快的方法：天一亮就買機票回臺北。

打定主意後，黃敏聰沖了一個熱水澡，放鬆的身體有了一些睡意，他和衣倒在床上。一覺醒來，四點四十分，他打開冷水洗把臉，揹著包包再一次走出房間。他在門把上掛上「請勿打擾」的牌子，小心安靜地關上門。

踏進機場，黃敏聰感覺距離脫身又近了一步。往香港最早一班班機記得是八點左右，能補上位，商務艙也要補。他快步走向港龍航空櫃檯。

「我要到香港。」

「您要……這裡買票？」櫃檯裡原本帶點睡意的女職員微微驚訝，很少有人直接到櫃檯開票。

「我有急事，要最早的。」黃敏聰把機票和臺胞證遞了進去。

「您這要補很多錢喔……等一下。」女職員敲著鍵盤，盯著螢幕，手指頭「上頁」、「下頁」地輕按著。

「商務艙有嗎？」黃敏聰剛問完，女職員桌上電話響了，她順手接起來，沉默地聽著，眼睛仍然盯著電腦，眉頭微微皺了起來。

「好的。」她抬頭向黃敏聰：「黃先生，我們早班的都沒有位置了……」

「商務艙也沒有？」

「沒有了，如果您趕時間，可以上東航那兒去問問。」她指了指不遠處的東方航空櫃檯。

「我排補位呢？」

「您可以排，但早上是全滿的，假期剛過，早上很難有補位的。」她特別加重了語氣：「如果您趕時間的話，我給您簽轉東航，應該快一點。」

「好吧。」黃敏聰收回了臺胞證，接過簽轉單。東航倒是很乾脆地安排了十點四十分的班機。

「給您的是最後一個位置了。」櫃檯職員平淡的聲音裡，不帶一點表情。

07

北京解放軍總政治部一個專案辦公室裡，副處長伍維平的手機和桌上的白色電話並排放著，一整晚兩支電話交替響著。如果是手機響起，伍維平會拿著它到門外，部下只能偶爾聽到門口傳回來的聲音：「在KTV那兒等著他。」或者「控制住KTV經理，看這傢伙還會去找誰接應。」

驢肉火燒、包子、豆漿、農夫山泉……宵夜堆滿了一桌子。原本一大袋子驢肉火燒還剩下三、五個，一個部下拿起袋子：「領導來一個？坐了一晚上餓了吧？」這位平日大口喝酒、大塊吃肉的長官，今天晚上連水都沒喝過。

「你們吃吧，我不餓。」伍維平搖搖頭，他對著會議室裡的江澤民照片出了神。結案在即，大魚眼看就要落網，但伍維平沒有一絲興奮神情。想起自己衝進馮潼「工作室」時，老人靜靜起身，語氣平靜：「你們來了嗎？我跟你們走吧。」伍維平不敢和他四目交接，彷彿自己才是罪犯。

電話鈴聲愈來愈急促，一個晚上，伍維平否決了五次動手抓人的提議，「不急，看看他要去哪裡，見什麼人。」

接著到天亮都沒有動靜，伍維平背靠在一張木椅子上，雙腳放上另一張木椅。領導不去就寢，六、七個底下人也只能趴在桌上補眠。每半個小時，伍維平的手機就會響起簡訊「叮」的一聲。哪怕是假寐著，伍維平都會拿起來看一眼，再閉上眼睛。一直到天色濛濛亮，電話突然鈴聲大作。伍維平坐起身，把部下送上來的食物推到一邊，抓起電話：

「他出門了？不要跟丟了。確定他去哪裡之後馬上回報。如果是回香港，就動手抓人，但留神不要讓他上香港飛機，在那裡抓人很麻煩。」

會議室又安靜了下來，但空氣愈來愈凝重，像在壓力鍋裡。

「伍處，姓黃的確定要回香港了。」一個平頭精幹的年輕小伙子放下電話朗聲回報。

「現在他在哪裡？」伍維平眼神亮了起來。

「買了往香港的票，馬上要上飛機。小劉想辦法讓他上了東航，我們行動比較方便。如果上了港龍，還要知會香港警察，囉嗦得很。」

「幹得好，讓小劉帶全組人馬上到機場，讓他上飛機，如果機上有同夥就一起收了。抓人時麻利一點，不要驚動其他乘客。」

接下來四十分鐘裡，會議室沒有一點聲音。直到伍維平的電話再響起來，是部下的回報：

「沒問題，截住了，就他一個人，正在帶回去。」

08

洗浴中心休息區紅絨的布面的沙發觸感柔軟，但散著一絲絲霉味。鄺家祥半躺在沙發上一動也不動，上半身蓋著一條大毛巾。看起來打著盹，但右手緊緊抓著一支嶄新的手機。一夜過去，理論上手機鈴聲隨時可能響起來，要他接上一個指定的人，靠著外頭那部粵港車牌的奧迪，把他送香港任何地方。或者，解除待命，返回香港。

「怎麼樣都好，給我句話吧。」他心裡喃喃自語。等待，是最煩人的事情。

正在左思右想，鄺家祥感覺有人走近他身邊。睜眼一看，是兩個身穿休閒便服的高壯男子，開口輕聲細語，語氣間卻不容商量：「我們奉命來找您，穿上衣服跟我們走一趟吧，這裡進進出出的人多，拉拉扯扯不好看。」

他一抬頭，見到兩名男子身後的女人，大吃一驚。

09

「組長！組長！電話紀錄會辦。」值日的戰情官追著胡聞天，把一本電話紀錄遞到他眼前。

「這是什麼？」胡聞天停下腳步，焦躁地問了一句。

「有個人剛打電話到總機，說他在上海飛香港的飛機上，看著一個男人被帶下機，男人說是情報局的……」

「知道了，我在忙。」胡聞天打斷了戰情官，匆匆看了一眼電話紀錄本，簽完字轉身快走。十五分鐘後開損害評估會議，局長在等著報告。他心裡只想著一件事：這個被形容為「鎮山之寶」的玄武案，被共產黨一鍋端掉了嗎？

第二章

01

車子飛快開著，黃敏聰側身被壓在座位上，左右各緊靠著一個人，一個肘關節頂壓在他側頸上。他掙扎著想坐起來，右邊的人幫了他一把：「你坐好了，老實點。」

被押下飛機的黃敏聰，一坐上車就被戴了黑頭套，跟著手腕被人握住，「卡啦」一聲鎖上手銬。從浦東機場停機坪出發，幾次左彎右拐，黃敏聰一下就失去了方向感，無法判斷自己身處何處。

突然車子停下，黃敏聰身體往前一栽，兩個幹員一左一右挾著他下車。「留點神。」黃敏聰跟著走了二十來步，突然間黑布取下，定睛一看，自己在一處室內，像是一個豪華酒店進貨的後門，等在前頭的是一座開著門的運貨電梯，裡頭滿是厚重的腥溼氣味。六個幹員押著黃敏聰進了電梯，按下了十四樓。

這是一間豪華客房，俗稱「套間」，臥房之外還有客廳、餐廳。進了房間，黃敏聰終於有機會把逮捕、解送他的人看清楚。跟著他進房間的一共有八個人，除開一個穿著灰色夾克，明顯是帶隊官的中年人外，其他黑西服白長褲共是五男兩女，都是年輕精幹的小伙子，男生留平頭，女生髮尾切齊衣領。兩個男人把守在門邊，盯著黃敏聰的眼神格外凶惡。

黃敏聰往客廳沙發上一坐，逕自掏出了菸點起來，不理會盯住他的眼神。

「菸熄掉！」門口的平頭小伙子喝令。但黃敏聰沒有理他，把菸舉到嘴邊深吸一口，仰頭朝天花板吐了出來。

「我叫你熄掉……」平頭小伙子快步對著黃敏聰走過來。

「讓他抽吧。」一路指揮押送的中年男子攔住了平頭小伙子，轉向黃敏聰說道：「黃先生累了吧？要不要休息休息？」

「沒事。你們要把我送哪裡去？」

「您別著急，我們也在等上頭指示。如果您精神還行，我們就請教您幾個問題。」

不等黃敏聰答話，他示意黃敏聰坐到餐桌旁，並向一名提著公事包的女孩子使個眼色，年輕的女幹員拿出一部錄音機，順手按下了錄音鍵，推送到黃敏聰面前。跟著打開一部筆記型電腦，靜靜坐著，吊起眼光望著他。

「您貴姓？高階大名？」黃敏聰搶著問了一句。

中年男子愣了一下，回神說道：「我姓劉，您也就叫我小劉吧。至於您問我工作，我坐在您跟前，就說明我的工作了。」

小劉掏出了一包菸，遞到黃敏聰前頭，「抽得慣中華嗎？」

「可以，我常抽。可他願意讓我抽嗎？」黃敏聰斜眼指了指門邊的年輕幹員，對方回敬的眼光依然凶惡。

「沒事的，您抽您的，別管他。」小劉拉了把椅子，坐到黃敏聰對面。「您也不要緊張，我們就從您上海這一段開始。您是什麼時候到上海的？從哪裡入境大陸的？」

「昨天晚上，浦東機場。」

「從香港來？之前從臺灣出發？」

黃敏聰點點頭。小劉一段一段、仔仔細細地重建他的上海行程。黃敏聰邊回答邊被要求攤出證件：護照上的出境章、臺胞證、香港簽證……一位女幹員把這些證件攤在桌上，拿出相機。

拍完照，小劉拿起黃敏聰的護照，對著深綠色封面上「中華民國」四個燙金字端詳了一陣子，低聲念著：「中華民國……還是中華民國啊。」

「是中華民國啊！你爺爺都是中華民國國民，說不準你爸爸也是……。」

「你哪來那麼多廢話啊？」門口的小伙子忍不住暴喝一聲。

「呿！」小劉轉頭朝門口輕輕斥責了一聲，淡淡地說：「我爺爺、爸爸都是……解放前，誰都是啊。您呢？老家在？」

「山西。」

「老太爺跟國民黨到臺灣的？湯恩伯的隊伍？閻錫山？」

「不是，我們家是空軍。」

就這樣邊聊邊問，小劉詳細詢問黃敏聰從香港轉機之後的一切活動。但對於黃敏聰對外的通訊聯絡，小劉完全沒有提到；在KTV沒遇上接頭人的那一段，黃敏聰當然略過不提，只是小劉也沒追問。簽證、護照、臺胞證、機票，所有證件和單據，全都攤在桌上，小劉命令手下一一拍照後，把它們收進牛皮紙袋裡。

「嗯，你沒有其他搭車單據嗎？出租車什麼的。」一直低頭打著電腦做紀錄的女幹員第一次開口。

「沒有，我沒留。留那幹麼？」

「報銷車資不用嗎？」

「我自己來做生意，跟誰報銷？」黃敏聰反問。

女幹員板起了臉：「你老實點。」

「黃先生，您還這麼說話，是不是太不拿我們當回事了？」小劉一手按上黃敏聰肩頭，似笑非笑地搖了搖頭。

反反覆覆地提問，總算問完了黃敏聰進入大陸以來的行程後，小劉站起身來，「黃先生您休息一下吧。」跟著一招手，把房間裡幹員都招進了房間，窸窸窣窣交代著事情。黃敏聰搞不清楚這是暫停一下，還是在上海的審問到此為止。如果還要接著問，那肯定就要問到實際工作了。

黃敏聰想起馮瀟。他也被抓了嗎？還是情報局把他接走了？轉念一想，不可能，接走了就不可能讓我再進來。馮瀟必然已經被抓了，沒有什麼好懷疑的。想起自己落入敵人手上，想起馮瀟的職位，這起「間諜案」案情之嚴重，不難預料接下來的各種折磨：刑求、逼供、坐牢，或者仍然逃不了的槍斃。黃敏聰想起，在機場排隊等證照查驗時，他曾經動念要打個電話給太太，暗示自己正在「闖關」，闖得過就回家；沒闖過，搞不好就永遠再見了。但隊伍走得太快，心一慌，電話也忘了打。

忘了就忘了吧。那種只能在放風時仰頭看天，在牢房牆上畫著橫槓，數著日子的生活，黃敏聰不想再過了。到今天不過四十出頭的人生，莫非要再坐二十年牢？

客餐廳此時只有黃敏聰一個人，把門的小伙子站得遠遠的。客廳的落地窗右側有一扇可以打開，黃敏聰估計可以打開的部分大約是一百公分、半個人身寬。「可能有機會！」他突然起身往窗戶快步跑去，一把拉開窗戶，但這扇窗沒辦法完全拉開，連頭要伸出去都有點困難。但黃敏聰還是將左肩頭硬插進空隙裡，看能不能把窗戶擠破。外頭是十四樓，一落下去，萬事了結。

「你幹什麼！」暴喝的仍然是把門那位小伙子，見到黃敏聰要往窗外擠，他一把拉住黃敏聰右手和右肩，硬生生把他拉回房間，黃敏聰左手小臂登時被窗框劃出一道血痕，和小伙子兩個人一起摔在地上。跟著小劉從房間裡衝出來的另外兩個人，立刻一左一右地壓住了他的雙手。

「黃先生，你這是幹什麼？」小劉驚魂未定，板著臉說：「你究竟犯的什麼事，我也不是很清楚。但只要跟我們合作，老實交代，爭取立功表現，說不準什麼事都不會有。你一點……半點也犯不著這麼幹。」小劉向身旁的幹員一使眼色，「從機場那兒一路過來，我一直對您很禮遇。本來臺灣也就是我們同胞，各為其主，不想太為難您。但您既然搞這個，我也只好不客氣了。」

在一旁的幹員走上前，掏出腰間一副手銬，「卡啦」，黃敏聰的手腕被緊緊鎖住了。跟著又一頂黑頭套，黃敏聰再一次失去時間、空間，和方向。

「不招不死，一招必死。」

黑暗裡，黃敏聰想起了這句話，想起了自己是怎麼學到這句話的。

黃敏聰記得訓練基地裡的那個小房間，房間裡只有一張會議桌，會議桌的一側緊靠著牆，牆上有一片毛玻璃，說話的臉，藏在一片毛玻璃背後，整張臉只看得出一片膚色，嘴巴開闔的動作隱隱可以看出來。說話聲音從一個變音器傳進小房間，變音器加工後的聲音，男聲變得低沉，女聲愈發細而高。

這是黃敏聰進入情報局之初接受的個別訓練。新招募入局或者準備派出外站的幹員都要受訓。為了確保外勤幹員的真實身分不外洩，個訓的教室被隔成兩個空間，教官在一半，學員在另一半，中間隔著毛玻璃，教官不知道學員是誰，學員不知道授課的有哪些教官，彼此對話，也都透過變音器傳送給另一邊。

「不招不死，一招必死」是「審訊與反審訊」教官的告誡，黃敏聰記得那是個低沉的男聲：

「當年我們在拐么洞參區，現地招兵，有一次懷疑共匪派人滲透進來，清理以後抓了四個人，把他們隔開拷問。用刑啊，通電、老虎凳、夾棍，什麼都上……其中有一個特別膽小的，很快地就什麼都招了。兩個半推半就招了一點；最後一個特別硬氣，怎麼都不說，一點都不說，別人已經說的事他也不招。」

「四個人拷問了兩個星期，其實到後來只問另外三個，因為怎麼打、怎麼上刑都不講的那個人，到後來我們也懶得問了。另外三個，問到最後都槍斃了，最後那一個，後來就一直關著，因為想再問……所以說啊，要把握審訊者的心態，你招了一點，就更多人逼供你。不招不死，一招必死。」

拐么洞參，七一〇三區，脫口而出這個代號的，一定是待過滇緬邊區，而且是「安南專案」的老人。這個專案是從情報局選拔、訓練一批軍官，空投到雲南、緬甸邊界情報蒐集兼打游擊。在景美看守所裡，魏龍城對著黃敏聰談起這段歷史時，就是一句「當年我們在拐么洞參區……」開始。

黃敏聰懷疑，毛玻璃後頭的教官，其實就是魏龍城。

02

魏龍城的記憶，帶著黃敏聰回到了一九八五年的景美軍事看守所。九月，秋老虎橫行的季節，中午的太陽晒得瀝青地面發燙，連同四周灰色的水泥圍牆，一起向這塊三十公尺見方的空地投射熱能。剛忙完午餐的黃敏聰，和魏龍城在小院子裡一圈一圈地散步聊天。

「我看你儀態好，長得體面，做事又牢靠，怎麼會被關進來？犯了什麼事？」魏龍城的聲音沙啞低沉。

這兩人散步的地方，軍監罪犯間私下稱它「別墅」。它是國防部為犯下「嚴雲松事件」的罪犯——情報局長王熠光修建的獨居牢房。王熠光和魏龍城被控策畫在美國殺害一位作家嚴雲松，被判入監服刑。王熠光待罪之身，仍有一局之長的禮遇，其中就包括派來黃敏聰這位侍從。

黃敏聰身高一百八十公分，長久擔任高階長官的隨從，時時抬頭挺胸，更重要的一套察言觀色的心法。王熠光用餐時，不召喚黃敏聰就不會出現在視線範圍裡，但一有人因為湯水或辣椒嗆到，多咳了幾聲，黃敏聰就會從大門邊的傳達室快步走進餐廳，垂著手靜靜等著是不是有哪一位需要一條毛巾或兩張衛生紙。

和王熠光比起來，魏龍城對黃敏聰更熱絡些。因為王階級高，「嚴雲松案」打擊更大。在獄中，他吃、喝得不多，話更少，遑論和黃敏聰閒談。反倒是魏龍城，年紀輕，刑期短，心情輕鬆一些。再加上久經外勤工作，和陌生人攀談已經成了本能。這一天飯後，自然而然就和黃敏聰聊了起來。

「你是……官校畢業？」魏龍城問。

「專科班。」黃敏聰搖搖頭。「我畢業以後，當了好幾年的長官隨員，一直到要升上尉才讓我出來到警總歷練。出事前，我在中正機場負責安檢和通關協調。」

「喔，我們常跟你們聯絡，就是那個……」

「協調中心。對啊，你們情報局的人進出，如果為了保密不想過海關，就由我們來接。其實包括王局長，好多你們的同事我們都接過，但局長和長官們不會記得我的。」

「所以，你是執行安檢上出了問題？」

「一言難盡。」黃敏聰停了好久，吐出四個字，紅了眼眶。

魏龍城見氣氛不對，連忙換個話頭，不再追問細節。

「其實不管你犯了什麼事，部隊裡待久了都知道，總是可大可小。找個人說一說，記個過調職不行嗎？怎麼就非要法辦不可？」

「所以我說這就是命啊！」黃敏聰說，他犯的「案」，是長期以來的陋規，但他一個人擔下了。原本以為最嚴重不過就是記過、調職，把在機場占到的少校缺讓出來，回到警總穿制服就完了。「沒想到後來發生了嚴雲松案、一清專案，政府開始掃黑。社會上，包括那些黨外雜誌開始批評，為什麼黑幫有那麼多黑槍，都是警備總部放進來的。黨外一批評，郝柏村就施壓，第一線安檢的單位風聲一下子變得很緊，大家按法律規定辦事，沒得商量。我就這樣被送了法辦。一個嚴雲松案，搞來搞去竟然搞掉了我的一生啊……。」

「你也被嚴雲松案牽連啊。」魏龍城心頭一震，生起一種與這個小伙子命運相通的奇異感受。

「你坐完牢，要去哪裡？」黃敏聰好奇地問。

「你問得正好，前兩天剛好王局長問我——我相信是有人請他問的。問我坐完牢還願不願意回局裡幹。」魏龍城不等黃敏聰開口，自顧自給了答案：「當然願意，他們知道我能做事、願意做事。你知道嗎？在我看，找我回局裡，不光是肯定我的能力，實際上就是給我平反、還我公道。」

「您能回去真的挺好，重新開始，好好幹一場，將功折罪，還是有機會的對吧。」黃敏聰語氣透著羨慕。

「你呢？出去想做什麼？」

「我貪汙罪，回不了部隊了。將來出去，看看是不是和朋友合夥做個小生意，賣牛肉麵吧。一輩子就這樣了。」

看著黃敏聰，魏龍城心念一動，這樣一個體面又靈光的小伙子，出身軍校、外省家庭，身家應該清白可靠。更重要的是這段坐牢的經歷，說起來不體面，但坐過牢的人不容易被懷疑，如果吸收進局裡，未來有需要進到大陸，反而是種保護。魏龍城愈想愈覺得合適不過，開口問道：「你還年輕，不要這麼喪志……有沒有意思，到我們這裡來工作？」

「到情報局，可以恢復軍職嗎？」黃敏聰有些意外。

「以往從滇緬邊區招募回來的人，是有直接報准了就核階的規定。你的情況，我不知道規定是怎麼樣。但是，如果你還想報效國家，回不了軍中，來情報局是最好的機會，有沒有軍人身分都可以，工作有意義，待遇也比軍中好。」

「所以就是要去大陸？去香港？」

「去哪裡不一定，我們會看你的潛力，往哪裡發展最適合就派你到哪裡去。」

黃敏聰想起在眷村的成長時期，街頭巷尾的叔叔伯伯講的各種故事：力行社、藍衣社、軍統局、刺殺丁默邨的鄭蘋如，當然，還有長輩們口中，如神一般存在的特務頭子——戴笠。

「如果加入了你們的工作，我就算是戴笠創立的軍統局的人了？」黃敏聰想著自己有可能成為這個傳奇單位的一員，心頭一熱，語氣也興奮起來。

「戴先生是情報局的精神領袖，整個情報局上上下下，到今天都還是尊奉戴先生的教誨，『同志如手足，團體即家庭』。將來你進來，也要在戴先生銅像和情報局歷代烈士靈位前宣誓。」魏龍城停了一下，接著說道：「如果你真的願意，出獄之後我們可以聯絡，我來當你的介紹人。但你不必急著來，先找點其他工作，最好能往大陸發展，多發展各方關係，再到局裡來，水到渠成，你會做得更順手。」

「好，我會記住魏先生說的。」黃敏聰用力點了點頭，「有朝一日，我們外頭再聚，到時再向魏先生請教。」

第三章

01

一盞聚光燈直射而下，把黃敏聰腦袋的渾圓黑影投在桌上。他握著筆，正對著桌上一疊橫線稿紙發愣。幹員放下這疊紙時撂下一句：

「你好好交代吧。有多少寫多少。紙你要多少有多少。但有一樣：你有權利寫，沒有權利撕。寫錯的你放旁邊就好，不准撕掉任何東西，清楚嗎？」

黃敏聰的手腕隱隱作痛，特別兩側的腕骨只有薄薄一層皮，手銬等於直接錮在骨頭上，像被一把刀的鋒刃抵著。黃敏聰自從在上海飯店試圖跳樓不成，就被上了手銬。當天晚上睡覺也只解開了他左手，把右手銬在床頭。經歷了前一夜的緊張和奔波逃亡，黃敏聰不多久就沉沉睡去。

第二天早晨黃敏聰被搖醒，一睜眼看見小劉站在床頭，「你半夜又說夢話又拚命踢腿，做惡夢了吧？」黃敏聰沒來得及清醒，也想不起自己做了什麼惡夢。小劉催著他：「起床吧，該走了。」

押上車，黃敏聰見到有人又拿出了黑頭套，高聲抗議：「給我吸點新鮮空氣好不好？現在不就是要押我去北京嗎？要不搭飛機，要不搭火車，去機場或火車站的路，有什麼好不讓我知道的？」

小劉聽了，笑了一笑，朝部下搖搖頭，收起了頭套，車隊一路開進虹橋機場。不過到了北京，一坐上車又是一個黑頭套罩住。黃敏聰唯一一次知道自己在哪裡，是一聲突然響起的北京口音：「『大魚』快到了，我們正在北新橋。」電話那頭有人說了幾句，但聽不出來是什麼。

灰色的高牆、張牙舞爪的鐵絲網，白色礙子下頭掛著「有電危險」的警告牌。黃敏聰的人生第二次進了看守所。

這是一個約莫十多坪的空間，一部箱型冷氣靠在牆上，黃敏聰坐的桌椅距離冷氣機三、五步的距離，他還不知道這部冷氣送出的冷風等等會像蠱毒一樣鑽進他的關節裡，令他酸痛難忍——如果拷問他的人想這麼做。他的對面還有幾張會議桌拼接在一起，稍後他就會知道，更強的燈光會從那裡照射過來，照得他根本看不清審問者的長相，甚至不確定人數。聽得真切的，只有燈光背後冷峭的問題，彷彿發話的是那些水銀燈。

但這時長桌子空空蕩蕩，沒有任何人向他提出問題，他面前只有取之不盡的稿紙。拿紙給他的人，要他自己「寫檢查」，黃敏聰後來慢慢懂了，「寫檢查」的意思接近「自我檢討」或者「悔過書」。

黃敏聰想起個訓間毛玻璃後頭的教官的話。這時「絕對不招」似乎已經不可能了。況且審訊的人擺明了是要黃敏聰自己先出牌，「把你和臺灣情報單位的關係寫出來。在那裡向誰彙報？在這裡接觸什麼人？」一個一身灰藍色運動服的小伙子，說完話退回黑暗裡，把黃敏聰自己留在燈光底下。房間裡，黃敏聰看得到的，相同打扮的小伙子，另外還有兩個。他們盯著黃敏聰，卻不與他目光交接。

黃敏聰琢磨著，該寫出多少上、下游關係。考慮了許久，他決定先寫下馮潼和胡聞天的化名，為了工作安全，除非是直接打給本人的電話，否則口頭、書面一概只用約定好化名代稱：馮潼是「嚴董事長」、胡聞天是「吳協理」，黃敏聰則是「王傑專員」……黃敏聰心想，這些化名應該早就被監聽到無數次，他於是寫下：

嚴董事長，大陸聯絡對象。

吳協理，臺灣聯絡人。

兩行寫完，黃敏聰把紙一推，「寫完了。」

走過來的是拿紙給他的小伙子，看到紙上只有兩行字，皺著眉頭瞄了黃敏聰一眼，走到角落拿起電話講了兩句。

不久之後，一個身穿黑西裝的的男子帶著一男一女走了進來，直接坐在黃敏聰的對面。男子看樣子四十多歲，肩寬臉闊，一百八十公分，北方大漢的身型，西服外套裡是一襲藍色襯衫，最上頭的釦子開著，沒繫領帶，胸口汗溼了一片。一男一女，看樣子都是跟班，黃敏聰定睛一看，女孩子就是在上海為他做筆錄的同一個人。

「黃先生，就這樣了嗎？」黑色西服的男子打斷了黃敏聰的思緒，用兩根手指頭挾起那張稿紙晃了晃，語氣帶著挑釁。

「我就知道這麼多。」黃敏聰決定咬死了就這麼說。

「你一個國民黨軍事情報局的少校，有膽子進來我們大陸，怎麼這麼就慫了？給你們局裡留點面子好嗎？」

「你說什麼呢？我是個商人，來大陸做生意的。有時有人託帶點東西，來來回回我就給他們帶。我不知道他們都帶些什麼，他們不說，我也不問。」黃敏聰的緊張情緒漸漸消失，慢慢放開了語氣，「我寫的這兩個人，一個是託帶東西的，一個是收東西的。我在臺灣當過兵，但已經退伍了，不在情報局。你要說我是少校，你讓臺灣國防部發錢給我，再幹幾年，我就有終身俸了呢……對了，長官高階貴姓啊？」

「這麼油嘴滑舌。你可以叫我伍處長，隊伍的伍。」伍維平似笑非笑，像是抓到說謊的小孩子，看你鬼扯到幾時的表情。「好，我先不跟你討論你的身分。你先給我說說，你和你這位『吳協理』，每個月見幾次面？」

「他有事才找我，一、兩個月一次吧。我要來時他把東西給我，我到北京就約嚴董，當面交給他。」

「帶的什麼東西？」

「不知道。都是牛皮紙信封包好的。」黃敏聰看了伍維平一眼，「我不會去打開來看的。」

「『嚴董』有交東西讓你帶去臺北嗎？」

「嗯……不記得了。」

黃敏聰心裡一驚。如果承認了替嚴董——也就是馮潼帶東西去臺北，那就坐實了他替情報局工作。這可不能隨便承認。黃敏聰心想，馮潼應該已經被抓，但不知道供出多少情節。黃敏聰心裡掛念著這位長者，暗下決心，「能頂到什麼時候就頂到什麼時候吧。」絕對不能從自己口裡證明馮潼就是為臺灣工作的間諜，「做人的道義，理當如此。」

正當黃敏聰盤算著該說多少，說到什麼地步時，突然想起伍維平問話裡認定他是「情報局少校」，一下子像被兜頭潑了一盆冷水，心裡暗想，「馮將軍被捕了，而且指認了我。」因為他只對馮潼撒過這個小謊，在這個世界上，知道，或者說認為他是「國軍少校」的，只有馮潼一個人。

02

「你給我認清楚，這裡頭有沒有胡聞天，你的聯絡人，你要我叫他『吳協理』也可以。」

擺在黃敏聰面前的，是一塊比棋盤還大一號的木板，上頭貼著五排照片，一排五張，五五二十五個人頭。有些看起來是證件照，有些看起來是馬路邊或者百貨公司拍下來再格放放大的，有幾張很模糊，不知道是格放過度或是拍照時就有晃動。

「好像……沒有耶。」黃敏聰把木板舉到眼前仔細看了一、兩分鐘，貌似想辨認其中幾張，但其實他飛快地掃描了兩輪。豈止胡聞天，丁孟原、潘中統、郭宇千都在裡頭。一股寒意從他的脊椎直往上竄。但他還是下定決心，裝糊塗到底。

「沒有嗎？我提醒你：第三排。你可看清楚了。如果要我提醒你，可是有後果的。」

胡聞天的照片就在第三排中間，看起來是情報學校畢業時，剛分發進局裡辦證件時拍的照片。

「中間這個？」黃敏聰指認得很艱難的樣子。「這個人是平頭啊，吳協理是西裝頭，只有臉型有點像，但髮型不對，我看不是。但這一排其他人更不是了……。」

「你把丁孟原指出來吧，你們副局長。」不等黃敏聰往下說，伍維平再給他出了一題。第二排第一張，穿著西裝，看來是個公開場合拍下來的，放大之後有點模糊。

「副局長，那麼大官。我不認識。」

「你們這個專案是他直接抓的，你做為交通員，會沒有見過他？」

「我只和吳協理聯絡。」

「那你參加工作時呢？出發來這裡前呢？他沒有請你們吃個飯、發個獎金什麼的？這一趟不還帶經費來了？還要我提醒你多少事？」

「吳協理是跟我說過，他上頭還有長官。有沒有見過？我不記得了。一開始參加時，是有個長官請吃飯，我們叫他『陳副董事長』，按你的說法，大概就是副局長了吧。但他的長相我早就忘了。何況這張照片也看不清楚。」

「再看一下，仔細想想！」

「這個有一點像吧。」黃敏聰指了指照片上一個不認識的人。「這好像是陳副董事長；吳協理嘛……這個像一點。」他指的是潘中統。伍維平冷笑一聲，在兩張照片上加上了紅圈。

「那潘中統你也認一認吧。」伍維平步步進逼。

「這個是誰？」

「你能認得的。」

黃敏聰對潘中統的印象其實很模糊，當年李光權決定把玄武專案的參謀和交通同時換掉——以胡聞天替換潘中統，用他換下郭宇千。那時的黃敏聰只聽過潘和郭的名字，外加一點他們不是太好的風評。之後潘中統私下約黃敏聰見了一次面，名為「交接經驗」，但其實匆匆來去，只是為了讓黃敏聰向馮潼轉交一封信。

「你說的這兩個人，我不知道。」

「沒見過？沒聽過？」

「沒有。」

「馮先生——你的『嚴董事長』沒有向你提過他們？」

「我和嚴董事長就談我們自己的事，提別人幹麼？」

「好，你最好別耍花樣。」伍維平把照片和紀錄交給跟班的年輕男子，揮手讓他離開。男子走了幾步，伍維平追上去，對男子低聲交代：「把人名和照片整理好，對起來，下一把我們就和這傢伙攤牌。」接著又坐回黃敏聰對面。

「你堂堂臺灣軍事情報局少校情報官，卻連自己同事都說不認得，這是把我們當傻子嗎？」

「我說了我不是情報局的人，我在浙江做生意，要常跑大陸，所以每隔一陣子他們給我包東西，讓我帶給嚴董。我如果說我真的一點不知道這是什麼祕密行動，你也不會相信。但我看你也是幹這一行的，你會把你的真實身分告訴跑腿的人嗎？不會嘛。你要聯絡的人會跟跑腿的人說他是誰嗎？更不可能吧。」

黃敏聰原本想著，坦白自己「知道這是個祕密行動」，可以緩一緩審訊的攻勢。但伍維平聽到這樣的答話格外光火，一來大半案情自己早就掌握，黃敏聰是最後落網的，說與不說其實沒有差別。但黃敏聰故意夾纏、誤導，讓伍維平非常不耐煩。再想到，馮潼竟然為這麼一幫人工作，怎麼就不能赤誠磊落點呢？暴怒的伍維平，一根指頭幾乎要插進黃敏聰的眼睛裡：

「你是騙我還是騙馮老先生？你自己選一個吧。在我這裡說是生意人，對著馮老說是情報局少校，哪個是真的？你說啊？剛才就是試試你，真的以為我什麼都不知道嗎？對馮老，你們前前後後，男的女的，每一路人都在騙他，硬是把他騙上了絕路。還敢說自己是幹情報的，幹情報的人，忠義赤誠，看看你們臺灣情報局對馮老，有像那麼一點樣子嗎？」

伍維平罵聲一落，抬起右腳就對著黃敏聰胸口踹下去，黃敏聰胸口先是一悶，跟著來強烈的壓迫和痛楚讓他喘不過氣來。劇烈咳嗽的同時椅子向後傾倒，所幸黃敏聰還能自由活動，趕忙側身滑坐在地上，沒有跟著椅子直挺挺向後倒下去。

突如其來的暴怒沒有嚇住黃敏聰，但「男的女的」四個字倒是讓黃敏聰吃了一驚。他心想，與馮潼聯絡的就是他一個人，哪來的女的？

在一旁的幾個年輕小伙子紛紛從牆邊黑影裡現身出來，作勢等著伍維平發令就要動手。但伍維平對他們搖搖頭，示意他們先退下。

「現在，你要不要告訴我你到底是幹什麼的？還有你的『情報局少校』是怎麼回事？」
「我從來就沒向你說謊，我就是做生意的。我之前是軍人，但退伍了。」
「在哪個單位？」
「警備總部。」
「什麼軍銜？」
「上尉。」
「為什麼退伍？」
「犯了案。」
「什麼事？」
「把過機場海關旅客打點的錢，分給手下兄弟們。就都算我貪汙了。」
「判了多久？」
「八年，坐了四年多的牢。」
「這樣就離開部隊了？」
「犯了貪汙案是不能回軍中的。」
「那為什麼騙馮老說你是軍官？」
「不是騙。」黃敏聰想了幾秒鐘。「這……如果我不是被人坑了，我早也就是少校了。」
偵訊室四面都是鐵灰色的牆壁，吃喝起居都在這裡，黃敏聰可以活動的範圍裡看不到一扇窗。但左手靠牆處有個冰箱，剛進來不久，他向守衛要求「給杯涼水可以嗎？」小伙子往冰箱一指，「冰箱裡的東西，要吃要喝都可以自己拿。」冰箱一開，意外地裡裝滿了啤酒、涼茶和削好的水果。

這樣的環境讓人很快喪失了時間感。不過黃敏聰慢慢發覺，輪班看守他的一共是九個人，一班三個人。三班輪過一次，應該就是一天。看守他的人裡，一個年輕人特別眉清目秀，戴副眼鏡，舉止也斯文。黃敏聰鎖定他的出現暗暗計算，這是他第七次見到他這一班了。

在上海飯店審訊過他的小劉這時出現了，黃敏聰以為他要問案情，沒想到他劈頭先問：「明天吃飯你想吃什麼？」黃敏聰嚇了一跳，隨口說了一句：「明天我想吃一點燙麵的蔥油餅，配點小菜，弄點稀飯。」結果隔天，如他說的一樣一樣端出來。餅是酥的，稀飯是熱的，看來是就近在這個看守所的廚房做的。之後，黃敏聰還試著點了酸辣湯、炸醬麵、韭菜水餃和羊肉泡饃。看守、審問他的人也跟著他大吃一頓。

但這些待遇都只在幹員認為黃敏聰「配合得好」、關係不錯時才能維持。從關進來開始，黃敏聰感覺二十四小時都在接受審訊，有時幾個問題反覆盤問，故意說錯的代稱化名，張冠李戴地指認，在反覆盤問之下，幾乎沒有不被揭穿的。最初被要求認人時，黃敏聰隨意把甲說成乙、乙說成丙、丁說成甲……但這是隨口胡謅，時間一迢，反覆再問，就也記不得自己攪亂人名的規律。一旦想不起來，黃敏聰一概回答：「不認識。」

今天情況特別嚴重，黃敏聰一連五、六個「不認識」。伍維平點點頭，再不做聲。「我能不能去上個廁所，我坐太久了，腰很痛。而且想上大號。」黃敏聰問。

「好……去吧。」伍維平兩手抱胸。

上大號也得開著門，監視的和被監視的，相對無言。上完，黃敏聰才站起身，一抬頭看見伍維平從門口一步逼近他身邊。黃敏聰還來不及想他要幹麼，肚子已經結結實實挨了一拳，痛得他彎下腰去；跟著後頸重重了挨了一記手刀，兩腿一軟跪在地上。伍維平順勢用力，把黃敏聰的頭按進了還沒有沖水的馬桶裡。

過了好一會，伍維平鬆開手，黃敏聰直起身子，糞水沿著鼻尖、臉頰、耳朵和後腦往下流。他全身顫抖，不知道自己是恐懼還是憤怒，「你們不能對這樣對戰俘。」

「你不是戰俘，你是個把自己搞髒的人。不過弄髒沒關係，洗洗就好了。」伍維平對著部下一揚眉毛，「帶他洗個澡去。洗完我明天再問，他就能認對人了。」他直接把臉逼到黃敏聰可以感覺到呼吸溫度的距離，沉著聲說道：「本來你可以判個死緩的，要不要我向法官說說，乾脆槍斃你？反正，你看起來很想進你們情報局那個叫什麼……忠烈堂的？」

03

「你這是在幹什麼呢？黃先生？」

迷濛之中，這個聲音鑽進黃敏聰的耳朵。他醒轉過來，發覺自己仍然坐在訊問桌前，什麼時候坐下來的？之前被問了多久？怎麼睡著的？經過不知道多少時間的反覆疲勞訊問，黃敏聰要想起什麼都很困難了。

檯燈仍是直對著黃敏聰照過來，瞳孔花了很長時間才適應過來，他認出了坐在對面的是小劉，在上海被捕開始一路押解、審訊他的國安官員。黃敏聰回過神，向四周一看，平常跟在一旁監視他的幹員全都不見了。眼前，至少在他視力範圍裡，只有小劉和他對坐著。

「您這是幹什麼呢？」小劉又說了一次。

「什麼幹什麼？」

「您一個人硬扛這些，值得嗎？」小劉的眼睛盯著他。

一句話點醒黃敏聰，他回想自己四月中被捕後，關押在這個審訊室不知道多長時間了。一直以來，對於馮潼的問題他能不回答就不回答，情報局的聯絡關係故意答得混亂不堪，一來是反抗，同時也是保護馮潼，希望讓案情「缺少關鍵的一塊」，不要因為他的指證，坐實了馮潼為臺灣情報局工作的間諜罪。

「沒有用的，您不招，也保不住他。」小劉語氣溫和，但直接戳破黃敏聰的心思：「您想想，馮將軍這個級別，是多嚴重的案子。我們得調動多少偵查手段，蒐集多少證據？您招供不招供，案情都清清楚楚。」

「那你們就不用來問我了。」

「問您，老實說，也就是走過場。於全案事實的建立和明確，關係不大。」小劉兩手環抱胸口，口氣像在教訓個桀敖不馴的學生：「但您的態度和回答，卻會決定您自己的刑期。」

「那大不了就判我死刑，槍斃我得了。」黃敏聰口氣強硬，但倒也是故作堅強。被捕到羈押這段時間，他幾次夜半驚醒，那一次次令他嚇出一身冷汗的惡夢，他相信必定會成真：這案子起碼三個人要死——馮潼、薛智理和他自己。

「你當真這麼想死？」小劉微微慍怒，像是碰上了個學不會、也無心學功課的孩子。「我看看你……五四年生的人，現在四十五歲不到。以我知道的你的情況，就算你完全不爭取立功表現，估計關二十年頂頭了，如果爭取點減刑，最晚六十出頭就能出獄……。」

「六十歲，人都廢了，回臺灣還能幹麼？」

「你別抬槓。現代人活得長、不顯老，身體機能也好得很。六十歲出來，你願意留在大陸還是回臺灣，全由你自己決定。如果回臺灣，你們政府不能不給你一份退休待遇吧？」

一句「退休待遇」，讓黃敏聰想起情報局還沒有為自己申請恢復軍職，此時死了，也是一名老百姓，而不是殉職的軍人。「是啊，我還沒有回任軍官呢……。」黃敏聰心裡的聲音，加入情報局之初的期待，像是微微又紅熱起來的餘燼。

「那你要我怎麼辦？」

「不怎麼辦，就別再胡鬧就行，有一說一。事情知道的就說知道，如實交代；認識的人就說認識……。」

「你們問都是情報局的人，我不認識。我說了我不是情報局的人。」

「這一點我們弄清楚了，你確實只是個聘雇人員。但你的上、下游，和從旁接觸得到的關係，哪怕只見過一、兩次的人，都得給我們認清楚。」

「你們……」黃敏聰差一點問出：「為什麼你們有能力查到我的身分？」不過話到嘴邊，

趕緊收口。

「你是要回臺灣安享晚年？還是就在這給我們槍斃，做個糊塗鬼？」小劉又問了一聲。

一句「糊塗鬼」，又聽得黃敏聰心頭一震。他想起伍維平怒斥的「你們情報局男男女女」；再記起小劉有次偵訊他時，黃敏聰無意間瞥見他的案卷文書上有兩個自己沒看過的名字，性別註記著「女」。「為什麼玄武案裡頭有女人？」他幾乎要開口打聽，但當然要忍住。

黃敏聰突然發覺自己可能會為它送命的「玄武專案」，恐怕並不是他一直以為的，只是他與馮潼「內線」與「交通」這樣單純的一對一關係。在他背後，很可能還有一股暗流，他是被這股暗流吞噬的嗎？

七月底的一個早晨，這股「暗流」又一次展現在黃敏聰面前。看管黃敏聰的人突然連聲要他儘快收拾東西，一問才知道要轉往看守所。一上囚車他就發現車上已經坐著兩個女人，各自被身穿制服的女警押解。其中一位短捲髮，身材豐滿，神情裡沒有太多恐懼，她盯著黃敏聰走上車。另一位瓜子臉，單眼皮，高鼻梁，低著頭，黑亮的大眼睛盯著地板，失神如盲人。即便她坐著，都能看出是位身材高䠷的美女，即使已經被剪成齊齊整整的女囚短髮。

黃敏聰和一直盯著他的女人眼神相對，女人身子動了一下，欲言又止，押解的女警馬上出聲喝止：「都坐好，不許交談。」另一個女子依舊動也不動，女警的喝斥彷彿充耳不聞。黃敏聰心想，這一車看起來確實都是同案犯人。但她們是誰呢？

04

「被告人黃敏聰間諜罪，判處死刑，緩期兩年執行，剝奪政治權利終身，並處沒收個人全部財產……」法官平板的聲線，完全符合這場審判只是「走過場」的預告。黃敏聰站在被告欄裡，欄杆飄上淡淡的木頭香氣，這氣味，似乎在當年景美的軍事法庭上也聞到過。又要坐牢了，四十年的人生第二次，黃敏聰心裡回想著那位官派律師的告誡：

「死緩，死刑緩期執行，一般是緩期兩年，會改無期徒刑。但兩年內你得老老實實，否則還是會執行死刑……。」

死，現在的黃敏聰已經不想死了。曾經在暗無天日，不知歲月的審訊間，因為受不住疲勞審訊昏睡過去，黃敏聰曾經夢見馮潼，臉上帶著一九九五年初見面時一樣的微笑，鮮血從皺紋裡不停湧出。同樣的夢，後來在看守所裡反覆又出現了幾次。他知道馮潼、薛智理都死了，這麼嚴重的「罪」，兩人同為主犯，活不了的。

「改了無期徒刑以後，爭取立功表現，可以再改有期徒刑二十年，接著按多少積分，減多少刑期……會被關多久，一切都在你自己。」律師最後落下這句話。

二十年，在中國牢獄裡的二十年，黃敏聰此刻想像自己如同走進一片迷霧森林。但馮潼為什麼失風？自己為什麼被捕？囚車上名為「同案」，但自己卻完全不知道的兩名女子，究竟各自是誰？棋局已殘，謎題才現身，之前下的究竟是哪一局？或者自己從來就只是棋子。

黃敏聰心頭漸漸燒起一把火，他想把路照亮，找到走出森林的路。

05

監獄規定囚犯吃飯時，坐的是大約小腿高的塑膠板凳上。黃敏聰的板凳，在一支腳上寫著「範恭一熊」四個字。他很得意自己的小小「巧思」，因為每當獄警或其他囚犯好奇問他，他會放大了聲音說：「這四個字說的就是我——反共英雄！」

黃敏聰不只在塑膠椅子上做文章，有時他還能託人帶進一些臺灣的報紙刊物，《天下雜誌》、《聯合報》、《壹週刊》等等。上頭一有青天白日滿地紅國旗，他就剪下來貼在上鋪床板的下方，就是下鋪的頂上，人一躺下就能直接看到。時間一久，愈貼愈多，獄警和牢友看慣了，也不以為忤。

發配到北京市第二監獄已經接近兩年，這是第一條「死線」，黃敏聰會被減為無期徒刑還是直接執行兩年前判決的死刑？黃敏聰一想起這事就焦躁不安，渾身冒汗，一整個心思全被這件事占領，直到工廠領班一聲暴喝：「老黃，看你弄的？十本有八本都是歪的。你今天搞什麼？」

黃敏聰回神一看，果不其然，自己貼過的集郵冊膠片都是歪的。這是北京二監的工廠向中國集郵總公司包下的生產活，中國大半地區發售的集郵冊，都是由北京二監生產。前一站用鉛筆在冊頁上畫條線，到黃敏聰就拿一片膠片往上一貼。以黃敏聰在監獄的資歷，是光憑肌肉記憶就可以完成的工作，但今天的他手汗直冒，對著貼都貼不正，貼不正還沒發現。

「你不要貼了，下去搬貨。」一位被稱做「管教」的獄警對著黃喊了一聲，要他到樓下去把剛運來的，待加工的集郵冊搬上來。黃敏聰放下工作站起身，下樓加入了搬集郵冊的隊伍裡，十五冊一疊、十五冊一疊，囚犯將它搬上樓，下樓接過一疊，魚貫而行，如一列工蟻。

偏偏在這時，北京二監新換了一位監獄長，姓方名向東。監獄幹部間傳說他來自監獄管理局教育改造處，來當監獄長為的是過水升官，監獄實際工作一點不懂，平日一下到中隊視察，不管事情做得對不對，一概先掀翻痛罵一陣。另外他對「教育改造」的各種手段情有獨鍾，尤其喜好創設各種規條、律令、口號，時不時就集合全體囚犯站在大操場上背誦，抽問時必須琅琅上口。

黃敏聰和其他囚犯搬空了一座貨櫃，回來剛好加入操場上的列隊，背誦監獄長新下發的口號「三不四要」。下午三點的太陽，晒得黃敏聰汗珠從額角、鼻梁、後腦、眉毛同時往下滾。低頭看著手上紙條上那些他無心記、也記不住的規條。一股氣衝上黃敏聰腦袋，他憋足一口氣，大喝一聲：

「方向東，我操你媽屄。」

集合著幾百個人的大操場頓時鴉雀無聲。不久傳下命令，各隊帶回，查明究竟是誰出言不遜。

開罵的是黃敏聰，站在他附近的囚犯和幹部人人心知肚明，但形式上仍然免不了逐一盤問。黃敏聰出了隊長室，轉身鑽進廁所抽起菸來，他抽的「菸」只比牙籤略粗一點，用信紙捲菸絲製成，拆開一根一般香菸，可以捲出五根。黃敏聰抽了兩口，見到一位獄友晃蕩進來。

「要抽菸嗎？」黃敏聰沒有出聲，用眼神發出一句問句。

「好啊。」也是眼神回覆。

黃敏聰點點頭，挪開身子，讓出了廁所裡唯一一個抽菸的位置——兩架監控攝影機之間的死角。同時順手把抽到一半的菸遞給了獄友。一接過菸，對方猛吸了兩口，解了癮，臉上露出舒坦的笑容。

「謝謝黃哥……您……剛才被問話了吧？他們想拿你怎麼辦？關小號？」

「沒有。剛才他們一問，我就認了，就是我喊的。」

「啊？」獄友睜大了眼，驚疑未定。

「反正他們不敢上報，上報了，他們自己也倒楣。我當著他們的面，就承認是我喊的，他們還拚命叫我安靜，不要再說了。」黃敏聰說著說著，笑開了。

「您這是何必呢……」

「心裡煩哪！不知道要關到什麼時候，不能不發洩一下。」

「這麼個發洩？您這頂『危頑分子』的帽子真不白戴。」

「是不是？我一開始是因為罪名敏感，後來因為個性就是這樣，『危頑分子』這頂帽子我看是摘不下來了。」

明明該低調的時候，黃敏聰偏偏忍不住。其他中國囚犯看不過這作風，有人趁隙罵他兩句，也有人走路時有意推撞他一下。但黃敏聰必定反推回去，跟著回罵一句：「我犯的是你們國家的法，不是你家的法。」

看不慣黃敏聰的還有獄警，有時冷不防就踹他一腳，「你這個雜種，應該把你直接槍斃了，審什麼審。」

黃敏聰轉頭問其他獄警：「他姓什麼？」

「姓曹，你就叫曹管教。」

「什麼姓曹，姓操！」

「人在屋簷下，你少說兩句吧。」

人若犯我，我必犯人。久而久之，獄警之間把黃敏聰叫做「那個臺灣的刺頭兒」[(3)]敏感討厭的程度，一如他的罪名：間諜罪。

冤家路窄，黃敏聰這個月理髮，正撞在曹管教手上，黃敏聰被剃了一半留了一半，俗稱的陰陽頭，回到牢房，獄警們哈哈大笑。只有隊長皺起眉頭，不動聲色問黃敏聰：「這怎麼回事？」

「曹管教帶我去理頭髮。」

「這沒理完嘛。理到一半怎麼跑出來了？」

「……。」

「小李。」隊長轉頭叫了另一位獄警。「帶他把頭髮理完。理好再出來。」

黃敏聰默不做聲，一回頭剛好和隊長目光交接，隊長眉毛一抬，眼光看向黃敏聰的板凳，似乎在責備黃敏聰：你忘了你自己說的話嗎？

這句話寫在板凳的另一支腳上：死生都要回臺灣。

第二部　情報宣播中統

第四章

01

潘中統搖起病床讓自己成了個坐姿，怔怔地盯著點滴瓶，生理食鹽水從軟袋裡一點一滴進到滴管，護士才在滴管裡加了藥，原本透明的液體混成了一片淡褐色。加進去的是什麼，護士咕咕噥噥地說了一聲，但潘中統沒聽清楚，也不在意。

嚴聖邦人剛離開，這位情報局的老弟附在潘中統耳邊，聲音悉悉窣窣，惟恐他人聽到但進入耳裡像燒紅的烙鐵一傢伙穿透潘中統的心臟：「小玉確定被抓了，現在押在解放軍總政的看守所裡。」

「那個小子，情報局後來找的那個，黃……黃什麼的呢？」

「黃敏聰，判十八年。」

「兩位先生呢？」

「馮先生、薛先生兩位聽說就要處死。」

胃液一陣翻湧，潘中統伸手想抄一個杯子，一抓再抓落了空，一大口黃水哇的一聲吐在毯子上。嘔吐聲驚醒了一旁打盹的太太，抓起紙巾遞給潘中統。但潘中統不擦毯子上還溢流著的酸黃胃液，反而先搶著抽起一個浸溼了好一大片的牛皮紙袋，擦乾了袋上的酸水，遞給太太，

「這個要給我陪葬的，妳要收好。」

潘中統的太太白了他一眼，接過紙袋，袋裡掉出一張照片，巴掌大小，上頭是一位穿著西裝式常服、大盤帽的解放軍軍官，原照看起來是一吋或兩吋的證件照，但因為放大再放大，顆粒變得愈發粗糙，但臉部尖瘦的輪廓，嚴肅甚至帶點憂鬱的表情，仍然清晰可辨。

太太拿著照片還想細看，潘中統急忙揮了揮手，示意她把照片放回去。潘中統捲起吐髒了的毯子往地上一丟，「妳去找護佐來收拾乾淨。」

「還是你的那個案子？」太太問了一句。潘中統默然。

「不是我的案子了，幾年前就不是我的了啊……。」等到潘中統出聲，太太已經轉身出了病房，他只回答了空氣。

潘中統轉頭看了看床頭的月曆，十一月了。再隔一個多月，一月一號就又是將官晉升典禮。這幾年，在這每半年一次的典禮前夕，晉升名單發布前，他有時惴惴不安，更多時候是暴躁易怒。緊張的情緒會一直到將官晉升名單發布時像琴弦一樣繃斷，跟著大發一頓脾氣——為了名單上沒有自己的名字。

但這一次名單發布前，潘中統再無期待，因為他知道自己的情報員事業已經結束，升少將的願望破滅，這一切都是因為兩個叛國者，或者更精確地說：兩名落網的叛國者。

潘中統想起陳水扁去年在大選裡勝出，「靠著連戰和宋楚瑜兩強相爭，兩敗俱傷，媽的！」身為總統，最有象徵意義的，恐怕就是一月一號的將官晉升典禮。以往的「三合一敵人」如今成了你得靠腿敬禮，三呼「總統好」的三軍統帥。潘中統忍不住啐了一口：「算了！

讓陳水扁授階，不如我上校掛到底，坦蕩光彩。」

病房護佐默默清理地上的毯子，太太幫著忙，沒有接話。因為她知道潘中統言不由衷。太太不接話，潘中統有點沒趣。伸手撥弄了幾下小小的滾輪夾，想讓點滴打快一點。這一下引起了太太注意：「你幹什麼？」

「讓它打快一點啊。」潘中統瞪大了眼睛，「不然我他媽的要在這裡躺到什麼時候？我還有事要辦。」

「你好好養病，還能有什麼事要辦？」

「不養病，趕快打完這個療程。我要回局裡。」

「你不是要報退了？」太太嚇了一跳，以為潘中統改變主意。

「退是要退，退之前還有一、兩件事要做完。」

什麼事潘中統沒說，但太太猜是為了照片裡的人。

02

潘中統的情報員事業，開始於香港。

一九六四年他情幹班畢業見習完就自願進香港，當時香港是國民黨特工潛入中國大陸的跳板。潘中統第一次和接運他的同志相約碰面，準備偷渡廣東時，嘴裡反覆念著證明身分、三問三答的密語，同志這才從藏身之處走出來。不料港警政治部幹員同步現身，接運的同志被扭倒在地。潘中統轉身就跑，跑了好一段路才甩開追兵，躲回重慶大廈的旅館，三天三夜足不出戶。

就這樣，潘中統陰錯陽差錯過了入陸的機會。但他在逗留香港等機會時，順手買了一些左報、雜誌，整理發回了一些不頂重要，卻確實有用的情報。潘中統的長官突然意識到：何不就把這小子留在香港？當時的情報局局長是葉翔之，他一來識得香港的重要，二來有股硬脾氣，香港政府每抓一個特工，情報局就補派一個。長官盤算著，既然已經有人在香港，不如就就地轉用。上報葉翔之，他大筆一揮：同意。

葉翔之在任的一九七〇年代，潘中統順風順水。香港既是入中國大陸的門戶，也是東南亞情報販子的集散地。沿著香港的人脈，潘中統轉戰印尼、泰國。大使館的櫃檯、部會的收發、伴唱間的小姐、首長的祕書、將軍的情婦、商會會長的小姨子……潘中統在意想不到的地方布建諜員。有時候新升任、不識相的組長試探地問他：「這個……哪裡來的？」潘中統立刻頂回去：「情報有價值、有績效最重要，你不用管我哪來的。」另一句經常從潘中統口裡說出的話是：「情報的錢，花得有價值、有績效最重要，你硬要人家線人簽領據，是要害死別人嗎？」

原本按照核銷規定，津貼支付對象可以用化名簽收據，理論上身分不可能曝光。但潘中統堅持，簽化名也不一定可靠，「局裡難道沒有匪諜嗎？再者你知道我的來源是些什麼人嗎？人家有頭有臉，要人家簽名領錢，我說不出口。」潘中統不按規矩做事的名聲，與他蒐集情報的高效和精準齊名。

這些話是不是虛張聲勢、自抬身價？沒有人知道。但這種爭執的結果通常都是主計單位的人鼻子一摸，搖搖頭自己回去想辦法「解決」，縱使偶爾會有某些長官——例如剛來的——下決心要讓潘中統「知道規矩」，但到了歲末年初，這位長官就會知道，當「小蔣先生」在情治首長會議上，以濃濁的浙江口音問道：「今年的『中發一號』怎麼還沒有來啊？」這種時候，潘中統還是局裡最有能力取得中共中央年度第一號文件的情報員之一。

不過情況終究有了變化，七〇年代中期，情報局首長更迭，新首長正有意找個案子整頓時，潘中統自己撞上槍口：一張購買瑞士金錶，記載「饋贈生日禮品」的單據送進局裡請款。主計官向潘中統索取簽收收據，潘中統堅持金錶是送給了一名泰國軍事首長。承辦人再追問，他高聲回嗆：「你送人家生日禮物，你會請人家打收條嗎？」

主計官這次不再忍耐，他一狀告上新局長，局長看「燒他新官上任三把火」的機會來了，立刻批示將潘中統調回內勤，即時生效。

回到辦公室的潘中統像洩了氣的皮球，同事見到他時，眼瞼總是垂著，看不出原本精亮的眼神還在不在。潘中統原本每兩天打一趟八極拳，他總說：「在外勤工作，誰知道哪天會有人來殺我。」但如今小老弟邀他練功，他絲毫提不起興趣，「不必了，現在成天坐辦公桌，誰來殺我？」邊說，邊把往滑到肚腩下的皮帶往上提一提。

「潘中統啊……這人廢了。」類似的評價，漸漸在局裡傳開。閒雜人等口耳交接之間，潘中統的情報研析「信筆所至，任性為之」——這是咬文嚼字的客氣話，實際上在被退回的報告裡他是這麼寫的：「從柴契爾這婆娘失了神摔了一跤之後，英國在香港前途談判就一路陷入被動……。」局長批註八個大字：「出言不遜，豈有此理。」外加一個大紅圈圈起這一段。

被局長好好斥責了一頓的處長把報告丟還潘中統。他頭都不抬，眼睛始終沒離開眼前那一份《星島日報》。香港重要報刊每天一出刊，情報局派在當地的人員就要按清單蒐購完整一份，交給航空公司貨運寄回局裡。負責蒐購報刊雜誌的，通常是繳不出情報績效，又找不到理由把他調回來的幹員，只能靠這樣的閒差度日。

潘中統形容自己「流放局本部」，他每天至少花三個小時讀報，俗話說「喝茶看報」，潘中統不喝茶，而是配豆漿燒餅油條，右手邊還有一本小筆記本，讀報時他的桌面忙亂得很，油條的油跡從手指沾上筆記本，再印上報紙，資料室剪報的女同事幾次抱怨，潘中統只當沒聽見。

不過今天他的桌面倒挺乾淨，除了一杯開水再無其他。他盯著《星島》的社論讀了好一會，目光一抬眼，瞥見報眉上「中華民國七十四年一月十八日」，嘴裡喃喃念著：「胡文虎自己說是親國民黨，我看也沒有多少時日了。這對父女恐怕要轉向老共那裡去。」他一邊念著，一邊打開抽屜，把剛才退回來的報告放進去。他的抽屜其實已經滿到八、九分，關了一半卡住不動，他壓了壓，再猛推進去，眼睛再轉回報紙版面，絲毫不以為意。

這就是潘中統的日常。研析被退，因為他從來不用「是職淺見，請卓參」、「如上研析，呈鈞長卓裁」這種套語。他文風直白，用詞有時近乎粗鄙。他總說這些局長要的，不外乎字跡工整、格式不錯、裝訂整齊。「但情研是好是壞，他們根本看不懂。」用之則行，舍之則藏，反正被冷凍，也不只是一年兩年了。

「我他媽的不在乎！」他突然冒出聲音來，旁人看了他一眼，他聳聳肩，沒事。

這段期間，唯一讓他能順一順鬱結之氣的是情報學校的講臺，授課當教官，也是對前途沒有太大幫助的差事。別人避之惟恐不及，潘中統卻樂得拿來當消遣。課堂上，他永遠把泛黃襯衫的下擺放在西裝褲外，上課時兩手插在口袋裡，像閒談一樣一路講到下課，有時學生實在聽不懂他所講的人、事。「不知道這個人，你們搞個屁對匪鬥爭？」他這才拿起粉筆，寫下大大的「康生」兩個字，筆跡如同畫符。

儘管這位教官經常出言不遜，但情幹班的小伙子聽他講起一九七五年和專司破壞、暗殺任務的「九一工作隊」潛伏在新界兩個月，伺機渡河刺殺鄧小平的往事，仍是聽得兩眼發直。

潘中統不愛用教材裡那些引經據典的字句，有次講到「吸引線人的說服技術」，他先拿起教科書，大剌剌讀起了書裡引用的《韓非子》：「欲內相存之言，則必以美名明之，而微見其合於私利也。欲陳危害之事……」還沒念完，潘中統把書一丟，「太煩了，你們聽得懂這在說什麼嗎？」滿座學生還沒反應過來，他又開口了：「要我說，吸收線人，就像是逼良為娼。你們嫖過妓嗎？妓女跟你上床，既願意也不願意，這就是線人。」

講到這裡，潘中統照準了一個男學員，幾步快走到他面前，手指著他，「小伙子，你說是不是，你上次就是這麼想的。對吧？不認？不認？還需認哪？」

這位男學員是鄺家祥。潘中統早就注意到這個安靜、害羞，被點名回答問題時一心急會冒出廣東話的香港僑生。從鄺家祥年紀輕輕來到臺灣的青澀，潘中統想到了自己在香港的歲月。因此上課時不時就對著他開個小玩笑，一種默契就這樣建立起來。

聽到潘中統隨口說出粵劇《帝女花》的唱詞，鄺家祥難得放開大笑。在課堂上，他的廣東話只有「潘教官」能懂能接；潘教官的笑話，也只有他懂。鄺家祥難得生出一種「比臺灣同學懂多一些」的快慰。

03

潘中統的「流放生涯」一天一天地過，不管是自己寫作或者批示下屬的研析報告，筆下愈發癲狂。但還是有少數人，在流言蜚語之下，堅信裝瘋賣傻的潘中統實力仍在，長他兩期的副局長丁孟原就是其中一個。

剛過晚上八點，丁孟原拿著卷宗走近潘中統的身後，一顆禿頂的腦袋跟著椅子轉了半圈。越過頭頂，丁孟原看見桌子上攤著兩、三本檔案夾，一張A4大小的彩色大頭照特別醒目，影中人皮膚黝黑，瞪著大眼睛，大盤帽前端翹得高高的，典型的東南亞軍頭風格。除了照片，檔案夾裡的剪報、公文、打字的文件、手寫的書信，散得滿桌都是。看來是潘中統剛剛調出的檔案。

彩色大頭照是蘇帝達・頌猜，這位泰國將軍幾天前發動政變，他公開的立場向來親北京，因此駐地情報員發回來的分析，斬釘截鐵認為一旦這位將軍長久執政，臺灣在當地的活動必定大受影響。況且「六四天安門事件」剛過，北京政府急於掙脫國際社會的孤立和制裁，頌猜主政的泰國，可能成為北京在東南亞重建影響力的起點。

「胡說八道，廢話連篇。存參！」潘中統給了惡狠狠十個大字的批示。外勤情報員每週報回數百條情資，成色不一，「存參」分級最低，多半「存而不參」，時間一到，直接淪為廢紙銷毀。

這份被潘中統打為「存參」的研析報告，這時就拿在丁孟原手上。

「你還沒走？剛打內線怎麼沒人接？」

「廁所去啦。我們這個年紀的老男人，尿尿特別慢，你也是吧？想開攝護腺的話，我給你介紹個好醫生。」

「幹麼修理駐地小朋友？火氣太大？」丁孟原左右看看，東南亞處已經沒人，索性拉把椅子坐下，原本想找他上自己辦公室談，想想也免了，就這裡談吧。

「修理？寫那個胡說八道的東西，批『存參』都對他客氣了。」

「怎麼說呢？」

「丁副座為什麼突然關心起泰國來？」潘中統沒有回答，先反問了一句。

「唉……」丁孟原白眼一翻，「現在駐泰國的代表，以前跟著行政院長好多年，原本放出去當代表，只圖個太平官做做。沒想到臨卸任前出這麼個大事，昨天院長特別打電話給局長，想問我們對泰國情況的研判……」

「那你跟局長說，那個大使繼續做他的太平官，一點問題都不會有。」

「怎麼你那麼確定？」丁孟原心想，即使潘中統外派過泰國，又歷練泰緬柬寮組和現在的東南亞處，但直接處理泰國業務，也是好久之前的事了……但他知道潘中統不喜歡被挑戰，況且，潘中統做事看似粗魯但其實一點都不莽撞。丁孟原點到為止，等著他接下來怎麼說。

潘中統沒有答話，拿起那張A4大的照片朝丁孟原揮了兩下，翻過面，示意他接過去。丁孟原低頭一看，發現照片背面有幾行英文字，鋼筆墨水已經褪得極淡。丁孟原摸出眼鏡正要戴上細看……

「不用看啦，這題字是送給我的。」

「啊？」

「蘇帝達・頌猜是陸軍情報部出身，一路幹到國家情報局。很長時間都是我們的聯絡對象。」

丁孟原這下子真的嚇了一大跳，一時不知道怎麼接話。潘中統接著又說：

「我還以為他的資料丟了呢，但一調人物誌，明明都在這裡。最高的時候，他是一年支我們四十萬美金津貼的大線。後來職務高了，膽子小了，慢慢斷了聯絡——當然還有一個原因，就是後來我走了，他不想跟別人接觸。」

「原來還有這一段……但我怎麼……」

「那時你沒管這一塊，不會讓你知道。」

丁孟原想想也是，就不接話，等著潘中統往下說。

「所以我說，寫研析一定要參考檔案，而且把檔案看完。但現在小朋友大部分東抄西抄，抄報紙、抄評論，那些記者只懂點屁，我們還把那些屁端回來送給長官聞。」

丁孟原笑著搖搖頭：「但是長官也是先看了報紙，我們報的和他看的不一樣，也得有個說法。」

「那就是風向嘛，情報研析都跟風向的話，要我們情報局做什麼？」潘中統突如其來被一口水嗆了一下，他咳了兩聲，對著丁孟原遞來的衛生紙搖搖手，「你說他親中，泰國人家不親中能活嗎？但親中一定等於會惡整臺灣嗎？邏輯不通嘛！況且，他們做中共工作也沒少做。我們從他手上拿多少中共中央下發的『中發文件』你知道嗎？他們盯老共盯得緊，我和頌猜合作最好的時候，老共大使一個星期嫖幾個妓女，掉幾根雞巴毛我都馬上知道。」

丁孟原噗嗤一聲笑出來，「所以我就說……」

「所以你就跟上頭說，蘇帝達．頌猜表面親共，實則親臺，以往與我方有諸多合作，關係深厚，一定不會讓院長親信難做官，不會搞到我們吃不了兜著走，大家都可以放心做太平官……」

「夠了夠了！我說到『關係深厚』就好了。還是你……」

「你要我跟這位老朋友聯絡一下，打個招呼，不要為難我們院長的親信大代表對吧？」

「沒有事瞞得了你的。可以嗎？」

「可以！你要做的事，哪有不行的。只是，你可別拿我的交情去領功？」

「我是這種人嗎？我們私下幫他們搞定就好了。讓他們知道我們還有這層關係，說不定麻煩事更多。」

「沒錯！副座上道！晚上我們忠誠路喝啤酒去。」

丁孟原苦笑著搖搖頭，舉手一揮，意思是「免了」。

不能不佩服他，丁孟原對著自己說。想起這個外貌看上去失志落拓，等著退休的老頭子，曾經創下蒐集「中發文件」連號最長的紀錄。中共中央辦公廳下發的文件，能拿到一份都不容易了，他能「連號蒐集」，這本領確實少有人能比得上。說不定來源之一就是蘇帝達．頌猜，誰知道呢？要說潘中統後來調離泰國了，但如果有中發一號文件，從哪裡回泰國拿不都理所當然？在潘中統的眼裡沒有地域和路線，哪一條線，都是我的線。

04

潘中統在頌猜事件上暗地使的力，還是傳進了新上任情報局長李光權的耳裡。向丁孟原問清始末之後，更確定自己初始的直覺沒錯，潘中統是個「有意思」的幹部。這一天，他順手留下了一份潘中統的報告，讓辦公室主任把他找來談談。

李光權另有心思：一九九七年交還北京後，香港從原本的「中間地帶」轉變為「敵後」。不管是國民黨陸工會或者情報局，都開始大量撤出駐香港的幹員。在李光權上任前有些撤退計畫甚至已經開始行動。但李光權另有想法，只是自己此前全無情報工作經驗，不敢造次。他看中了潘中統過去在香港工作經歷，更想掂掂這個下筆瘋瘋癲癲的情報官，究竟是真瘋還是裝瘋。

「香港，九七之後成敵後了啊，當然該撤。」潘中統的語調輕浮，仰面朝天，不知道這位新來的局長為什麼要找他來問一個早已確定政策的問題。

「你確實是這麼想的嗎？」李光權冷冷地追問。

「不然我該怎麼想？局長你怎麼想？」

「我覺得愈是居於下風，我們情報局愈該有所作為。」

潘中統這時才回過神來，與李光權對望了兩秒鐘。但忽然警覺，再怎麼目空一切，瞪著長官看總還是不對勁。眼角瞟到李光權桌上有一張照片，他順勢移開眼光，望向這張黑白照片，照片是個軍人，領口的鐵十字是納粹德國將領的印記，影中人望向右上方，高聳的大盤帽上架著一副風鏡。

「埃爾文．隆美爾。」李光權早一步說了出來。

「是。認識的。」潘中統想起這位新任局長，是國軍少數留學德國的將領，又和隆美爾同是裝甲兵。一時間好像懂了，就順口接話：「要幹軍人，得活在他那個時代才過癮。」

「他不只仗打得好，死得也精采。」

「死？他不是給希特勒處死的？」潘中統微微吃驚。

「不是處死，是自殺。不一樣。」李光權指指照片。「我們軍人，本來就是政治的工具——不是政客，是政治的工具，我們是活是死，都是為政治。」

「局長這話說的……和戴先生一個意思。戴雨農先生這麼說：『情報員是寫歷史的紙。』這句話最深的意思就是：『情報員是寫字的紙，而不會是能說話的字。』」

「是，是這個意思。」李光權難得應和。

「好吧。或許李先生，你注定要當情報局長的。」

李光權微笑點頭，他聽出了潘中統的用語。在情報局，下屬對首長不稱「局長」而多稱「先生」，這個稱呼從祖師爺戴笠創立軍統局以來一直如此。在情報局被稱「先生」，反而比任何職務階級更能表達敬意。

「既然這樣。我就向李先生報告我的想法。」潘中統深吸一口氣，準備開始長篇大論：「你知道當年葉翔之先生吧？葉先生當局長，港警政治部破我們一個站，他就再建兩個；抓我們一個人，他再派兩個。軍人守土有責，駐站不管海外敵後，都是情報局的領土。老共的人要來就來，九七歸他九七，關我們什麼事？不戰而逃，那叫龜孫子。」

潘中統露出本色，但李光權也不以為忤，靜靜讓他說下去。

「鄧小平推動『改革開放』十年了。這十年，人家是玩真的。整個大陸門戶大開，你看多少臺灣商人進去投資。這是我們入陸做情報的大好機會。以往香港就是入陸門戶，九七年後更應該是門戶。做情報，水清無魚，你不派諜員就沒有情報，中共的人進香港愈多愈好，人愈多愈有機會接觸，有接觸才有情報。所以九七之後，只有進的道理，沒有退的道理。」

這一席話完全說進李光權心坎裡，他原本就是這麼想的，只是缺一點印證。同時，李光權也確定自己的直覺是對的，潘中統是可用之將。既然一拍即合，李光權當下決定，讓潘中統建立一支小部隊，針對九七年移交前後的形勢建立新的人脈。不過這個念頭還待細細琢磨，他也先不多說。

「中統兄，我的想法和你完全一樣。這樣好不好，我香港工作交一部分給你，你幫我負責布署九七前後的工作。這樣可以嗎？」

「當然沒問題，您有命令我一定達成。」潘中統忽地起身，兩腿一靠，舉手就要行個軍禮。但李光權攔住了他。

「情報局不興這麼行禮的，我們又不是陸軍。」說著對他伸出了右手。

「哈哈哈，你倒是學會了規矩。」潘中統大笑著握上了李光權的手。

第五章

01

潘中統回來了。

這個「回來」指的是工作精神的回歸，眼下只有他自己和李光權知道。看在同組同事眼裡，他每天早上看香港報紙的時間還是這麼長，說不定更長了。但以往邊讀邊嘲諷、嘻笑怒罵的聲音沒有了，取而代之的是沉默和拿著鉛筆做筆記的沙沙聲。

如果上頭這些跡象還不足以證明潘中統重獲重用，那麼接下來還有更明確的徵兆：潘中統有時會突然從辦公室消失，短則三、五天，長則一個多星期。局裡的老人心知肚明，這是出差去了。但去哪裡？做什麼？當然不可問，不可說。

此時此刻，潘中統處在臺北東區一家新開幕的國際品牌五星級酒店裡。行政套房的簇新家具還散發著木質氣味，潘中統交叉著腳，背靠沙發。他的對面坐著郭宇千，郭宇千的同居女友沈于雁在茶水間調弄著男人們要的咖啡和茶，傳出輕輕的叮咚聲。

等咖啡的片刻，潘中統尋思著剛才走在路上的一幕：郭宇千帶著沈于雁與他見面後，正往餐廳走著，郭宇千突然停下腳步，轉身走到一家餐廳門口，翻看起展示在門外的菜單。戴著領結身穿灰馬甲的侍應笑著靠過來，嘴才微張，郭宇千揮揮手讓他走開。

沈于雁跟著潘中統往前走了十幾公尺，才發現郭宇千沒有跟上來，她連忙轉身往回走。

「怎麼了？你想吃這家？」沈于雁皺著眉頭，聲音帶點抱怨。郭宇千翻過一頁菜單，身體一動不動，像沒聽到她的問話一樣。沈于雁突然會意過來，側臉一看，果然郭宇千看似讀著菜單，其實是斜眼看著大樓的玻璃帷幕，它像鏡子一樣，照著人行道來來往往的人影。這是郭宇千的習慣——走路忽快忽慢、突然轉彎，或者像現在一樣，走著走著突然停下腳步，檢查跟在自己身後的——一個或幾個令他起疑的人，會不會自然超過他？超過之後，會不會有人「恰好」出現，其實是「接手」跟監他的任務？是那個衣著土氣、理著平頭，剛才多看他一眼的小伙子？或是穿著粗劣西服外套，相機似乎掃過了他的假觀光客？

就像你和一隻貓，不認識你的貓，對上了眼光，十次有九次，牠會一轉頭跑開。潘中統心頭一凜，他聞到了郭宇千被這隻「貓」控制的氣味。這樣的習慣，證明郭宇千確實曾經很長一段時間以特務的身分生活著。反而是沈于雁不明白為什麼郭宇千會如此，只能漸漸看懂，慢慢習慣。

在赴約之前，潘中統試著查詢郭宇千的人事檔案，但撲了個空。「太舊了，大陸時期的，都不完整。」管理員說。不過介報郭宇千的老何——潘中統過去在香港的老搭檔，倒是對他的來歷挺清楚：郭宇千在滿州國首都長春出生，是興安大路一家餐廳的小少爺。長大後留學日本，士官學校畢業後進入關東軍。不久就被戴笠吸收，潛伏在日軍內部。抗戰勝利後，軍統局要求郭宇千留駐長春，為緊接而來的國共內戰負責情報蒐集、聯絡、交通接待等工作。

根據老何的說法，郭宇千一九四九年跟著政府到臺灣之後，既不想再幹情報，卻又在哪個單位都待不住。情報員的生活自由自在，錢進錢出一擲千金，待在一般公家機關都嫌綁手綁腳，何況軍中單位。和幾個不同單位的主管、主計都吵了架之後，郭宇千索性打了報告退伍，帶著退伍金去香港，開啟重新開始當老闆的經商生涯。

郭宇千雖然離開了正式軍職，轉往香港發展，在情報局老人的眼裡，是在香港增加了一個老練的合作對象。最早重新想到郭宇千的是情報局的「訪聯室」[4]，幹員趁著郭宇千幫外省人從香港寄信回家的機會，夾帶做點情報業績。

但情報官百百種，難免有毛躁的。一位新派香港的訪聯室幹員，接替了一直以來和郭宇千的合作對象。那幹員在拆封信件登錄時，竟然在「小信封」裡塞進了幾張「三民主義統一中國」、「暴政必亡」、「反共必勝」這些政治傳單，還留下紀錄表功充作「績效」，讓收信的人驚嚇不已。這樣的情況發生幾次之後，郭宇千才從臺灣託信的朋友口中知道這樣的情況——免不了更有抱怨甚至嚴厲的責難。郭宇千氣得召來這位幹員好好發了一頓脾氣，「我要是再幫你們情報局幹，我就是王八蛋。」

就在郭宇千罵走訪聯室的幹員之後不久，訪聯室本身也裁撤了。因為一九七六年十月，文化大革命結束。鄧小平復出執政，「改革開放」讓大陸門戶敞開，特別希望吸引華僑、臺港的資金和技術。[5]

改革開放喚醒了中國百姓對民生產品的需求，電視機、錄音機、錄影機、冰箱、照相機……只要進中國探親的，幾乎沒有人不帶上「三大件、五小件」給親朋好友。香港埋單，大陸提貨的生意大行其道。郭宇千從個別地替朋友代購，到接待探親團，再到以「探親贈禮」為名行「進口」之實，境外掌握貨源，境內打點通關，十億人對消費品的需求，像一條餵不飽的餓龍，郭宇千賺得盆滿缽滿。

沈于雁就是這時到了香港，她的父親是郭宇千的老朋友，平輩論交，從小她就叫他「郭叔叔」，但商專畢業，在臺灣貿易公司待了兩、三年後，沈于雁開始不滿足於臺灣這個威權封閉餘緒未脫的小島，她告訴爸爸：「我想去香港到郭叔叔那裡工作。」只是郭宇千稍早的離婚，以及沈于雁與郭宇千後來的關係，就不足為外人道了。

沈于雁和郭宇千工作、生活都在一起，原本略嫌單薄的身形逐漸豐滿起來，燙捲的短髮配上大眼睛，讓沈于雁逐帶上了「港女」的幹練氣質，走在路上直接被以廣東話問話、搭訕的情況愈來愈多。但她一心倒是只向著郭宇千，儘管老郭風流韻事不斷，但沈于雁看在眼裡，並不太在乎，她更願意在這座被稱做「東方之珠」的城市裡，錦衣玉食，享受著殖民地最後的光輝歲月。

02

「潘大哥，請！」

沈于雁送上一杯咖啡，把潘中統的思緒拉回眼前。郭宇千和沈于雁回臺灣，少不了在一家五星級酒店的行政套房住上三、五天。這一趟回臺灣的目的，就是和潘中統商討一次「合作」，對象是郭沈兩人長年的生意夥伴——解放軍大校薛智理，任職總後勤部。

「你們是怎麼認識的？」潘中統開口問道。

「妳說吧。」郭宇千向沈于雁點個頭。

「一九八六年，一個星期六下午……」沈于雁邊想邊說：「那一陣子我們常到澳門度週末。老郭喜歡玩兩把。洗馬仔阿龍都會給他準備二十萬的籌碼，贏了錢兩人對半分，輸了老郭自己認賠……」

「這個不用說了吧！」郭宇千不耐煩地打斷。

「你贏多輸少嘛，幹麼怕人說。」沈于雁嫣然一笑，接著說：「記得那一次我們在蛇口搭快船到珠海香洲港，穿過市區就進澳門了……」

快船分上下兩層，下層是密閉艙間，雖然有冷氣，但每個座位旁都有痰盂，有的滿到三分之一還不見清理，沈于雁看著太不舒服，於是走到露天甲板的上層，點起一根菸，想紓解一點噁心想吐的感覺。

抽著菸，沈于雁一抬頭，眼光剛好對上一位穿著軍服的大漢。至少有一百八十公分的身高，人不胖，但肩膀、胸膛厚實，是北方大漢的身型。

「您也來根菸吧？」沈于雁淺淺一笑，落落大方地把菸盒遞到他面前。

「謝謝您，我自己有呢。」這位軍官掏出一根中華。

沈于雁不認識解放軍的軍階，只記得郭宇千對她說過：戴圓帽子——其實它應該叫大盤帽——肩章上有星星的，就是軍官。照這樣看，那這一位，應該是軍官了。他應該認出了沈于雁不是本地女孩，所以笑容裡帶著一點好奇的探問：

「怎麼不坐下頭，上來吹風？」

「說真的。是為那些座位上的痰盂，看著不舒服。為什麼座位旁有這個東西？」

「那看來您不是大陸人……這就有點不好意思了。這裡的人，還是有吐痰的習慣，與其吐地上，不如給他們準備好痰盂，還乾淨些。」

「那倒是……」

「所以您……打哪兒來的？」軍官又追問了一次。

「我是臺灣人。」

「喲！臺灣同胞。失敬失敬。來大陸……旅遊？」軍官略略提高了聲調。

「沒有，做生意。當然，偶爾深圳、廣州附近也去玩玩。」

「臺灣女孩子能夠一個人在這裡做生意，年紀輕輕的，真是能幹。」

「沒有，我跟著老闆的。他在下頭坐著。」沈于雁指指下層船艙。

「所以您是住在……深圳？」

「我們住香港，但往大陸這頭做生意，做貿易。」

「賣些什麼？」

「三大件、五小件，回老家探親需要的，我們都能代辦。香港埋單，大陸提貨。」沈于雁連珠炮似地背出來，廣告臺詞一樣的聲調，逗笑了軍官。

「原來你們是做這個，這兩、三年，回來的人真的很多。」

「對啊，我們還有旅行社，需要臺胞證我們也能代辦。」

「這個嘛……」軍官收起笑容，像是想到了一件正經事，猶豫了半晌，還是問了：「你們公司，從哪裡進貨呢？」

「『大件』的，電視、冰箱這些，有一部分是臺灣；『小件』的像收音機、手錶這些，香港也有的。要買日本的也行，但貴很多就是了，一般老兵回家不會買到那麼好的。」

「你們在大陸沒有合作工廠嗎？」

「目前桂林有一個，我們從臺灣買聲寶收音機的零件給他們組裝，產品就在大陸賣。小件的商品可以，大件像電視、冰箱還不行。大陸工廠和外頭的技術不太……對接。」沈于雁努力想著大陸用語，「這個品質……質量還不太行。」

「原來是這樣……那以後，你們想找代工廠，我們可以談談看。」

軍官邊說邊遞出一張名片，「總後勤部 大校 薛智理」，沈于雁第一次收到軍人還印名片的，正驚訝著。軍官笑了一笑：「應該翻這一面給您的。」名片一翻，沈于雁看到了「東方精密電子 副總經理 薛智理」。

看到這裡，沈于雁意會過來了，這個「東方精密電子」是總後勤部所屬的軍辦企業。她跟著郭宇千這些年，知道這兩年解放軍做生意蔚然成風，運輸團開貨運公司、工兵團開營建公司，高階軍官在軍營裡是指揮官、參謀，在外是副理、經理。薛智理是她第一個碰上的例子，「真開了眼界。」她心理暗暗念著。

聊完了生意，沈于雁和薛智理又散漫聊了一些旅遊、各自的老家習俗等等。遠處見到香洲港，兩人結束了話題，各自回到下層艙位，薛智理讓沈于雁先下，但臨行前還不忘再叮嚀一聲：

「沈女士，您下次到深圳請一定來找我，我請您和您老闆吃頓飯。我們很可以合作的。」

「沒問題，改革開放了，我們也在找各種機會。到時見。」沈于雁笑著搖搖手。

「所以你們從這時就開始合作做生意了？」聽了好一會，潘中統開口問道。

「對。」郭宇千接過話來：「薛智理是大校，官階夠高。又是總後，他們的確有很多工廠。我當時覺得如果路子對，的確是個好關係。」

潘中統點點頭，他知道郭宇千、沈于雁的經歷確實是當下解放軍的常態。從改革開放起，大批幹部、公務員和教師丟掉原本的鐵飯碗轉而經商——俗稱「下海」。解放軍軍工廠以往生產線備而不開，如今商品需求暢旺。於是生產軍服的開始做男裝、牛仔褲；保修軍車的也兼著保養出租車和小汽車；運輸大隊沒有裝備可運時，接一點工廠運貨、搬家生意也大發利市。反正生產線和裝備就在那裡，不用白不用。

「那你們和這位薛智理大校的工廠合作什麼生意？」潘中統問。

「箱包廠。」

「香包？」

「『箱』、『包』，皮箱和包包啦。」沈于雁噗一聲笑出來。

回想當年，郭宇千和「東方精密電子」的合作沒有談成，因為幾種產品東方現有的生產線都接不下來。但兩方愈談愈感覺對方是個很可以合作的夥伴。沈于雁再三要求薛智理盤點自己轄下的工廠，發現山東泰安市有一間被服工廠，原本生產軍服、背包、帳棚和野外紮營的帆布、塑膠布用品。但一九八五到八七年，鄧小平的「裁軍百萬」政策對後勤工廠帶來了毀滅性的打擊，一半以上的生產線停擺，工人一時間沒了工作，工廠上上下下心急如焚。

「就拿你們那工廠，辦一個旅行箱、旅行袋的工廠吧？」思路一寬，跳出電子、機械以外，沈于雁就有了主意。改革開放下的中國，公務、私人旅行愈來愈多，再加上軍用品的品質規格原本就好過民間，只要從香港、臺灣帶進時尚的設計，內外銷都前景可期。這座工廠就在一九八七年成立，起名「魯峰」，是因為泰安市就在泰山腳下，盼望這次合作，登峰可期。

合作了三年，魯峰辦得風風火火，薛智理與郭、沈兩人互信日深。薛智理開始請他們代為處理自己負責國外採購所得的「灰色收入」，也就是國外——大部分來自東歐廠商支付的佣金、回扣，先由兩人在香港的公司帳戶代收，再用「魯峰公司分紅」的名目交給薛智理。

「就是要你們幫他洗錢是嗎？」

「要這麼說……也不是不可以啦。」

潘中統直接說破，惹得沈于雁有些不快，但她很快就轉回主題：「我記得薛先生那次就是從東歐回來，我把帳單列給他，包括『魯峰』的分紅和東歐那裡來的匯款。一般等他看完沒問題了，我帳單就直接碎掉，但那次他看都沒看。」

「講起那一天，我印象很深。」郭宇千回憶，那一天薛智理神不守舍，先是反反覆覆說著：「這些錢，沒事的……這是行情，從上到下都這個樣，你辦採購就會有，也非拿不可。否則壞了規矩，給人排擠事小，鬧大了性命不保。」

為什麼說起這些？郭宇千說原本想細問，但想想還是把話吞回去，因為薛智理臉色蒼白，神情緊張。

「那薛兄您要不要休息一下，晚上我們上哪兒吃飯去？」郭宇千問。

「先不急談吃飯，我……」薛智理突然又放低了聲音，表情異常嚴肅。「我有件事想麻煩您。行就行，不行的話，等出了這門，您就當我沒說過這話好嗎？」

聽這語氣和內容實在太不對勁，沈于雁立時站了起來，作勢要往門外走。「我出去逛逛，你們談。」

「不用，不用。」薛智理拉住了沈于雁。「妹子妳也留下，給我出點主意。」

「究竟是什麼事？」郭宇千問。

「老郭，你有沒有辦法讓我去臺灣？」

03

「這位薛智理，是怎麼個介報關係？」

李光權坐在單人沙發上，向並排坐著的東南亞處長和潘中統問道。一旁坐著的還有副局長丁孟原。李光權找來丁孟原，名為「督導」，但丁孟原會介入到什麼地步？會不會「督導」變「主導」？想到這條大線可能被人全盤收割，潘中統微微警覺起來。

茶几上攤著潘中統上呈，關於薛智理有意投奔臺灣的報告，以及情報局原本蒐集、整理的薛智理人物誌檔案。為了防止洩密，潘中統同時還調了另外八、九份階級專長差不多的解放軍軍官人物誌，這些其實沒用的檔案現在都被放在一旁。

薛智理官居「大校」，階級不算高，人物誌檔案上只從他的工作部門，推測他的主要工作：解放軍自產裝備的評估和規劃。但李光權留意到了潘中統報告裡的另一項：執行對東歐採購武器及技術轉移。

「報告局長，他的介報人是郭宇千。據郭自己說，他在大陸時期加入軍統局。政府遷臺後不久就離職到香港做生意。但和局裡仍然有合作，例如郭宇千常幫忙老兵寄信回大陸，他經手的信都會經過訪聯室檢查、運用。」潘中統一口氣說完。

「但這樣一位同志，查不到過去檔案？」李光權聽完丁孟原略略解釋了「訪聯室」是怎麼樣的業務，對著丁孟原開口又問。

「早年的同志檔案有點亂，有的可能根本沒建檔。不過有退休的前輩認識他，在大陸確實替軍統局工作過。」丁孟原回答。

「靠得住嗎？」李光權問：「我說郭宇千。他離開局裡這麼久了，香港又是這麼複雜的地方。」

「至少沒聽說出過問題。」丁孟原回答：「他介報的薛智理這條線，層級很高，很有價值，值得去探一探究竟。」

「『高價值目標』，他們也可能就是要我們這樣想……總後勤部大校，武器研發生產是他手上業務……既有前途，油水也多，為什麼要投奔我們？」李光權問。

潘中統說：「據郭宇千的說法，一件是他對中共中央『六四』的處理很不滿；另一件是他因為採購利益分配問題，對手已經放話要舉報他收廠商回扣，他怕自己成為整肅的目標。想脫身自保。」

「第一件我不相信，第二件可能是真的。」李光權冷冷接了一句。

「這倒也不一定，為了一念執著，死心塌地甚至送掉性命的，以往也有遇過。」丁孟原邊接話邊想起另一件事：「如果對方是真投誠，也不見得就得要直接接到臺灣來。」

李光權用眼神發出一個問號，示意丁孟原說下去。

「如果把他接來臺灣，他就到此結束，不會再有新情資進來。他知道的事情說完後，也許未來三、五年寫研析還用得上他的專業知識，但等到中共武器換過一代，他的資訊就過氣、用不上了。」

「那你覺得呢？」潘中統說：「讓他潛回單位裡幫我們工作？不容易吧。看他的樣子，應該是退休前最後幹一票的那種心態……。」

「但是，」李光權打斷了潘中統，「副座的提議如果成功，會是最理想、效益最高的是吧？」

「他肯留在單位暫時不出來，那當然是最好的了……要不我去香港探一探？」潘中統高聲請命：「他們搞裝備、科研的人，我在外頭見過一些。是不是那個樣子，我看得出來……。」

「去是該去，探個虛實是應該的。只是你是上校，對方是大校。就算實際上是平級，也不好拿出以上對下的樣子指導對方工作。」

李光權盯著桌面說話，給潘中統碰了個釘子。在他看來，潘中統對薛智理何去何從已有成見，不像丁孟原會考慮優先說服這位薛大校留在軍中做為情報局內線。兩相比較，丁孟原的提議自然更有長遠效益。

「那可以簽臨時任命……」潘中統爭著說了一句。

「暫時任命少將，不如派一個真正的少將。」李光權轉頭看了看丁孟原，「副座，辛苦跑一趟香港吧。儘快出發，行程細節你下去計畫一下，打一個報告上來。」李光權停了停，補了一句：「這條線未來歸誰，等副座回來再說吧。」

李光權說完，略略偏頭看了潘中統一眼。潘兩眼無神，看不出在想什麼。潘中統在向李光權當面報告本案之初，原本認為薛智理投奔臺灣一案已經十拿九穩，只要他主辦，讓薛智理順利抵達臺灣，以薛的層級和經手業務，必定是大功一件。他期待的升任少將就指日可待，李光權在總統面前也光彩露臉，這不就夠了？

但沒想到李光權的企圖心比想像中還要大。「布一條內線，要冒多大的風險你知道嗎？一旦失事，送命的送命，丟官的丟官，你是真的不懂還是太貪功？」潘中統心裡暗自嘀咕。

此刻的李光權沒有潘中統猜想的那麼多心思，但他的確是認為如果有可能發展內線，何必讓薛智理直接來臺灣？至於比起一次了結的投奔臺灣，內線操作的艱險，李光權的確還沒有嘗過。當然李光權也不知道眼前這件專案，將會發展出情報局自一九四九年以來，在解放軍內部吸收的最高階諜員。他自己也將在兩年半後更上層樓，接任國安局長，躋身權力核心。這才是他從軍生涯的最高峰。

第六章

01

丁孟原前腳從海釣船踏上碼頭階梯，後腳俐落地跟上，踩過五、六級階梯上了堤岸。前後二十小時海上顛顛簸簸，到了真的「腳踏實地」的時候，丁孟原反而感覺有點站不住，腳下的搖晃似乎還沒停下來。

「『愛秩序灣』，真的叫這個怪名字。」丁孟原看了港邊的告示，心裡叨念著。他原訂的路線是在九龍東郊的西貢漁港上岸，但在船上，負責的船員「阿陳」——一位聘雇的幹員，問丁孟原上岸要到哪裡?丁孟原搖搖頭，做了一個「不便透露」的表情。

「你不講沒關係。我只是跟你說，如果你要到市區，那就不用從西貢上岸，有地方一上岸就是市區，方便而且更安全。你到西貢，光找車進市區就要找半天，你又不懂說廣東話的……。」

丁孟原盤算著阿陳的話，想想確有道理，就問道：「市區上岸是從哪裡上？」

阿陳順手抓來一張地圖，先指指維多利亞港，再指指香港島面向九龍的北面，往東側的一處海岸。「我們等一下會在外港換小船；小船載你從這裡上岸。或者，你還是要去西貢，都可以。」

丁孟原順著阿陳的手指，看到他上岸的地方印著「愛秩序灣」。「這什麼名字？」他隨口問了一句。「那是港英鬼佬的名字。」丁孟原掃過地圖，發現愛秩序灣鄰接著筲箕灣，他的目的地太古就在另一邊，略估一下，是走路就能到的距離。而且如阿陳所說，上岸就是市區，立刻就能隱身人群。但他嘴上不願說破：「沒關係，還是按計畫在西貢上岸吧。」只是心裡打定主意，一上接泊船，就請他改到愛秩序灣上岸。

情報局在幾家海運公司都有內線關係，需要有人密渡香港時，就由合作船員夾帶上船，在維港外海換乘近海漁船或者海釣船載往香港登岸。丁孟原換上了一套工作褲、粗布襯衫和漁夫帽，打扮成海釣客。上小船前，阿陳再丟了一件釣魚背心給他，「Good luck.」他向丁孟原行個舉手禮，姿態有點隨興。

愛秩序灣其實已經沒有「灣」，而是一大段平直的堤岸，一段設有一個通往海面的階梯梯臺。小漁船來來去去，有的接走船員或釣客，有的把他們送回岸上。隔海對岸是鯉魚門，往西一點可以看到啟德機場跑道，巨大的飛機起起落落，巨大機身壓頂，聲勢驚人。

丁孟原上岸後，走進一處看似剛完工的嶄新社區，一樓空蕩的店面，處處貼著裝潢廣告，十來座樓房，目測每棟至少有二十多層。「香港沒有地震的嗎？」看得丁孟原心驚膽戰。出了街區，他順著地鐵的指示牌進到西灣河站。雖然目的地是太古，但他先跳上了反方向往柴灣的車，在筲箕灣下車等過一班車後再上。下一站杏花邨，剛好對向也有車到，丁孟原快步跑過月臺，閃進對面車廂裡，那才是他要去的方向。

十點半，丁孟原把報紙放下，從「鍾記粥麵」一站起身，跟著人群走到英皇道的對面。他在這間鋪子坐了近一個半小時，看著對面——郭宇千辦公室大樓的門口，有沒有徘徊不去的人。粥舖老闆看著這個只點了一碗粥、一塊蘿蔔糕的傢伙，坐了半天不走。幾次到他身邊收拾，碗筷羹匙乒乒乓乓，丁孟原只當沒聽到。

「當年一下山換金條，要躲緬甸偵探部；今天在這裡提防政治部。怎麼我這一輩子就和大英帝國的徒子徒孫這麼過不去……」丁孟原想起年輕時在緬甸，和魏龍城一干弟兄打游擊的經歷，心裡暗笑。此時不比以往，在緬甸時就是個年輕的上尉，戰死就戰死了。但如今已經是少將副局長，潛進堪稱「半個敵後」的香港，面對反間諜效率舉世無雙的英國情報部門，如果出一點閃失，落到港警政治部手上，雖然不至於有性命之憂，但丟人才是最嚴重的事。堂堂情報局，絕對不能被人認為只有這個段數。

02

差不多就在丁孟原一腳踩上愛秩序灣的同一時間，郭宇千得到通知：臺北派來的「高級長官」已經到達香港，聯繫、評估、指導薛智理的工作由「高級長官」指揮、主持。

「不就是送一個人回去嗎？我這裡就可以給薛辦護照。非要臺北來個『高級長官』？什麼意思嘛。」

郭宇千背貼著沙發，兩腳交叉疊在茶几上對著沈于雁抱怨，聽到有臺北來的長官接手薛智理投誠的案子。他的語氣既有疑惑，更多是不滿，因為這極可能意味著臺北有人要搶功收割。弄不好連自己本來有的參與機會都會落空。「機會」對郭宇千來講，意味著專案業務費和事後的獎金。

十點半，電鈴響起。丁孟原推門進來時，對著郭宇千「自我介紹」：「我姓陳，興安貿易公司副董事長。」薛智理還沒來，他和郭宇千約定提早半小時見面，商量出方針，到時才好直接指導薛智理下一步行動。

「叫副董事長的，一般不是副處長就是副局長，長官高階啊？」郭宇千開門見山地問，丁孟原暗暗吃驚，心想莫非潘中統洩露了他的身分。郭宇千數了幾個他認識的副處長名字，但都是已經退休的老人了。

「是副董事長。」丁孟原一邊回答，一邊打量著郭宇千，聽他說道與哪幾位副處長有如何如何生死，怎麼怎麼過命的交情，但都聽聽就好，不必盡信。不過，以郭宇千對情報局的認識，的確很有可能是離退的同志，特別是言談間一股油滑氣，還真是老一輩的作派，學不來的。

「我才說呢，這一點事需要勞駕副座您來處理嗎？」郭宇千特別加重了「您」這個字，聽起來有點刺耳。

「公司對這事有公司的想法……」

「你少打官腔。」郭宇千截斷了丁孟原的話：「這裡沒有外人，你們想怎麼搞？就說吧。」

「我們沒有打算讓他去臺灣。」丁孟原語出驚人，但在郭宇千還來不及反應前，他又說：「我們希望他留在解放軍裡幫我們工作。」

「想拿人家做內線啊。」

丁孟原沒有答話，而是眉毛一揚，做了一個「不然呢」的問號表情。

「那得看人家願不願意了。」

「所以我才會來這一趟。也需要老前輩您幫我們敲敲邊鼓了。」

「薛先生既是我的生意夥伴，也是我們很知心的好朋友。幫你們做事，風險很大，坦白講。我不是太願意他和你們合作。特工、線民，一做下去就回不了頭，那是不歸路。」

「即使是單純投奔到臺灣，也是不歸路，也會被認為是國民黨特務。那他圖什麼呢？」

「一來，太子黨想整他；二來，老共六四這種搞法，讓他太傷心了……這事我是知道的。」

「嗯……」丁孟原沉默了幾秒，想起另一件事。「他要求的是兩個人到臺灣。為什麼？是跟太太？」

「這個……你待會問他吧。」郭宇千這樣回答，暗示了薛智理的出走另有個人感情因素。

「好，我明白了。」

丁孟原和郭宇千坐在茶几一頭的沙發上，各自陷入沉思。不一會，郭宇千又問：

「如果你們情報局真的拿薛先生當內線，建成了專案，那麼怎麼『情傳』？怎麼『匯補』？誰來『交通』？」

一開口就是三個關鍵問題，一口一條術語，丁孟原幾乎可以確定郭宇千如果不是訓練有素的共諜，就必定和情報局曾有合作。

建立一條敵後內線，兩個管道絕不可少：「情報傳遞」和「經費匯補」。前者把情報帶出來，後者是把工作經費和酬勞送到工作人員手上。看來，郭宇千意在當上本案的交通員，交通員若不是合約領月薪，就是按次計酬，獎金也能分潤，必要時還能報銷經費。這比直接幫薛智理投奔臺灣，一筆獎金一次領完獲利更多。看懂了郭宇千的盤算，丁孟原知道等等幫著敲邊鼓的人，又多了一位。

「這麼說吧。我這一趟來，目的是說服薛先生暫時先不要到臺灣。如果能成，他這一條內線怎麼安排，哪些人擔任哪些工作，誰的條件合適，這些到時都會就現有的人一併考慮，您也是局裡前輩先進，一定很清楚。」

「他要願意給你們幹，我可要先說一句：你們情報局不要虧待、出賣人家。我會盯著這事。我見過太多給你們賣命，最後被坑了的同志。」

「那是一定，有我在，您完全可以放心。」

談著談著，電鈴響了。薛智理見到辦公室裡有位陌生人，臉色立時繃緊起來。「這位是？」

「我姓陳，興安貿易公司副董事長。」丁孟原還是用同一個掩護身分。「我從臺北來，來和您商量您的事情。」

「你是……哪個單位？來安排我去臺灣嗎？」薛智理連聲問道。

「您先別著急，您願意投奔臺灣，我們是歡迎的。而且最後肯定讓您順利到臺灣……」

「最後？」薛智理打斷了丁孟原。

「是的，我們希望您先留在軍中，幫我們留意總後勤部的情況。如果您願意，我們比照您現階大校，給您國軍上校的待遇。如果有特別珍貴的情報，另外還有獎金。」

「這意思是要吸收我給你們情報局工作……我這不是成叛徒了？」

「如果這時就依您的意思，安排您去臺灣，在臺灣，您也是得要向我們說出您所知道的情報的。」丁孟原加重了「您的意思」四個字，提醒薛智理他自己原本的計畫就是叛逃。

「那不一樣，現在去臺灣，我所知的事情就到此為止。但如果再回總後，還給你們工作，那我一天一天都要冒著風險幫你們做事。」

「所以我才說，到時我們一定接您到臺灣，或者您指定的其他國家——如果對方政府同意，當然我們會幫您接洽。但如果您現在就要走，能不能夠冒險為您安排，我還要請示上頭怎麼想的，會不會同意，我沒把握。」丁孟原亮出了底牌。

「薛老弟。」郭宇千突然出聲插話：「我們認識不是一天兩天了，你的個性我知道，是條熱血漢子。如果你只是單純不想幹，那大可以就退下來，我們合夥做個生意。但如果你還想做一番事業，參加情報局，也是條路子。」

「好傢伙，替我們當起說客來了。」丁孟原心想。

「我說這位長官。」郭宇千不等薛智理答話，轉頭再對丁孟原說：「你要吸收薛大校為你們工作，人家的安全肯定是第一的。從聯指的參謀到聯絡交通，肯定是要人家信得過的人……。」

丁孟原臉上不動聲色，接下了郭宇千的話：「說得對，安全是最重要的。除了老前輩提點的這些環節以外，我也說一件事。薛先生如果成了我們的同志，我們對您的要求是，經你手的文件，給我們一份，這就可以了。我不要求敵後潛伏同志去拿到原本工作上拿不到的文件，這樣太危險。但反過來，如果謹守這個原則，潛伏的同志在原單位不會有任何異常表現，沒有人會起疑，就能平平安安。」

「您能保證一直是這個工作要求嗎？」

「薛大校是怎麼想的呢？」感覺薛智理狀似有點心動，丁孟原跟著再問。

「我覺得……」薛智理沉默了好一會，緩緩吐出一句話：「改革開放或許對全中國是好事，但對解放軍真的太糟了。上上下下愈來愈腐敗。原本……」

「原本不想貪汙的都被他們逼著貪，然後就有把柄落到他們手上，對嗎？」丁孟原輕輕巧巧地接過話。

「你怎麼知道？」薛智理很驚訝。

「我見過不少人，他們的困難都和您差不多。」

「不少人，所以很多我們的人給你們工作？」薛智理有點驚訝。

「也不是認識了就會給我們工作。」丁孟原哈哈一笑：「我們這一行，也有一般朋友的。只不過有時候朋友出了麻煩，有困難需要幫忙，我們就出點力氣……不過薛大校，您急著到臺灣，是出了什麼事，在總後勤部待不住了嗎？不好意思，我就直接問了。」

「馬上待不住倒不至於，原本他們……」

「他們是……？」丁孟原打斷了薛智理。

「就是往東歐採購軍火的那些紅二代、駙馬爺們……他們一群人，原本各有各的地盤，互不侵犯。但六四之後，幾個美國的合作項目斷了，要往東歐或者俄羅斯採購，這樣原本的生態就變了。新項目你爭我奪，他們從小就都在大院一起長大，彼此再怎麼鬥也不會撕破臉。但苦就苦了我們中間辦事的人，連家人和……朋友可能都要被連累。」

「女朋友？」丁孟原試探著問：「所以想兩個人一起走？」

薛智理尷尬沉默了半晌，沒有否認。

丁孟原點點頭：「我明白您的情況了。這樣好不好？前頭說的，我們還是希望您不要現在就走，留在軍中一段時間，到時我們一定安排您到臺灣。原本我們會晤新加入的同志，會要求看一看您的軍官證，留存個檔案。但我想您不用急著現在決定，考慮幾天再回覆我們好嗎？」

「其實，走是一定要走的，但在我看也不差這兩、三年。」出聲的是郭宇千：「留在解放軍裡，多掙點錢，將來退休，到臺灣過日子，自由自在，舒舒服服的。」

丁孟原把手放上郭宇千的肩膀：「郭兄，給薛大校一些時間，讓他想一想吧。」

這時薛智理神情忽然變得非常嚴肅，雙手交互一捏：「其實也不用考慮了。」他掏出皮夾，將軍官證——一張身分證大小的摺頁交給丁孟原。丁孟原看了一眼，把證件攤在桌上，從口袋裡拿一部相機，輕輕巧巧地拍了張照片。

拍完，丁孟原把軍官證交還薛智理，一步上前，握住薛智理的右手。「薛大校，您幫助情報局的事業，絕對是站在中國人歷史正確的一邊。未來，我們也保證將您接到臺灣退休。」丁孟原轉頭看了郭宇千一眼，再補上一句：「也謝謝郭先生的牽線、介紹。您的意思我明白。我回去向上頭報告，接下來會有同志安排具體工作。」

丁孟原說完，舉起右手掌，食指往眉稍一點，作勢行個軍禮。「薛大校，幸會了。」

「合作愉快！」薛智理也舉手回了一禮。

「兩位，事情談完了。我們上中環陸羽飲茶去吧？」郭宇千笑著提議。

「不行了，我馬上得走。」丁孟原記著，接駁的海釣船五個鐘頭之後會在原地等他。不過他想起剛才那家粥鋪，旁邊有人點了一鹹雞粥，看起來挺不錯，待會先去吃一碗再上船。

第七章

01

潘中統走出情戰大樓已經是清晨五點，東方的天空微光乍現，他連夜趕完了「玄武一號」的情資內容整理，加上分析。這份報告，此刻正鎖在他的保險箱裡。他坐進車裡，開往內湖吃早餐。這家早餐店日後因為一起海軍軍官謀殺案聲名大噪，但潘中統早就是常客。他多半都在熬夜趕完了件重要報告，無事一身輕的早晨來到這裡大吃一頓。

「玄武一號」是薛智理的代號，從丁孟原到香港勸服他留在解放軍裡為情報局工作，到今天一下子也過了一年。潘中統回想當時，交通聯絡，李光權指定了郭宇千。至於局裡承辦本案的聯絡官，潘中統自是力爭不放手。「薛智理最初找上郭宇千，郭宇千找上我，人家這樣才能相信我們局裡。這個介報關係當然是我的。」他坐在局長室的沙發上，大馬金刀地跨開著腳，口氣直截了當，彷彿他只要開口，就該理所當然得到。

李光權並沒有太反感潘中統的態度。潘中統一直以來的工作績效，李光權心裡有數。李光權尤其喜歡他聯繫、指揮外勤諜員的變通靈活，不拘一格。唯一讓李光權總是皺起眉頭的，是他出言不遜，團隊合作總有問題。

除了潘中統的能力外，李光權也考慮建立薛智理這樣一條高級內線，保密優先，用原本就知悉本案的潘中統、郭宇千做承辦人和交通，就能少兩個人知道。

確定接下專案時，潘中統鄭重其事擬了三個專案代號，呈送李光權圈選一個。「巨闕」、「玄武」、「崑崙」，三組代號寫得工工整整，下頭各自羅列典故、象徵，嚴肅認真的程度，不下大戶人家為金孫命名。李光權看了看，說道：「玄武是神話裡的北方之神，又是岩石。合起來是個國有神祐，磐石永固的象徵。」大筆一揮，「玄武專案」就此定名。

簽呈遞還潘中統時，李光權又補上一句：「以這條內線的位置，用這個名字，配得上，配得上。」潘中統心頭暗喜，抓緊這條線，是他建功立業的大好機會。「再要論誰該升少將，績效就是一切。」

五點十分，潘中統的車子開出自強隧道，左轉再開三分鐘，早餐店就在眼前。他往路邊瞄了一眼，逕自停在一段黃線邊。一位中年女店員正在沖洗早餐店的地板，一下一下地把汙水推刷到人行道上。潘中統皺了皺眉頭，踩過汙水走到爐臺邊，點了始終不變的早餐：一套燒餅油條，一碗鹹豆漿。

選了張空桌子坐下，潘中統左顧右盼，想找份日報看看，但時間太早，今天的還沒有來，鄰桌只剩兩、三張前一天的報紙，油跡斑斑，邊角殘破，但有比沒有好，潘中統一把抓了過來。一則大標題引起了他的注意：

解放軍研發航空母艦？

「這問號是多的，廢話。」他心裡一邊念著，一邊讀著報導：

中共中央電視臺在十八日晚間的「新聞聯播」中，介紹了解放軍海軍「高層次、大系統」的研究成果，其中出現一艘彩繪的中共航空母艦，引起國外觀察家高度關注。「新聞聯播」在報導畫面裡出現這艘航空母艦模型彩繪，圖中可以看到飛行甲板上排滿了殲擊（戰鬥）機，但外型並不屬於任何現役機種。新聞中另有一段畫面，顯示幾位中共海軍軍官站在一一張南海地圖前討論，地圖北邊是臺灣最南端的鵝鑾鼻。

接著看見報導裡寫到「解放軍海軍系統論證中心」，潘中統心頭一震，連忙找看引述的消息來源：中共官媒、外電和「臺灣政府高層」……。他心裡咒罵了一句，因為這個中心在一九八〇年代初成立，是以預測評估、系統模擬等方式，研究、論證海軍對裝備的需求。而他兩個月前才整理了「海軍系統論證中心」最新的幾個重要研究項目向上呈報，這些成果，就是來自「玄武一號」薛智理的情報。年初江澤民在人大、政協兩會的討論上，要求加強「電子戰」的政策指示，「玄武一號」也在江澤民公開發言前半年就通報了臺灣。

潘中統不知道報導中的「臺灣政府高層」是不是真有其人，或者只是記者為了突顯權威而故弄玄虛。如果真有消息來自「高層」，那麼就表示情報局向上呈送的報告和分析，要不就在無意之間外流，要不就是被高層官員當做拿來結交學者或記者的談資。想到這裡，一股憎惡之感油然而生。

他低頭想了想，就在郭宇千幾次來回之間，薛智理也為臺灣工作了一年，這段期間，除了高層會議紀要、政策文件不斷以外。潘中統感受到和低階內線諜員不同的是，對於解放軍研發中的武器，不管是報上已經登出來的航空母艦，或者是外界還不知道的新型彈道飛彈、巡弋飛彈，乃至於電子戰裝備，薛智理提供的不單是裝備的型號、性能，更重要的是研發這些裝備的決策思路。這才是最難蒐集的情報。一般的諜員，例如一名收發、一位祕書，或許可以拿到等級相同的機密文件。但如果要問「為什麼發展這些裝備？」「用在哪裡？」就除非薛智理這樣的高級內線才清楚來龍去脈。

看在同事的眼裡，潘中統過去這一年言談低調謹慎，不再有以往常見的嘻笑怒罵，但往來行走腳步輕盈，還會不自覺吹起口哨，似乎心情大好。報銷的單據——一大部分來自郭宇千——有時仍是天馬行空，未見得符合規矩，但會計人員自有一套察言觀色的技藝，知道潘中統似乎身負重要工作使命，能配合也就儘量配合。

潘中統想起昨天晚上在中山北路一間Lounge Bar，郭宇千端起酒杯：「情報局我閱人無數，跟著你幹，最痛快。」話說完，和沈于雁兩人雙雙一飲而盡。

玄武一號的情報一件一件送回臺北，郭宇千的獎金源源不絕。情報事業回春，情報局有一條掛著歷任局長相片的走廊，最後的兩、三位，就是「冷凍」了潘中統好一陣子的前局長，潘中統即使只是走過這些照片前頭，都不自覺抬頭挺胸，頗有出了一口惡氣的感覺。

不過也有兩件事讓潘中統的心病一日勝過一日：第一，薛智理工作一年後，開始愈來愈頻繁要求情報局履行諾言：將他撤退到臺灣；第二，一旦薛智理退出工作，誰來接替他？

但這些心病，都比不上潘中統看到晉升少將名單後的怒火。

「局長，我看到名單了。晚我一期的王德光都升了，跳過我是什麼意思？」

「我知道，你稍安勿躁。」

「買東西，出價高的買到；升將軍，功勞大的升官。過去一年，光是玄武專案帶進來的績效多高，都不需要我在這裡給自己吹牛了，我都還沒說其他案子。王德光比得上我幾分之一嗎？這麼簡單的道理長官都不理解，我沒有辦法稍安勿躁。」

「問題不在績效。你的癌症，將官體檢沒有過，這規定是死的，沒有辦法。」

「不是癌症，是惡性腫瘤。」潘中統硬是更正了李光權，「規定是死的，人是活的。請問升將軍是比績效還是比健康？我腫瘤切除了，追蹤到今天沒有異狀，要比健康也比得過他們。看你願不願意幫我爭取而已。」

「今年的機會過了。好吧，我答應你，將來有機會我跟『山上』和部長都說一說。」

「跟他們說都沒用，上大簽給總統才是真的。」潘中統丟下話，氣呼呼走出局長室。

02

才一走出情戰大樓，潘中統就趕忙點起一根菸，深吸一口，往遠處陽明山的方向噴了一口。煙霧繚繞裡，半山坡上的國安局樓房若隱若現。國安局是情報局的上級，雖然就在不遠的半山腰，但從山腳看上去，就是有種可望不可及的感覺，就像自己永遠升不上去的少將。

他剛剛只差一點，忍住了沒有摔李光權辦公室的門，但還是忍不住對打字小姐發了一頓脾氣，藉口是她打出來的文件「為什麼墨色不均勻？」

吞吐幾口香菸，他怒氣未消，但頭腦倒是冷靜了下來。少將升遷再度落空，他既意外也不意外。不意外，是他知道情報局——或者說整個國軍的官場文化堅不可摧：能掛上將星實際上不見得是庸才，但面對長官臉孔必得恭順無爭，精幹的一面務必藏好，要等長官拿不定主意時，抓準時機把自己的意見放進去，最後還得不忘一句「敬請卓參」。

這一套潘中統看在眼裡，但做不出來。「如果一個人說三句我就知道他是廢話，那我為什麼要聽他第四句，只因為他是長官？」潘中統不吃這一套。對上級，他頂撞、質疑、嘻笑怒罵。而且如果不是當著上級的面，他也會想盡辦法讓對方知道自己對這位上級的真評價。潘中統難教、難帶，情報局上上下下沒有人不知道；但反過來，在潘中統眼裡，除了李光權，其他階級在他之上的，全都德不配位。

「我怎麼就不生在戴先生的時代呢？」和潘中統喝過小酒的人，大都聽過他這一句。對日本作戰期間，戴笠領導的軍統縱橫全國，偷竊、暗殺、收買、破壞，敵後來去如入無人之境。潘中統想把自己擺進那部歷史裡，哪怕一天都好。擺不進，就自己找一個情境。

他常想起自己潛伏在新界的那兩個月，有情報指鄧小平可能南下視察深圳，一得到鄧小平現身時間地點的情報，潘中統和「工作隊」就要帶著裝備游過深圳河，突襲刺殺鄧小平。

他記得集結待命的地方是中港邊界粉嶺的一個小村落，名字叫「鹿頸」，村落靠在沙頭角海邊，名為「海」，其實是灣；地形是灣，但因為灣口實在狹窄，水面平靜無波，大小幾座翠綠島嶼錯落其間，風光乍看更像江南湖泊。只不過遠望湖的那一岸就已經是深圳。待命期間，他們只有在晚間有兩、三個小時能從藏身的地窖裡出來放放風，水面灣畔一片漆黑，只見岸邊一座媽祖廟門口點著兩盞昏黃燈光。

情報員和軍人完全不一樣，在時代巨輪往前推動時，軍人經常只是被輪子輾過的螞蟻；但情報員不一樣，歷史經常被他們巧勁一撥就轉了方向。一紙文件、一條內線、一顆子彈經常就決定了一個國家的命運。情報員在歷史的暗處享受隻手轉動乾坤的快感，只遺憾這一切總見不得光。

鄧小平後來沒到深圳，行動取消。這場開不了綠燈的刺殺行動，也斷送了潘中統最接近敵後任務的一次機會。他一向相信敵後才是情報員建功立業的戰場。如果那一次順利進了大陸，失敗了，頂多就是情報局忠烈堂裡的一尊牌位，和其他殉職的情報員列著隊，每年三月十七日局慶一早，接受活人列隊的行禮膜拜。

但如果刺殺鄧小平任務成功呢？潘中統想，他肯定早就摘下將星，甚至可能官拜中將——這是歷來情報局自家培養的幹部能夠升上的最高軍階。但不管少將或中將，都不會是像他現在這樣不上不下，頭髮稀疏，惡性腫瘤隨時可能復發的一員停年將滿，再升不上去就得退伍的老上校。

抽完第五根菸，潘中統把菸蒂往地下一丟，拿腳尖踩熄，狠狠對自己說了一句：「不會升不上去的，我有辦法。」

03

「我本來是想去臺灣的，那時聽了你們那位……什麼長官的勸，多給你們幹了兩年。我這兩年過得什麼日子……天天擔心受怕。這一次，反正我要退了。你們得讓我到臺灣去。」

郭宇千和薛智理對坐在辦公室裡，氣氛凝重，沈于雁很識趣地在廚房裡整治著咖啡、奶茶，暫時不加入他們的談話。不過客廳裡談的字字句句，她都聽得一清二楚。她也遠遠從廚房裡看到那四本證件——深綠色的中華民國護照和淺綠色臺胞證各兩本——就擺在郭、薛兩人中間。上個星期的某天晚上，老郭帶回來時，她好奇拿起來左翻右翻。用薛智理和女友化名做成的中華民國護照和臺胞證，嵌進了兩人的照片。紅紅藍藍的戳章，散落在頁面之間。她把四本疊起來，像小孩子玩遊戲一樣啪啪啪啪快速翻著。突然間一股氣味衝進鼻子，「是新紙張的氣味！」她心頭一驚，把護照、臺胞證一本一本拿起來，前前後後仔細端詳好一陣子，冷汗直流。

「老郭，你來看一下。」

「怎麼了？」郭宇千一屁股坐下，神情輕鬆。

「這個護照和臺胞證，不能給他們兩個。」

「為什麼？」郭宇千嚇了一大跳。

「太新了，你不覺得嗎？」沈于雁走到書桌抽屜拿出自己和郭宇千的護照和臺胞證，遞給郭宇千。「你看我們的，舊的護照和臺胞證，不只封面舊，有點刮痕、髒汙什麼的，裡頭蓋的章，東一個西一個，亂七八糟……但你看情報局給他們做的這四本……。」

郭宇千仔細一看，也難怪沈于雁這麼擔心：四本證件的表面雖然做了處理，讓它們看起來舊了一點，但內頁的質地仍舊簇新。重要的是入出境戳章，一個個蓋得整整齊齊，幾年前日期的章竟然和新近日期的章油墨顏色一致。不像是多次出入境時個別蓋上的。郭宇千還注意到，每個人臺胞證和護照的照片是同一張，但兩本證件的發放時間明明相差四年，而且，照片和本人太像了，很明顯就是近照。

「他媽的，這會出事，會死人的。」郭宇千咒罵了一聲。幫薛智理和女友做一份臺灣證件，最初就是郭宇千的要求，這是不久之後進入臺灣最重要的準備工作。或者一旦緊急情況可以馬上走人，至少先到臺灣或者臺灣能夠落地簽證的國家。但沒想到做一份假護照也能出這麼大的問題，他隔天氣呼呼地帶著四本證件回到臺灣，要求重做重發。但潘中統有了新的想法，他要郭宇千回到香港重新與薛智理商談。

「玄武專案」的成效，李光權以下，只要是知情的幹部，人人心裡有數，不到三年就要畫下句點，當然捨不得。但如果薛智理執意退伍，情報價值也只能歸零。李光權召來潘中統，幾次討論之後定出方案：先試探薛智理是不是繼續為情報局工作；如果薛去意甚堅，非退不可，那更好的方案就是他能找到「玄武二號」，最好仍是總後勤部軍官，軍階不要低於他自己。

招募「玄武二號」的想法，其實薛智理陸續提過幾次。但不到事情臨頭，當不得真。郭宇千受命這次要連同薛智理的「退路」一起談出個安排來。

「你兩人要去臺灣，沒有問題，當年就答應過你。但靠這個……」郭宇千用下巴指指那四本證件，「風險太大。」

「那怎麼會做出這個給我們？」

「其實你要說哪裡做錯，也真的沒有哪裡是『硬傷』，但就是不保險，我覺得那是應急用，真要走，我也不放心你拿這個搭飛機。」

「那怎麼走？」

「走海路，福建、浙江出去不遠，局裡就有把握能在海上接你們。」

「她是北方人，平時搭船都怕了，何況那麼小的船。」薛智理指的是他的女朋友。「其實，我也怕搭船。」

「如果怕搭船，那我說個事，你聽聽怎麼樣。」郭宇千順勢開始另一個話題：「你建議的『玄武二號』人選——那位馮將軍的資料，我和他們說了。一聽他的級別和資歷，上頭樂壞了，如果能成。那就是你這一段工作最好的結尾。但你確定馮將軍願意加入嗎？和他談到什麼地步？」

「我上星期和他說開了……」

「他反應怎麼樣？」

「他願意，態度很堅定。」

「啊？」郭宇千大感意外，他原本以為要費好一番工夫。一個參軍三十多年的將軍，要背叛國家，豈是等閒之事。

「他自己肯定經過一番思想鬥爭，但他不會跟我們下面人講。」

「你跟他這麼久，他也不會跟你商量商量？」

「不會，他向來都是自己決定事情。你也見過他幾次。他的個性，我想你也看得出來的。」

「那你覺得他是……為什麼？」郭宇千開始對這位可能的「玄武二號」好奇了，真正的好奇。

「我們做他下屬，只能從旁邊看他。他這幾年，也給人整得夠了。失望、難受的事也沒少過。」

「喔？發生了……」郭宇千還想再問，薛智理打斷了他。

「你不是說要約見面嗎？見上面，正式確定了工作關係，你慢慢再了解吧。」薛智理的心結還在，「這個事和我退休後去臺灣的關係是什麼？」

「對，正要和你說這件事。」郭宇千也帶回話題，「我這次回去，就你的事情和公司上頭談了很久，我們考慮了很多。主要是，如果馮將軍接在你後頭，參加了我們的工作，而你們兩個人走了，突然消失，退休待遇都放棄了，這豈不是太可疑了？一旦招人懷疑，馮將軍不就危險了？」

薛智理頓時沉默下來，郭宇千和臺灣情報局的顧慮是對的，這不只是關係到老長官的安全，也是他自己的身家性命，縱使想和女朋友遠走高飛，但不能讓還在大陸的家人受到連累，自己的一份退休待遇，還想留給家裡的太太孩子。

「好吧，如果照你說的，你們是怎麼個打算？」先不說自己接不接受，薛智理試探著還有多少「空間」。

「你知道我在裡頭幹過，我大概知道公司的規定：退職金，這肯定有的，不會少，也多不了；但原本答應你到臺灣，最後沒有給你安排，可以另外要求補償，好比說要開公司做生意需要資金，這一類的名目都行。這一筆可多少，當然儘量往多的說——以你立下的功勞，他媽的破格發給你都是應該的。另外，如果馮將軍的事情能成，你是介紹人，另外有一筆『建案獎金』，也該發給你。」郭宇千細數一條一條獎金，但他沒說的是，這其實是李光權和潘中統同意給他的籌碼，勸說薛智理退休後暫時待在中國，不要出走，以免危及接下來的「玄武二號」。郭宇千再三保證可以說薛智理留在中國，先領走了一大部分「籌碼」。

「老弟你想想，如果你一定要走——我都準備好了，隨時可以去打點機場——也可以，但通關要冒險，走成了也必定有後果。但如果不走，錢一發下來，真想做生意就做。不想的話，你們倆愛去哪過日子就去哪。日子平平安安。這樣是不是比較好？」

眼見薛智理沒有接話，郭宇千再補一句：「你同意的話，我馬上去給你爭取所有待遇。」

「不行，單憑你說了不算。」原本看似動搖的薛智理，似乎又想起了什麼事。「我被你們情報局騙了一次，原本去臺灣去不成，又開別的支票搪塞我。我得要你們歐總自己來，當面給我一個交代。」歐總經理，是潘中統和薛智理聯絡時用的化名。

「好吧，我說你不信。非得要歐總經理來一趟。你要他來，他必定就得來。」郭宇千沒好氣地說補了一句：「只是他來了，條件還是跟我說的一樣，你等著看吧。」

第二部　少將馮潼

第八章

01

「未登五層樓，不算到廣州」，「五層樓」是鎮海樓的俗稱。現今的鎮海樓，雖然經幾次翻修，但徘徊城樓前，視線跟著城牆左右延伸到遠處，仍然能遙想明朝洪武年間建城之初的一番格局。

潘中統見到一位年紀五十開外的男子站在鎮海樓大門前的階梯上，貌似氣定神閒，但眼球左右轉動，極其機警；他身旁的郭宇千同樣臉色緊繃，不時左右查看。

「那位就是歐先生。」郭宇千低聲說了一句，馮潼與來人四目交接，微微點了點頭後，轉身往越秀山走去。潘中統不遠不近地跟在後面，他一襲Polo衫休閒褲，不時拿起胸口的相機四處照相，做足觀光客的樣子。這是一段長上坡路，潘中統停下來喘了幾口氣，一咬牙再邁開腳步。

馮潼走到一處平緩的山路，路邊一片林子幽靜茂密。他停下腳步，轉身對著潘中統說：「這兒安靜，又沒閒雜人，我們這裡談吧。」

從剛才和馮潼對上眼神，潘中統心裡就快速翻著《麻衣相法》：來人天庭飽滿，鼻梁直挺，腮骨有力但不突出。潘中統暗讚一聲：「是個清清朗朗的正派人啊。好久沒有見到這樣的人了。」加上有郭宇千在旁邊，對方的身分再也不必懷疑。潘中統當下決定，直來直往，不必拐彎抹角。

「是馮先生嗎？我是歐雲年。」潘中統搶先一步上前，不等郭宇千介紹，兩人一握手，潘中統報上了工作化名。

「歐先生從臺灣來的嗎？遠來辛苦不說……」馮潼看了看四周，放低聲音，「還冒著好大的危險哪。」

「不辛苦，應該的。而且幹這個工作嘛，哪有怕危險的，怕就不來了。」

「歐先生是本名嗎？軍銜是？」馮潼的語氣客氣而不卑下，直問本名，是想試試對方性格。他順手從口袋裡掏出軍官證：「我是馮潼。」

證件遞到潘中統眼前，他低頭快看了一眼，看見了姓名和照片確實就是馮潼，軍銜寫著「少將」。他不敢接過來，連忙舉手一擋。「馮將軍不必客氣。沒有我來看驗您證件這種規矩。我本姓潘，潘中統，中國統一的『中統』。歐雲年是工作名，為了安全，以後您就叫我歐總經理。至於我們這裡怎麼稱呼您，我們等等商量商量。」

「潘先生夠赤誠，不遮掩，太好了。郭先生和我商量好了，我們就是『生意夥伴』，未來聯絡，就用我媽媽的姓，叫我嚴經理吧。」

「不行不行，論年紀和階級，您都在上。要也是嚴董事長。」

馮潼笑開了。「好，那就當個董事長吧。不過，您說我階級在上，所以您軍銜是大校……不……國軍沒有大校，上校？」

「不，不。我是少將，不過剛升不久。論資歷，還是您晚輩。」潘中統自報少將軍階，倒也不是撒謊。他出發前，副局長丁孟原建議李光權。潘中統這一趟進入大陸和馮潼會晤，需要與他商談待遇，指導工作。如果階級比他低，「鎮不住」事小，更怕的是馮潼感覺自己不受重視。因此丁孟原建議讓潘中統以「任務所需」的理由，暫時升任少將，和馮潼平起平坐。

兩人彼此客氣了一陣，潘中統拉回主題：「馮將軍願意加入我們工作，我代表情報局，一來表示歡迎，二來對您致上最高的敬意。」說完，潘中統兩腿一靠，鞋跟輕輕響起啪的一聲。

「好說，好說。」馮潼點了點頭，「潘將軍第一次來廣州？」

「是啊……」潘中統一時不清楚他這麼問的用意。

「孫中山先生曾經在廣州成立『中華民國軍政府』，當年辦公的地方，就在我們現在這裡——前頭有個『孫先生讀書治事處』，待會有空，您可以去走走看看。這都是我們中國人革命奮鬥的歷史啊。」

「馮將軍您這麼一說，我記起來了。在臺灣我們都讀過：陳炯明叛變，解散廣州政府，炮擊總統府和觀音山……」

「對的，就在這裡。」馮潼接了話，「我們在廣州會面，特別是在這裡——越秀山，我感覺意義特別不一樣。為了中國的進步和我們中國人的前途。我願意同你們合作合作。」

「謝謝馮將軍，我們不會辜負您的期望。」馮潼講得情真意切，潘中統很受感動。「另外，我向您報告一下待遇好嗎？公司按月比照國軍少將發給您。情報獎金另外計算。工作經費和酬勞獎金，都會透過郭先生帶給您。」潘中統看了看郭宇千，他暫時迴避在遠處，好讓馮、潘兩人毫無顧忌地談話。

「好的，好的。一切按照你們的規定來辦就好。」馮滻連數字都不問，倒讓潘中統有些吃驚。不過，他也不急著，與工作對象第一次晤聯，主要在確定身分、談妥待遇、確認聯絡方式，以及最重要的：觀察對象為我方的工作意願。針對這幾件事，李光權和潘中統事前設想了不同情況，研究了好幾套方案和說詞，但都沒用上。

「看來『玄武二號』下了很大的決心。」潘中統心中暗忖。突然郭宇千的聲音響起：「談完了嗎？我們走吧。歐總不忙走吧？晚上吃飯去？我請客。」

「好啊，晚上和嚴董乾兩杯。」潘中統一使眼色，示意他們先走。他打算從另一側，繞過山頂下山，順便找找馮滻說的「孫先生讀書治事處」，據說是塊碑文。

02

和潘中統、郭宇千分開後，馮滻信步走到五羊雕像。他找了張凳子坐下，腦子裡回憶著一個月前和薛智理的談話。眼前幾個孩子繞著圓環你追我跑，嘻嘻哈哈。

這麼多年來，薛智理總是跟在馮滻後頭一步。挨過文革，走進改革開放，軍隊做起了生意。一九九一年蘇聯解體，東歐社會主義陣營土崩瓦解，軍火、技術成了一本萬利的生意。薛智理手頭的業務成了唐僧肉，各路妖魔都等著咬一口。

一批新貴崛起，帶進了幾個插旗軍火採辦的集團，大多是開國元勛「紅二代」，還有被稱為「五大女婿」的幾個集團。馮潼親眼見過，一個派到美國去參加先進武器計畫的軍官，連英文都不會說。而且他是硬生生擠下了原本打算派出的，英文、學識均屬第一流的工程師。因為會不會說英文不重要，重要的是確保「女婿們」的肥水不會流入外人田地。

薛智理約他碰面，電話裡只說：「我要退伍了。大哥出來我們敘敘吧。」

原本以為就是吃飯喝酒，不料一碰面，薛智理把他帶進一家ＫＴＶ。馮潼知道薛智理生活海派，但自己從不進這類地方，也驚疑接下來要發生什麼事。

薛智理點了酒菜，但揮手趕走了一位「經理」和準備進來列隊候選的小姐們。他拿遙控器一口氣點了十來首歌，伴奏音樂一起，馮潼才意會過來，這位老兄弟有私密話要說。

薛智理向馮潼坦白自己正做著一盤「生意」，也想說服他加入「合作方」。馮潼並不太意外。因為他知道薛智理不只一次被紀律檢查部門暗示已經接到多起針對他的舉報。儘管貪汙像一條環環相扣的生產線，沒有一個環節有可能潔身自好，但總有一、兩個環節上的人，在利益重分配的震盪時會被當做掃除貪腐的祭品，薛智理被刀鋒抵著喉嚨，要不就讓路，要不就割喉。當然，兩樣都來也是可能。

「他們這樣整我，也是為他們自己。我和『臺灣那邊』合作，我幫那邊，那邊幫我，求個全身而退，有什麼不對？大哥，看在他們眼裡，你也是攔路狗，拿你開鍘，也是遲早的事。」

馮潼無法反駁，也不打算反駁。他想換個話題。

「那你現在給臺灣幹完了，打算怎麼辦？他們接你去臺灣？」

「他們是給了這個選擇，但是……」

「但是你現在想勸我『接班』，先不管我接不接。如果我才接，你就去了臺灣，或者失蹤了，老同志都找不到你。以我們的關係，我藏得了幾天？」馮潼帶著笑意，但話倒是一刀戳中要害。

「這……我倒是沒想到。那你的意思是？」

「如果要我接著幹——我說的可是『如果』——那你也得先留在國內，做個生意、待在家裡都可以。等我幹完了，去臺灣或者外國，要走一起走；但若幹失敗了……」

「幹失敗了，要死也一起死。」這句話沒說出來，但馮潼和薛智理心裡都清楚。

在石凳上回過神來，手上提的紙袋沉甸甸的，馮潼記起潘中統說裡頭有一份「見面禮」。拿出來一看，是一個綠色錶盒。他記得郭宇千總愛一拉衣袖，拍拍手腕亮出那個青金石錶面，有金光奪目的太陽圈、總統帶的勞力士，它是臺灣商人的標準配備。

馮潼對著金錶看了半晌，取出來戴上左手，確定四下沒有人會讀到他眼神閃過的一絲愧色。

03

「一九八八年，我提上少將不久。」潘中統的頭上戴著一副全罩式的大耳機，錄音帶在機器裡緩緩轉動，潘中統的筆急急在稿紙上草草寫著只有自己懂得的文字和符號。記錄跟不上播放速度時，他就重重把錄音機按停，老舊的放音鍵「啪」一聲跳起來，似乎下一秒就會飛掉。

「改革開放十年之後，國家經濟快速發展，解放軍開始有經費和外軍搞點技術合作或者採購。我親身參與了這個過程。特別是『八二工程』——殲八的改良方案，我們有了和美國合作的機會。我這一代經歷抗美援朝的人，想都不敢想有這一天……」

潘中統打了個嗝，肚子裡似乎還留著前天那瓶茅臺的氣味。「參與殲八改良計畫！」他草草寫下這幾個字，提醒自己把這一段列入馮潼的人物誌。念頭剛過，馮潼的聲音又響起來：

「去美國那時，我相信一個新的時代要開始了。四九年建國以來，解放軍第一次見到了西方的高新技術。我們派了二十來個人去到紐約格魯曼工廠和一處空軍基地學習。送他們去時我也跟著去參訪——機會難得啊，這一趟讓我很震驚，也給我很大啟發。以往只感覺我們落後，但親眼看了，才感受到究竟落後人家多少。

「這種落後的感覺，不必由什麼高新技術來證明，我懂得也不多。我就看見一件事：有個工人要把一臺推高機開回牆邊停車的位置，那位置用個黃框框畫出來，但他不小心，一次沒有停進去，一邊輪子在黃線外頭——是我們就會覺得算了，可以了。但他硬是倒車重來。第二次輪子壓著線，他還是不行。再倒出來，非得停好了才熄火走人。

「到美國，大處，看人家的裝備、國力；小處，看人家的紀律、習氣。」馮潼輕輕嘆了一口氣，「這支軍隊，你打不贏它的——至少現在打不贏，差得很遠哪。」

李光權伸手按停錄音機，摘下耳機，點點頭，「語氣聽起來挺誠懇。」他把錄音帶拿出來，遞還潘中統。李光權特別交代除了逐字紀錄，他想直接聽聽「玄武二號」的聲音。

「器大聲宏，氣和聲潤。」潘中統再補了一句《麻衣相法》。李光權沒接話，祕書的聲音從外頭傳進來：

「報告局長，副局長到了。」

「請丁副座進來。」李光權隨口吩咐。

丁孟原進門向李光權舉手行個軍禮。他一早到國防部開會，會議將近結束時，隨員報告李光權找他帶著潘中統報告。丁孟原一時分不開身，又知道李光權最討厭等人，只能讓潘中統先帶資料先向局長報告，自己隨後趕到。

「我才跟中統說到，這位『玄武二號』，我聽了幾分鐘他的錄音，聽著像是個正派人。對於『中發文件』的闡述也非常精到。這樣的內線諜員，可遇不可求。他是原本一號薛先生的……長官？」

潘中統點點頭。李光權口中的「玄武二號」，是情報局內部給馮潼的代號，以示和「玄武一號」薛智理一脈相承。官拜解放軍少將的馮潼，是不是一九四九年國共內戰結束，兩岸分裂分治以來，情報局策反階級最高的解放軍軍官？昨天傍晚李光權心血來潮，有此一問，丁孟原查了一上午舊檔案，給了肯定的答案。

丁孟原聽著李光權和潘中統談話，低頭一瞄，看見局長桌上散著幾份「中發文件」、「總後通知」、「軍內情況通報」……是用洗出來的相片影印，再按照原文件的樣式重新裝訂起來的。這是潘中統帶回來馮潼的「投名狀」：一批文件，再加上馮自己對這批文件闡述的錄音。

丁孟原心想，看來潘中統一趟冒險入陸的成果很不錯。但他仍然有話想問：

「中統這次當面見了他，對他願意為我們工作的動機，有進一步的看法嗎？」

「解放軍裡頭很多人私下對『六四』的處理非常……」潘中統一句話沒說完，李光權立刻打斷了他：

「這個我明白，他在錄音裡也說了一點。我暫時先不懷疑，但不可能全是為了這一點。」

「通常會有些私人因素。」丁孟原補了一句。

「局長問的是這個嗎？那也是有的。他被『武家幫』排擠得很厲害。」潘中統說。

潘中統口中的「武家幫」是武向東、武烈紅堂兄弟，兩人分居中央軍委會副主席和辦公廳主任。他們在一九八九年支持鄧小平血腥鎮壓六四民運。六四後再藉著江澤民上位地位不穩時，抓緊軍權不放。一直以來的說法是他們與江澤民關係緊張。

李光權點點頭，「所以馮潼這條線，除了軍事部署和裝備採購，還可以在武家兄弟和江澤民的關係上，給我們更接近的觀察和分析。愈是上層的情資愈是稀缺，這太難得了。」

「局長看得準，是可以這樣說。」潘中統附和了一聲。

「這位馮潼有沒有弱點？」李光權突然冒出一句。

「弱點？馮潼？」潘中統一時會意不過來。

「個人特別的喜好：錢、女人……？」李光權的意思是，可以做為把柄、控制他的事物。

「這個人在錢上頭，很不計較。」潘中統明白李光權要問什麼了，「我告訴他待遇時，他聽完，連多問一句都沒有，感覺不太在乎；送他勞力士金錶，他看起來是第一次拿到，但也沒有感覺。至於女人，沒有機會試……不過看他對老郭的女人，說話挺禮貌、規矩的。不過這也不一定，我會讓老郭再觀察他，留意外頭有沒有女朋友、情婦什麼的，有的話再下工夫。」

04

路燈昏黃，夜色太黑，馮潼沒有留意到車輪前那塊石頭，直到快要撞上，他急急把龍頭一歪，卻因為車頭籃子太重，腳踏車一下子失去平衡，籃子裡的公事包砰地一聲掉在地上。

還好馮潼從軍多年，身手練得敏捷，及時站住。這時身旁有人騎著車經過，馮潼對他們微笑揮揮手：「沒事兒。」

撿起公事包放回車頭籃子裡，牛皮的公事包粗厚耐用，但馮潼還是忍不住把深咖啡色的公事包前後左右檢查了一番，邊看邊感覺一股燥熱從身體裡往外發送出來。四下張望無人，馮潼重新騎上車，沉重的公事包，依舊壓得車頭左搖右晃。

馮潼在門外停下腳步。沒有聽見太太看電視的聲音，於是他輕手輕腳地推開門，穿過漆黑的客廳，直接進到自己的書房。拉起兩扇共四片窗簾，馮潼想，只用桌上的檯燈照明應該就足夠了。因為兩天前那個晚上，他把書房的頂燈全打開，結果半夜起床的太太見到門縫裡仍有燈光，一把推門進來。「這麼晚了，怎麼還不睡覺？」突如其來的聲音，嚇得正凝神專注的馮潼，差一點把相機摔在地上。

這臺「傻瓜相機」——郭宇千交給他時這麼稱，只要把文件填滿觀景窗，按下快門，保證拍攝成功。其實潘中統原本向局裡申請了一臺巴掌大小的「間諜相機」，交給郭宇千要他帶給馮潼，不想郭宇千一頓搶白：「平常誰用這種相機？就像男人沒事揣個保險套在口袋裡，給太太看到，不是自己作死？」

潘中統抓抓頭，承認郭宇千有理。改囑咐他經過香港時，買一臺新相機給馮潼拍公文，自然也要承諾讓他公款報帳。

馮潼把公事包立在桌上，拿出四份文件。其中兩份在文件上方印著九個紅色大字：「中共中央辦公廳文件」；另外有一份「中央軍委辦公廳文件」、一份「中辦通報」。四份文件左上角都帶著兩個字：機密。拍了幾張，馮潼發現剩下的底片不夠拍完，順手又拆了一卷新底片，三十六張幾乎全部用光。

這四份加上前兩天的四份，後天郭宇千來訪，讓他帶回八份文件應該足夠了。但馮潼的工作還沒結束。根據郭宇千上次帶來的首長口信，希望他不只是拍攝文件，還能對文件的背景和意涵做些分析和說明。這些分析原本希望馮潼用寫的，但他試了幾次用墨水筆沾著密寫劑寫字，怎麼就是不順手——密寫劑落筆就乾，乾了之後透明無色，根本不知道自己寫到哪裡了。

上一次要「交材料」給郭宇千前，馮潼原本想就著密寫劑寫封信，補充自己對每份文件的見解。但他要說的太多，密寫劑乾得太快，寫到一半上個廁所回來，忘了自己寫到哪裡。想抽換一張新紙，心一急，密寫劑打翻了大半瓶。

「他媽的，這東西怎麼搞嘛！」他衝著空氣大罵兩句。

不過脾氣發完，他轉頭看見錄音機和聽到一半的錄音帶，突然靈光一閃，把鄧麗君的歌聲洗掉，改錄他對情報材料的分析。講話遠比寫字輕鬆方便，有時跑起野馬更是長篇大論，最後他更加上一句：「歐總經理，這陣子工作順利嗎？問候您一切平安如意。」

記得那一次郭宇千來，看到馮湰拿出五卷流行歌曲錄音帶，一時張大了口，不知道馮湰在弄什麼玄虛。等弄清楚情況，郭宇千也覺得用流行歌曲錄音帶來掩護情報傳遞，確實是妙招。

「下次我多給你帶點鄧麗君。」郭宇千說。

「不要。能不能給我帶上臺灣那個……辛曉琪的帶子，我最近聽她的歌，唱得更好。」

想起錄音帶這個點子，馮湰在黑暗裡微微笑了笑。但回過神來，「中央辦公廳文件」幾個鮮紅色的大字，在燈光聚焦下特別明顯。在那一趟廣州之行後，馮湰的人生有了不見陽光的陰暗面。就像人從大太陽下突然進到暗室一樣，他還在熟悉瞳孔縮小那一段時間裡，那種伸手不見五指、不知身在何處的感覺。

第九章

01

孫衍樑又拉了拉襯衫的第一顆釦子，這一對釦子頂著喉頭，再纏上領帶，一層一層的束縛讓他覺得燥熱不堪。雖然李光權辦公室的冷氣吹出陣陣強風，面板上閃著十八度。

穿西服，是孫衍樑對情報局第一件不適應的事情。他第一天走進情戰大樓，就覺察到只有自己是一身畢挺的軍常服——肩上兩顆金星閃閃發光，第三顆指日可待——其他的同事都是便服，除非認識，否則根本不知道誰是軍官，誰是文官。「你們這裡，都不穿軍服的嗎？」他低聲向一位祕書探問。「報告局長，之前的局長除非儀式、典禮、層峰或高司長官視察，有時會穿軍裝，但平日一般都穿西裝的。」

情報局和孫衍樑以往待過的單位都不一樣。原本他不明白自己為什麼被派到這個「偏門」的位置上。陸軍官校畢業時，孫衍樑選擇了砲兵，「選步、裝、砲的人都是立志要當參謀總長。」同學的戲謔道出了軍中文化。雖然情報局長是一個上將缺，能升上將已經是官校生千中選一的機遇。但他期待的是防衛部司令、軍團司令、陸軍總司令、參謀總長，這才是男兒從軍登峰造極的成就。但如今他接過的派令卻是情報局長，一念及此，難免失落。

到職三天，聽完了各處簡報，裝了滿腦袋的作業規定、專案代號、月情蒐、季情蒐、年度情蒐要項……孫衍樑聽過不少他的前任們如何被這個龐雜的體系打敗，操控不了，索性雙手一放，做個太平局長。但他孫衍樑可不是這種人，暗下決心要拿出在美國攻下工程碩士的蠻勁，做成真正的情報局長。

聽完各處簡報，孫衍樑坐到辦公桌前喘了口氣，望見地上拉開的袋子裡，一只從馬防部司令任上就用著的保溫杯都還來不及拿出來。他正彎身要拿，門外一聲「報告」，祕書推門進來，報告明天上午國安局長——也就是這間辦公室的前一位主人，李光權召見，一同上山的還有副局長丁孟原和情報官潘中統。

「這是什麼陣容組合？」孫衍樑的疑問一直待到第二天進了李光權辦公室之後，才知道李光權召見，是要和他交接「玄武專案」，這可能是一九四九年兩岸分治以來，情報局所策反最高階的共軍軍官：馮潼少將，代號「玄武二號」。

丁孟原和玄武專案承辦人潘中統輪流向孫衍樑簡報了「玄武專案」的始末和運作現況，所有報告以口頭進行，不印製任何紙本。孫衍樑不管過去三天聽了多少布建關係、敵後專案，都不能不為玄武專案諜員的階級和情資機密等級之高而動容。

孫衍樑在這一瞬間體會到，情報是時刻接敵，天天作戰的「隱蔽戰線」，絕密等級的內線情報轉成大簽，直送上總統的辦公桌。參謀本部調兵遣將：下星期ＩＤＦ戰機前推澎湖、海軍南巡支隊航路調整、海龍潛艦緊急出航至某座標坐底待命……可能都是因為情報局的一紙情資或一份研析而決定。在這個暗處下一盤大棋的快感，一下子牢牢攫取住孫衍樑，過去感覺情報局是「偏門」的成見，自此一掃而空。

02

馮潼第三次按下一四三五號房間的門鈴，大顆汗水沿著額角往下滴，溼透的襯衫直接貼在他的背上。馮潼一邊急急地用眼角忽左忽右掃視有沒有突然出現的人，同時心裡喃喃自問：「我記錯時間了嗎？約的不是上午十點？」只是馮潼行事謹慎，與郭宇千約定碰面不會留下任何紙面紀錄，他也自許記性不差。但今天記錯了嗎？

馮潼低頭看錶，十點五分，他決定馬上離開。才一轉頭，身後的房門咯搭一聲開了鎖，「嚴董事長，這裡這裡……」是郭宇千的聲音。

馮潼回頭，板著臉快步進房，順手正要帶上門，卻差點和房間裡一個準備快步出去的女人撞在一起。馮潼定睛一看，這位個頭嬌小女人不是沈于雁，她臉頰通紅，一頭長髮還沒有吹乾，和馮潼擦身而過時，頭頸間還散發著水氣。馮潼轉頭看郭宇千，他正把分隔臥室和起居間的滑門拉上，開闔之間，馮潼看見被單、枕頭在床上床下散落一片。

他自己站在門外，焦灼不安，想像著自己可能下一秒就會被捕落網那五分鐘裡，這個房間的裡的兩個人正在做什麼。一股氣衝上腦子，馮潼想痛罵幾句，轉頭就走。

偏偏那位陌生姑娘還待在原地，不知所以。

「來來來，小鳳，這位是……」郭宇千快速擠出笑容，搶著開了口。

「郭老闆，你要怎麼介紹我給這位姑娘認識？」馮潼瞪著雙眼，沉著聲音問。

「呃……」郭宇千避開馮潼的眼光，轉頭對著女子說道：「這一位是我的生意夥伴，你們大陸這裡有名的老闆。今天我們有事要談，妳先回去，下次我介紹你們認識。」話說完，半推半送地把女孩請出了房門，臨走時郭宇千塞了個信封狀的物事在她手上，馮潼估計是錢。

「我們約的是……」房間下了鎖，郭宇千低頭看了看錶，「十點嘛。現在……就晚了五分鐘嘛。」

「八分鐘！」馮潼冷冷地說：「我告訴你，我剛才如果就走了，沒準你就找不到我，我不會再回來了。」

「剛才也就晚了五分鐘。馮將軍，不需要這樣子嘛……」

「需不需要那要看我，晚一分鐘也不行，按照你們潘先生說的，只要約定時間不出現，我應該馬上就走，準備給你們的東西……」馮潼把手上的公事包晃了晃，「應該全數銷毀。」

「老爺子，千萬不要。」郭宇千張開雙手做了一個「使不得」的誇張動作，姿勢和語氣就像戲臺上的粉白丑角。馮潼悶悶地「哼」了一聲，郭宇千順勢接過手提包，一樣一樣盤點了起來：「底片八卷，這回還是有錄音帶……四卷……有信件嗎？」

「沒了，要說的都錄在帶子裡頭了。」馮潼搖頭。

「這個，是公司讓我帶給您的。」郭宇千遞上一個幾乎被現鈔撐爆的信封，連同幾張單據。馮潼看了眼信封，順手放一旁。再看單據，狐疑地問：「要我簽名？為什麼以往都不用？」

「主計換人了，特別囉嗦的傢伙。以往可以報銷的項目，現在經常就是這老兄一夫當關，大家都煩死了。」

馮潼心想，簽名也是簽化名，只要留意不要留下真實筆跡就好。邊想邊把筆交到左手，歪斜地「畫」上自己的化名。畫到第三張，馮潼停下筆：「這是個金戒指？我沒有收過啊？」

「呃……是啦，這不是送您的。是送給薛先生的。」

「那為什麼要我簽字？」

「因為薛先生已經停止為公司工作，但我覺得還是要給他送點禮，所以就請您老幫忙簽字。」

「這豈不是要我給你造假單據？」

「但照顧的是薛先生，您也認識的。」

馮潼不再接話，板著臉把單據簽了，交還郭宇千。

「對了，老爺子您的資料裡頭……」郭宇千拍拍公事包，「有沒有他們特別交代的，關於北京這裡對李登輝談話的反應？」眼見氣氛不好，郭宇千趕緊轉移話題。情報局從今年初開始，特別要求馮潼多蒐集、回報中共高層的政治決策情報，特別是李登輝接受日本作家司馬遼太郎訪問時的一句「臺灣人的悲哀」，在大陸引起不少批評。這句話對中央的影響是什麼？會不會有原本就主張對臺灣強硬的人士因此得勢呢？軍方會不會有大動作？

「李登輝那段談話，我從內部參考裡看了全文。看完了，我的震動也很大。」馮潼直言，「臺灣原本是中國一部分，清朝割讓出去，是成了日本的殖民地。抗戰後是光復、回歸中國，國民政府派人接收治理，怎麼給他說成『國民黨是外來政權』、『中華民國踏上臺灣後，本島人受到了強烈的壓制』……」馮潼還沒來得及做結論，郭宇千搶了話頭：

「呿，那一段話根本是數典忘祖。他自己受蔣經國栽培，當上主席、總統了，回頭說自己的政黨掌權不合法？這算哪門子反省？我看是皇民遺毒。」一九八八年蔣經國過世，黨政權力都由李登輝接班。但不滿本土化路線，以外省軍人和政治人物的反李力量正在集結，校友會、同鄉會、聯誼社……公開的大會，私下的串聯，郭宇千出人出力，在他看來，這才是保衛國民黨路線的正途：「馮老您不用擔心那個，李登輝那是他一個人的想法。他那個臺獨路線不會長久的。」

「的確，這是我願意參加你們工作的原因。」馮潼的語氣平靜了下來，「將來有一天，李登輝真的宣布臺獨，國軍不會聽從這些亂命，而是會保護中華民國的吧？」

「是啊，現在國軍軍隊裡，絕大部分官兵還是反對臺獨的。」郭宇千應和了一句，半是安撫馮潼，半也是他真心相信如此。

03

「大廳裡一個，藍襯衫黑西褲長臉金邊眼鏡的男人；另一個穿灰色西服，四十來歲的男人和金邊眼鏡的有眼神交會，應該是同黨；進飯店前走路跟監的，是扮成情侶的一男一女。」

潘中統一邊在心裡數著跟監他的人，一邊用廣東話交代司機儘快開往羅湖口岸，「趕著過閘口，開快啲。」他提醒自己控制語氣，焦急但不要慌張，免得司機覺察有異狀。他從照後鏡裡盯著一部摩托車看了好一會兒，白襯衫、深藍色牛仔褲的騎士在他臨要上車時，先是跟著發動了摩托車，但潘中統刻意一閃身，讓排在後頭的客人先上車，這時摩托車也碰巧突然「故障」，騎士蹲下摸摸看看。等潘中統坐上出租車，摩托車隨即發動跟了上來。

路上明明可以超過，機車也不加速，死死地跟在車後。潘中統猜想應該還有開車跟蹤的人，但前前後後車子太多，實在分辨不出來。出租車這時還在沙面南街上，機車、腳踏車和不在乎的行人散在路面，司機邊罵邊讓車子一寸一寸往前移動。

這是潘中統第二次潛入廣州和馮潼見面。昨天見了一次，原本約今天中午吃頓午餐就各自離開。但潘中統在離開下榻的飯店時，就覺察大廳沙發上有人「等」著他。潘中統假意在飯店附近遊蕩散步，跟監的人就在三十公尺開外，亦步亦趨。走過三個街廓，分辨出至少兩組跟監他的幹員。潘中統回到房間，收拾好所有物品，鑰匙就留在房間，不辦退房，直接走人。

進到和馮潼約定的餐廳，馮潼已經在座，潘中統把握和馮潼眼神交會的幾分之一秒，使了一個警告的眼色，接著逕自走過馮潼，坐進另一個座位。兩人各吃各的，潘中統點了兩個叉燒包、一碟腸粉，吃完一出餐廳，就叫了部出租車直奔羅湖口岸，他希望自己一走能把跟監他的人都引開，讓馮潼順利脫身。

窗外的路標看得出來出租車正往深圳方向急駛。潘中統心安了些，因為一進香港就有鄺家祥接應。按計畫，鄺家祥會在羅湖關口等著他。他盤算著另一個備案：把鄺家祥召進廣州，讓他把馮潼提供的情資帶走——如果不能面交，他們約定了幾個「死轉手」的地點，地點各有編號，一說號碼，對方就能明白在哪裡取件——但隨著出租車漸漸離開了城區，公路愈來愈空曠，不可能再有車子跟蹤他而不被發現，潘中統想，備案應該是用不上了。

上車快一個小時，潘中統第一次稍稍放鬆下來，靠向椅背，長長地呼了一口氣。這時才有心情看看車窗外：四處都可以看到推平了的土地，一幢幢建造中的或者剛建好的廠房。載著砂石的大卡車霸道地超車，有時從左邊，有時從右邊。但司機似乎也司空見慣，不搖不晃，自顧自地往前駛著。

「總經理，這裡。」潘中統才一過關，就看見鄺家祥對著他招手，也沒有忘記應該用掩護身分招喚他。

「走吧。幾點的飛機？」潘中統上車劈頭就問。

「教官這次親自入陸，好大件事吧？」鄺家祥沒有回答潘中統，反而突如其來問了句。

「不關你的事，不該問的事情不要問。」

鄺家祥點點頭：「給你買了晚一點的華航。我們等下先過海，教官難得回來，北角有一家大排檔，你一定沒去過。我請教官吃一頓，吃完我再送你去機場。」

就在潘中統和鄺家祥搭著渡輪從九龍緩慢航向北角時，馮潼往北京的火車進了湖南省境，夕陽從大片車窗柔和地照進來，九月秋收，收割後的田地一片平坦，遠遠近近堆了幾處稻草，燒草的白煙直衝上天。

軟臥車室裡，兩側上下鋪面對著面，白天把上鋪床板放下貼靠在牆上，下鋪就成了座位。馮潼上車時原本連他共有三個人，一個三十歲左右的小青年和一個看不出是不是滿了二十歲的小姑娘。到了韶關，小姑娘走出去，不知道是到站下車，還是跑去找讓她自在一點的車室。

馮潼掏出菸，遞給小青年一根，上下打量了他一輪：一件淺藍尼龍襯衫，略大了一些，穿在身上有點耷拉，西褲也鬆鬆垮垮的，但人挺精神、很健談，笑臉迎人。馮潼特別留意到他的髮型，似乎原本留著平頭但正在長長，齊齊整整像頂瓜皮扣在頭上，馮潼心念一動：

「小伙子，你是當兵的是吧？」

「原本是，剛退伍了。」

「看你模樣挺好，身體結實，很有前途的，怎麼退伍了呢？」

兩人就這麼聊開了。原來小伙子剛從陸軍退伍，回憶當年，像自己這樣出身窮農村的男孩子，爸媽得花多少心思，打點多少關係才能參軍，「能當上兵，吃飽喝足，還有機會轉城市戶口。」就這樣一路幹上軍士長，十幾年的青春歲月，帶著幾萬塊退伍金和一紙南寧市的城市戶口打包走人。未來到南寧安家落戶，用退伍金做個生意，又是另一段人生，小伙子連聲稱讚：「當兵幾年太值了。但好歸好，不能老待在部隊，見好就收。」

「回南寧做什麼呢？」

「我在部隊是幹運輸的，將來還幹運輸。」小伙子說，改革開放以來，南寧成了廣西邊貿貨品集散地，「衣服、鞋襪、鐘錶、收音機、各種電器……一車一車拉進來。」當時在部隊，運輸團就用卡車接運貨生意，分得的收入多到當地二砲這種原本的菁英部隊眼紅不已。「沒辦法，他們高技術，我們高收入。」小伙子笑著說，將來他打算自己開公司進貨，先和部隊裡的老戰友對接，替他們運貨，未來存夠了錢，就可以買自己的車，「買個三、五十輛車，我就是運輸團團長啦。」說到得意處，他自顧自地大笑起來。

談了兩個多小時，小伙子乏了，橫躺在鋪位上沉沉睡去。馮潼聽多說少，精神仍好。望著車窗外，反覆回想對面這位小青年接下來為自己規畫的人生。馮潼心知肚明，這樣的規畫非但不罕見，甚至可以說已經蔚為風氣，改革開放後，基層軍士官——不管是來自城市或農村——對比下海經商早已大發利市的親戚、同儕，驚覺自己還在一個保守而嚴密的體制裡一步一步爬著天梯，眼看著就要被時代甩在後頭，一股焦慮瀰漫基層。打報告退伍的戰士，心思單純的往深圳、珠海工廠打工；頭腦靈光如這位小青年的人，或者自己經商，或者加入村辦企業，期待自己成為鄧小平同志口中「先富起來」的那一小群幸運兒。

看著對面這位和兒子年紀相仿的小青年，馮潼想起自己的兒子上個月在馮潼住處，撫著孫子的頭髮，貌似不經意地提到自己想退伍，正在找移民西方的路子，「下一代反正要受西方教育的，何不讓他們從小開始？」兒子的口氣輕飄飄地，一如他從小開始就沒有太多想法，跟著部隊大院的氣氛和自己的腳步進了軍隊，半靠著馮潼的庇蔭才升上中校。在改革開放的大潮裡，馮潼的兒子也耐不住了。

想著想著忘了時間，車上廣播響起，火車到了長沙。馮潼急急提起隨身行李進了廁所，待到火車進站、停靠、重新出發幾分鐘後，他才開門出來，無視一位久等廁所老頭的怨毒眼神，輕手輕腳地走近車室，前後張望沒有不對勁的人，這才拉開門重新回座。

這樣神經兮兮地躲避「搜捕」，是因為早上的情況讓馮潼餘悸猶存，就差一秒，如果不是先一步看到潘中統示警的眼神，馮潼已經起身和他打招呼。之後他在座位上連頭都不敢轉向潘中統的方向，坐了一陣，看見潘中統起身往門口走，這時一班跟監的幹員也先後跟出門外，像追逐野兔的獵犬。

潘中統走後，馮潼在座位上再多留了半個小時，吃下的東西卻在胃裡翻騰，突然一陣噁心，他快步走進廁所，衝進最近的隔間，還來不及鎖門就哇的一聲吐了出來。

拿著白毛巾的侍者看見一位額角冒汗的老人從隔間裡出來，拿著一把捏皺的衛生紙胡亂擦著嘴角，連忙上前遞上毛巾：「老大爺，您不舒服嗎？要不要我叫個人幫忙？」馮潼接過毛巾胡亂擦擦臉，連聲說：「不用、不用，沒事兒、沒事兒……」回座結了帳，叫了一部車直奔火車站，路上幾次回頭，都看不出有人跟監。反倒是出租車司機開口了：「您是不是在酒店裡忘了東西，要不要繞回去看看？」

總政治部保衛部職司反情報、反間諜，馮潼聽聞過他們的手段：一位專攻航電設備的高級工程師，在美國參與「八二工程」時，合作方把他當做中方航電項目未來的主持人來交流、培養。但六四事件之後，美國重新成了敵人，這位工程師也跟著被人舉報「裡通外國」，保衛部立案調查了半年多，他的主管請託上級領導出面關切，才以「無證據」結案。結案之後，這位工程師立刻申請退伍，等待批示的那幾個星期，經常一整天在單位裡不發一語，眼神空洞，也不必太仔細就能發現他跛了一腳。

馮潼私下去探望他，問到保衛部究竟怎麼對他的。他止不住兩行眼淚，沉默幾分鐘後才開口：「首長，您老行行好，不要讓我再回想那一段。那些太子們要我讓位，我就讓吧。」工程師早把車間物事和自己的辦公桌收得乾乾淨淨，退伍批示一下，他拎著這張公文，一個人走出了單位大門。之後聽說進了中山一家香港老闆的電子工廠，原單位沒有任何人找得到他。

想起潘中統被跟監，加上前一次郭宇千不準時開門，房間裡還有陌生女人。馮潼害怕自己沾上了一股甩脫不開的暗黑勢力。更糟的是，如果其中的操盤人根本不在乎自己能不能全身而退，以這樣的方式繼續下去，自己落入保衛部之手，也是遲早的事。

再者，臺灣的要求比過去更多了，馮潼想起昨天問潘中統，為什麼他冒險再走這一趟？答案是他來交付一個新的工作要求。

「您之前蒐集的情報，軍工的部分大概都在陸海空三軍部分。未來能不能以二砲這一塊做為重點，包括建造、部署、研發和用兵的方法等等。我們那裡現在非常重視解放軍導彈的發展，希望能從各個方面，蒐集更多訊息。」

聽潘中統說完，馮潼搖了搖頭：「不容易啊。它不歸我管。二砲的研究、測試，包括戰術發展，他們有自己的裝備技術部和學校。不過你們是對的，中央的確愈來愈重視他們，主要是武嚇或真刀真槍地打，他們都能上陣。」

「我知道馮先生的難處了。但是如果可能，還請您儘量幫忙。如果要再發展組織，我們會給您一切您需要的資源。」潘中統又推了一把。

想起郭宇千的漫不經心、潘中統和臺灣情報局的得寸進尺，再加上他聽聞的，共產黨反情報單位的手段。

「不能再給他們幹了，回北京告訴他們，切斷關係。」馮潼暗自下了決心。

第四部　特派員鄭家祥

第十章

01

「Coke都可以了，唔該！」

侍者還沒走到身邊，鄺家祥就一句話打發他走。上午約了個線人見面，談得忘了時間。一結束匆忙打部的士趕到半島酒店咖啡廳，他不想再花時間看菜單，即使午餐沒來得及吃，但鄺家祥決定等會一談完就回去換下這身行頭，到深水埗找間大排檔吃喝一頓。

和「豪叔」約定的時間還沒到，但鄺家祥熟記安全規定，提前四十分鐘，應該還可以。

鄺家祥用手抹了抹汗，正要往大腿上一擦，突然想起今天穿的是剛和黎玥兒從天后的上海裁縫那裡拿回來的新西裝，他伸到腿邊的手掌突然停住，改從口袋裡掏出一方手帕，按按額頭，擦擦手，恢復端正坐姿。四處看了幾下，感覺不到什麼異狀，他伸手從厚厚的公事包裡掏出一本《九十年代》，隔著雜誌繼續「眼觀六路，耳聽八方」。但他的思緒止不住朝黎玥兒飄去，想起昨天晚上的纏綿激戰，今天一早她往內地出差去了，不然晚上還能約會，鄺家祥有些失落。

「是不是阿祥啊？」一位平頭大叔，一進咖啡廳就衝著鄺家祥走過來。

「豪叔午安。幸會幸會，多謝賞光。」鄺家祥站起來，先躬身行了個禮，再和豪叔握了握手，感覺對方手勁不小。

豪叔花白髮色，三角臉，兩頰削瘦凹陷。白色的Polo衫下擺紮進了藏青色西褲裡，眼光雖然帶著笑意，但眼角向下，暗藏鋒機，精幹的外表和他的身分正相符。

「潘中統要你來找我，他自己幾時來請我飲茶啊？」

「教官他……」鄺家祥差一點說溜嘴告訴豪叔，其實潘中統前天就在香港。當天下午，他從羅湖口岸接了潘中統，兩人在北角大排檔一頓吃喝，再送這位老哥深夜從機場飛回臺北。吃飯時，潘中統給出了兩個以往認識的香港同行：「彭少」是左派工運重鎮「工聯會」司庫；「豪叔」是「邵氏」[6]員工，早年負責監控右派團體和國民黨情報組織，和潘中統不打不相識，你追我躲，久而久之有了交情，彼此交換情報，互蒙其利。「這兩位都很仗義，你去見一見。都幫得上你的忙。」潘中統這樣對他說。

九七近了，眼見政治部就要解散。絕大部分的華籍探員都改名換姓，以新身分移居西方，豪叔也在移民名單裡。這是他在香港能夠接觸機密資料的最後時光，如果有像潘中統這樣既有情報需求，又十分可靠的「客戶」，他也不排斥把那些即將運走或就地銷毀檔案的「剩餘價值」轉換到自己身上。

比起彭少一開口天南地北停不下來，豪叔聽的多說的少，和鄺家祥相互認識、約定以後有事怎麼聯絡後，兩人就互道再見。不過臨走前他倒是提醒：「九七到了，內地各路人馬『爭住食』香港，內地同行有錢有資源，不管收買或是脅迫，手段都很粗暴，你一定要小心。」

回到住處，鄺家祥把公事包重重放上桌，把裡頭塞滿的報紙、雜誌一份一份拿出來，對著桌上一份清單檢查是不是到齊了，拉過一個紙箱裝箱封好，晚一點把這箱報紙、雜誌送到「收貨點」，由交通員帶回臺灣。

鄺家祥從派到香港不久就負責這個差事，媒體是公開的情報來源，但有些規模不大、立場左傾的書報雜誌社不寄臺灣，得要由情報局駐地幹員要逐期收購。這本來是一個在地雇員就能做的工作，交給鄺家祥，實在是不得不然，因為他剛到港幾乎拿不出績效表現，偏偏又是新局長新政策下指定派出的人，實在不能讓他短期間就兩手空空，鎩羽而歸，只能先給他這些工作。

不過前天鄺家祥已經被通知，寄報紙雜誌這個差事不必再做了。這彷彿是給了他一張獨立特派員的及格證，鄺家祥第一次覺得在自己的家鄉有了立足之地。

02

鄺家祥的父親是國民黨低階軍官，一九四九年廣西戰役國民黨大敗，部隊全滅，大部分官兵逃往越南，他則和三、兩同袍經廣東一路逃到香港，先跟著一批流亡的國民黨人聚居摩星嶺，一九五〇年代國、共支持者衝突頻傳，鄺家祥的父親和叔伯長輩都就地參戰，香港政府之後把這一批國民黨支持者遷到調景嶺，形成一個特殊的政治聚落。

鄺家祥小學畢業後考進了珠海書院，這所學校由廣東軍政領袖陳濟棠在一九四七年創辦，一九四九年遷到香港。「以建民國，以進大同」的校訓可見和臺灣國民黨政府的關係。珠海的畢業生要到臺灣升學不難，但讀什麼呢？鄺家祥追想家族史，看到爸爸掛在牆上的黑白軍裝照，腰間掛著手槍，隨意站著三七步。他轉過頭問：「去臺灣讀軍校好嗎？」

「不好。你不是臺灣人，進軍校沒前途。」爸爸搖著頭。「而且馬上就到九七，一讀軍校就返不到香港了……。」

一位叔父接了話：「鍾意當兵，去考情報局吧。在臺灣生活有保障，有機會還能派返香港來。」

一提情報局，鄺家祥想起占士・邦（James Bond）。他剛和一幫同學去看了《鐵金剛勇破爆炸黨》。考了情報學校，就是〇〇七的生活嗎？鄺家祥搖搖頭，不對，那是電影來的，真實世界裡，哪有那麼多女人在床上等著你？真正的情報員，肯定苦得多。

鄺家祥自己還沒說話，另一位叔父也開口了：「情報局好耶。你記不記得那時大陸淪陷時，雖然軍隊都打敗仗了，他們還挺神氣，穿一身警察制服，帶著手槍。我們走路，他們到哪裡都能徵調汽車，四處都有人接應。」

鄺家祥的父親點點頭，「情報局的確比軍校好，你懂廣東話，他們用得上你。能派返香港也好。不然就待在臺灣，做到領終生俸過個安穩日子也可以。」

鄺家祥的未來就在父親和一班叔父間的閒談裡定案。「情報幹部訓練班」是情報局新人的來源，依往例，每年會固定招考三、四個香港僑生，儲備在香港工作的人才，畢竟不會講廣東話，沒有現成的社會網絡，幾無可能打入保守、高傲又排外的香港人社群。

在長官的印象裡，鄺家祥在學員期間不怎麼適應臺灣環境，人很沉默，和同學沒有太多交流。一直到分發到東南亞處，靠近平常只說廣東話的香港組，他才像魚回到了水裡，休息時間，辦公室裡開始聽得到他和同事的說笑聲。

兩年情幹班畢業，鄺家祥分發進東南亞處，一開始沒碰到香港業務，反而先在印尼、菲律賓組成了潘中統的屬下。

「你別看我們印尼、越南、寮國這樣四處派人，其實我們國力有限，敵人只有一個，所以人不管派哪裡，都只做一個地方的工作——大陸。」一九九〇年一個加完班的晚上，潘中統對著鄺家祥突然冒出這句話。深夜的小吃攤上，兩人對坐，各自一碗麵，幾碟滷菜。「要做大陸情報，除了直接入陸，次好的地點就是香港。我說你，為什麼不回香港去駐點呢？」

「可以嗎？不是說諜員都在往外撤。」鄺家祥不明白，為什麼潘中統突如其來有這一問。

「蠢蛋！怕死才會下令往外撤。」潘中統仍然是這個調調，「九七之後，香港更是情戰的一級戰區了。你的條件容易潛伏，正是應該去香港打仗的。」

幾句話說得鄺家祥心頭熱起來。他到臺灣考情報局，志向的確是成為一名外勤情報員啊。潘中統沒有說錯，此時的香港，正是需要熟門熟路的本地人駐站的時候。自己早有這個想法，只是階級低、資歷淺，也不敢說出口。如今潘中統一提，正說中他的心聲。

「我也是這麼想的。但去香港駐站……該怎麼向上頭提出來呢？」

「你打份報告往上送，上頭一定來問我，問到我，我肯定大力推薦你。九七移交前，共產黨各路打前站的人馬肯定都進了香港，你去到那裡，他們要試探吸收你，你也可以摸他們的底。碰上騷娘們，就連她底褲順便摸一把……」

言詞猥瑣的潘中統定義任務無比精準，摸清中共接收香港的布局，正對李光權的胃口。鄺家祥就這樣回到了香港，這是他第一次外派，駐地是自己的家鄉。鄺家祥的身分是臺資貿易公司的業務代表，因為老闆看好改革開放後的內地市場，所以讓他前進香港。在一九九〇年代，以臺商這種身分在香港和華南活動，再自然不過了。

03

一九九一年一個溼熱的傍晚，鄺家祥在擴音器高亢的喊話聲裡，走過通往維多利亞公園的記利佐治街。兩旁募款、派發傳單的攤檔一個接著一個。今天是六四天安門事件兩週年紀念晚會，「九七大限」前出了這麼一個大亂子。香港人激憤之餘，更多是人心惶惶。

「六四後的香港民情」是情蒐重點，鄺家祥擠在參與晚會的人流裡，一寸一寸往前移動。遇見抱著募款箱的義工，就藉投錢的機會談上兩句。他當然也想靠近更有分量的政治領袖，不管是正氣凜然的司徒華，或是三十出頭、少年老成的李卓人。但他自忖那些站在高臺上，拿著擴音器的大臺，應該早有其他人「招呼」，不是自己靠近得了的。

鄺家祥隨著人流走到維多利亞公園球場，和幾個參加晚會的市民有一搭沒一搭地聊了幾句，蒐集一大把傳單，看看寫報告的材料夠了，肚子也餓了，就擠出人群，搭上地鐵過海到九龍，回到他熟悉的深水埗。

深水埗的小吃和這裡亂糟糟的市面一樣，數十年如一日。青少年時期的鄺家祥，在這裡和好朋友消磨無數週末的午後時光。仿冒T恤、運動鞋；卡西歐電子錶或更便宜的仿冒貨；二手相機、收錄音機、隨身聽。超級瑪利前進、起跳、頂磚塊、收金幣的靈動音效此起彼落，俗稱「紅白機」的任天堂，新機舊機到處都是。

深水埗的街道讓鄺家祥有了「活回來」的感覺。鄺家祥坐進一家粥麵檔點了一碗豬手撈麵，先把灰白的豬腳骨啃得光亮，再捧起碗，不把湯喝到一滴不留，他是不會滿足的。碗底朝天後，他起身掏了一張鈔票付帳。

「咦，這不是阿明？」從麵檔起身，鄺家祥眼前閃過一個熟悉的身影，他一個衝動就先喊了出來。

和他擦肩而過的男人應聲回頭，果然是梁永明，中學六年，兩人形影不離。鄺家祥回香港工作，於公於私，原本梁永明就在他拜訪、重建關係的名單上，還沒來得及找人，沒想到先在老地盤遇上了。

「鄺家祥？祥仔！好久沒有看到你。你怎麼會在這裡？你不是去了臺灣？」梁永明的長相沒有變，眉毛濃、眼睛大，身形壯碩更勝當年，當年在學校，他就因為長相被人叫做「虎頭明」，如今看來，他真是不辜負這個渾號。

梁永明大手一張，像鉗子一樣錮住鄺家祥一邊的肩頭。「你有沒有事？來來來，食豆腐花。」也不等鄺家祥回答，就拉著他走進了公和荳品廠。豆花送來，梁永明把糖粉一匙匙堆成小山高，鄺家祥暗笑，這傢伙和中學時沒有兩樣。

「我回到香港來工作了。替一個臺灣老闆做貿易。」鄺家祥自報現況。

「你回來了？太好了。我們以後可以常碰面。你住哪裡？住回家裡嗎？」

「黃大仙，另租的房子。家裡太小，我租個房子還可以兼做辦公室。」

「我還住在家裡，想買房，還在看。九七快到了，打算移民的人，有些房可以接盤的，但那些房大部分都太貴。」

「不會吧，堂堂大督察。買不起房？」

「說什麼大督察！小幫辦啦。」阿明大笑，一拳打向鄺家祥的肩窩。

鄺家祥和梁永明都畢業於調景嶺中學，梁永明是第三代香港人，父母看政治鬥爭像午後陣雨，避得一陣，終究會過去的，「搵食要緊，莫理政治。」

梁永明浸會書院畢業後考上督察，成了末代香港皇家警察的一員，但加入的不是一般的警察部門，而是政治部。這讓梁永明頗有生不逢時的感覺。因為港府不久之後就決定解散政治部，老幹員結清年資，改換身分移居海外，但梁永明這樣新進的年輕幹員，處在強烈的不安全感裡，想像著一九九七年七月一日之後，會是個什麼光景。

梁永明有一次和他的組長——一個老華籍幹員吐露自己的擔憂，對方哈哈一笑：「你有需要擔這種心嗎？將來北邊『阿爺』來統治，就不需要我們幫他們做這些事情嗎？你關係做好了，誰都要用到你。只怕你自己沒本事。」

一句話點醒了梁永明：這不過就是換一個主子的事情。他所在的CI分組，原本就是對國民黨和臺灣政府組織的監控——陸工會、自由影人協會、三民主義統一中國大同盟、國防部特種情報室，當然還有讓人頭痛的老牌對手，當年的保密局，現今的情報局。

一個主子垂頭喪氣地出場，總會有意氣風發的下一個。重要的事，就如組長說的，自己能不能交出成績，而眼前的這一位，意外出現的老同學，把握得好，就可能是「成績」。

深水埗巧遇後，鄺家祥經常找各種理由約虎頭明吃吃喝喝。兩人本就是中學死黨，如今各有心思——鄺家祥希望藉虎頭明在香港紮下根基，虎頭明把鄺家祥當作打進在港臺灣人圈子的線人，虎頭明對這個倒是挑明了說，畢竟香港警隊的身分就是公開的；但鄺家祥對虎頭明，則是一直保持著「臺灣貿易商」的身分——至少鄺家祥自認隱藏得很好。

「幫我介紹有沒有內地生意做吧？」在虎頭明面前，鄺家祥總是把這句話掛在嘴邊。虎頭明也真幫忙這位老同學，衣服、飾品、運動鞋、電子零件……只要工作上認得了生意人，虎頭明總不忘把名片留給鄺家祥，鄺家祥會過濾，需求量大、項目敏感、國企幹部出身，或者能連結上政府關係的對象，他就優先服務。

「晚上有沒有空？灣仔飲酒？」鄺家祥和虎頭明平日有時你約我、有時我找你，隨興聯絡。但這一天虎頭明在電話裡，卻正正經經地要他留下下週一頓晚餐的時間，「介紹個老闆給你，好重要的，不要誤事。」

當鄺家祥一看見Diana走進包廂，大吃一驚，竟然就是那位「Diana」——少年時偷溜進油麻地的大華戲院、讓他目瞪口呆盯著的女艷星。一九六〇年代，她在一部電影裡全裸上陣，是鹹濕電影的箇中先驅。但到了一九七〇年代，Diana突然宣布退出影壇下海經商，盤活了她擁有的各路黨政關係，成了改革開放的弄潮兒。但她究竟做的是什麼生意，知道的人並不多。

如今這位傳奇艷星就坐在包廂裡，拿起筷子，小小心心挾起一片金黃透亮的乳豬，擱在鄺家祥的盤子裡，同時問他，能不能幫她從臺灣進口一批電腦，「你們臺灣做得好，全世界知道的。不過我們這個是工廠用的，規格不一樣，你幫我們找找？」她的聲線柔而不弱，有股軟軟的說服力。她轉身遞給鄺家祥採購規格時，短袖亮白旗袍包住的身材曲線畢露，繡工精緻的彩蝶綠葉就展開在鄺家祥的面前。一時之間竟然讓他感覺有點壓迫。

「這個上頭的東西……坦白說，我不太懂。妳能不能給我幾天時間，我向臺灣的廠商問問看，再答覆你可以嗎？」鄺家祥說。

「可以的，你很實在，我喜歡這種態度。」Diana笑著說：「那這樣吧，接下來你就和Cindy聯絡。」Diana朝一旁的年輕女士使了個眼色，她微笑著對鄺家祥點點頭。鄺家祥接過她的名片時記得她叫黎玥兒，是Diana的特別助理。

「我們多久之後聯絡？一個星期可以嗎？」黎玥兒問。

「應該可以。如果需要久一點，我再打電話給你。」

「那好，萬事拜託鄺先生了。」

04

鄺家祥反覆推敲著Diana的要求，像獵狗一圈圈繞著溼地上的腳印上的聞著氣味，但鄺家祥還估不準獵物的大小、距離。隔天晚上，他把Diana要求的貨品清單傳回臺北，簽呈一路上到了局長李光權，希望會同研析處軍事組鑑定，但軍事組也搖頭，「太細節，沒把握。」最後，李光權只好到龍潭的中山科學研究院，請院長點名幾位專家出來幫忙看看。

五位電子工程師加上中科院院長，六位專家對著訂貨單的規格苦思不解。訂單對中央處理器的穩定度，以及抗震、溼氣和工作溫度等環境因素的要求極高，但反而不要求處理速度，其他的配件則是一般個人電腦規格，專家們看著感覺不對勁，但一時卻參不透蹊蹺。

「會不會是買主只是要拆CPU下來用？」正當一班專家準備告訴李光權，這就只是一樁單純的工業電腦採購時，一位工程師一拍大腿，衝回辦公室，找到美國軍用電腦中央處理器的規格，回來一攤開，謎底揭曉。

即使李光權不懂電子工程，他也懂了。六四事件之後，西方國家紛紛叫停了與中共的軍事合作。例如原本進行中的殲八戰機改良計畫，或者必須修改設計，降低規格，或者需要透過其他的管道買到關鍵零件。Diana可能就是這些非正式管道中的其中一條。

真的可能有大魚上鉤了。李光權要求鄺家祥的處長回報Diana的詳細資料，以及結識Diana的過程。如果能成功建立關係，那麼未來Diana的採購清單，就可以用來推測中共軍事工業技術發展的水準到哪裡、瓶頸在哪裡，這是一般諜員得不到的珍貴情報。

兩天後，李光權出現在參謀總長辦公室，在等待中科院院長飛車到臺北時，李光權提出了計畫：為了保證鄺家祥「供貨無虞」，李光權希望由中科院來做「上游廠商」，確保鄺家祥可以向Diana供貨，也防止不該外銷的零件意外流出。

李光權帶著計畫向參謀總長當面報告，原本以為要費一番脣舌解釋，但意外地，參謀總長一口答應，還饒有興味地和李光權討論了一番細節。等到中科院院長進到辦公室，聽完李光權的想法後臉色鐵青：「這個……這個，報告總長，這個做法，沒有前例。況且，中科院不是情戰部門……。」

「現在也不是叫你去打情報戰，打仗的還是情報局。你們是支援單位，過去支援三軍，現在支援情報局。沒有先例，那就用這個案子就開先例。」參謀總長對情報局唯一的要求是由這條路線產生的任何的研析和情報，要在第一時間完全和參謀本部共享。李光權頻頻點頭稱是，心裡暗暗為這位高他十個年班的參謀總長喝了個采。

05

臺北下達了命令：全力經營與Diana的關係，順藤摸瓜，弄清楚Diana和她代表哪一股勢力，有機會就布建諜員。鄺家祥被召回了臺北直接向局長簡報，因為以往少有能夠布建到解放軍軍工體系的路線，李光權希望自己多了解情況，局長親自聽報告，也給鄺家祥極大的鼓勵。

「這個女人叫黎玥兒，是Diana的助理，也是和我們主要的對口。」

一張大照片投影在情報局會議室的屏幕上，女人從洋裝到西裝外套一身烏黑，拎著名牌手袋，脖子到胸口露出白皙的皮膚，短裙到膝上略高一些，但這身裝扮原本該有的性感全被她精亮甚至帶點殺氣的眼神抹得乾乾淨淨。

和李光權一起聽報告的，還有戴同光，他身材不高，挺著大肚子，一幅玳瑁眼鏡幾乎要滑到鼻頭。他帶來的一份檔案正捏在李光權手上，牛皮紙信封正面上寫著Diana名字，藍墨跡褪得淡淡的。

戴同光的頭髮稀稀落落，但堅持梳得油亮服貼。李光權知道那些稀疏頭髮蓋著的可能是情報局最靈光的一顆腦袋。戴同光專攻人物誌，人的長相和基本資料過目不忘，加上一肚子人物掌故，誰是誰的屬下、誰和誰曾經同屬一個單位，門閥派系，人和人的關係，都在他腦子裡的那張蜘蛛網裡。

李光權要戴同光在鄺家祥之前先介紹Diana，戴受命之初不明所以，為什麼這個女人值得大張旗鼓簡報一次，該介紹什麼呢？從頭說點有意思的吧：

「你們知道Diana嗎？她原本是風月片演員，民國五十幾年她演一部電影真的全身脫光，那叫……」

戴同光正準備大講特講，李光權不耐煩地一揮手，是要他跳過這一段。這時戴同光才意會，不需要這些輕鬆資訊來暖場。於是直接切入重點：

「一九七〇年代之後，這個Diana離開了電影圈，用她以往在電影圈的人際關係做起了貿易，大部分是高科技產品，電子零件一類的。走的是歐洲的路子。背後支持她的是紅二代的生意集團，其中一位和她走得很近。」

停下來喘了口氣，戴同光認為，目前合理的推測是Diana是中共對外採購高科技產品或零附件的白手套。但他也向李光權坦言，人物誌資料庫對Diana的資料很有限，因為以往沒有機會直接對她做情報蒐集。聽完跟在他後頭，鄺家祥對黎玥兒的報告後，戴同光更是大方承認，對Diana的資料尚且這麼不齊全，何況她身邊的一名助理，「雖然這小姑娘長得真是挺美的。」他忍不住嘴碎一句。

「那這位姓黎的助理和她的關係呢？」李光權對著鄺家祥發問。

「報告局長，我坦白說，目前對她的了解很有限。」鄺家祥說道：「我看到的是，她是Diana的個人助理，但可能並不是親信。」

李光權眉頭一皺，露出了一個「這是什麼意思」的表情。

「黎玥兒是土生土長香港人，畢業後並不像一般名牌大學生進的是外國洋行，而是在中國銀行大廈進出——那是中資公司的大本營，特別的是她進的是普力集團……」

「啊！紅二代和女婿幫買賣軍火的代理商。」戴同光忍不住出了聲。

「長官內行。」鄺家祥趁機奉承了一句。「黎玥兒在普力集團工作了三年，直到Diana開起了公司，逐漸做起高科技裝備零件貿易時，這時她和普力集團有不少合作關係。黎玥兒也差不多在這時間去了Diana的公司，一去就當了她的個人助理。這是我目前知道的情況。」

戴同光停了半晌，吞一口口水，說道：「把一個外來的人，直接放在身邊當個人助理，這不是香港商人的風格——他們一般都會從公司中階的職員裡拔擢助理。」

「不是親信那是什麼？」丁孟原問。

「很可能是普力派在Diana身邊，一方面執行業務，一方面監視Diana的人。」戴同光回答：「或者再大膽一點推測，普力和總參謀部的關係千絲萬縷，要說黎玥兒是總參技術部門監視Diana的幹員，也不是不可能。」

「但這是你的判斷？」

「是的，是我自己的判斷。」

「家祥覺得呢？」

「我……我不敢說。」

「好，謹慎點好。」李光權點點頭：「家祥持續接近黎玥兒和這個Diana，注意安全，身分不要曝露。」

「黎玥兒要建人物專檔嗎？」戴同光問了一句。

「先不要，等這一段結案、歸檔了你就知道。」李光權回答。

「明白的。」戴同光行了個舉手禮，轉身退出局長室。

第十一章

01

「你走吧。明天你和老闆約的是晚上對吧，到時見嘍。」黎玥兒拿起床邊的一條毛巾包住身子，自顧自地走進浴室。不久，燈光從門縫裡透出來，嘩嘩的水聲響起。

兩人的衣衫散落一地，鄺家祥裸著身子先揀出黎玥兒的，摺好放在浴室門口。再回房穿回自己的衣褲後出門回家。太古城道燈光昏黃，鄺家祥看看手錶，十二點四十分，地鐵已經關了，他索性散散步，走累了再招部車。

鄺家祥記不得這這是第三……還是第四次回到黎玥兒的住處。

黎玥兒是Diana的特別助理——至少向外人介紹的關係是如此。拔萃女書院、香港大學兩大名校畢業，出入一身深色套裝，是香港人口裡的「醒目女」。鄺家祥當學生時代甚至不敢直視這種女生。當然，她們的眼裡也看不到鄺家祥。

黎玥兒言談風格和她的外表同樣冷峭。遇上覬覦她外貌的男士想藉機發展私人關係的試探，她總是一刀斬斷。鄺家祥曾在一處會議室外等著黎玥兒開下一場會議時，聽見前場會結束時，一名男子邀她是不是一起吃晚飯。黎玥兒似乎沒聽見這個問題，直接站起身：「我們事情談完了不是嗎？我下一場會議接在後頭，別人已經來了，你可以走了。」

鄺家祥和黎玥兒的往來愈來愈頻繁。和Diana談生意，不管討論訂單、交貨或者交代一批採購的進度——她通常只用幾句話定方向，剩下的細節就交由黎玥兒和鄺家祥去溝通。有時甚至連產品都不太清楚，反而要靠黎玥兒一項一項和鄺家祥解釋訂單規格。

黎玥兒習慣和人併坐而不面對面，每當Diana一走，她就坐到鄺家祥身邊和他逐項討論這次的訂單。她右手手腕肌膚雪白，銀色細鍊跟著拿筆寫畫的動作微微振動，偶爾碰觸到手，鄺家祥會快速挪開。

拜臺北神通廣大的「供貨方」之賜，Diana要的貨愈來愈多，這一天談得特別晚，黎玥兒一看時間，已經過了九點半。「都沒吃飯，我請你飲夜茶？」鄺家祥點點頭，兩人搭車往來到上環，早春的夜晚陣陣涼風，鄺家祥拉了拉大衣，轉頭看看黎玥兒，她會意搖搖頭，「不冷，OK的。」

「你究竟是不是香港人？」

找到餐廳面對面坐下，黎玥兒好半天才問出這句話。兩人最近幾乎天天見面，認識也有大半年了，但黎玥兒這時發現，她對鄺家祥的了解幾乎等於零。當然鄺家祥拜豪叔和局本部先前的提點，對黎玥兒的身分了然於心。但對於她的過往和成長經歷，於公於私也都非常好奇。他和黎玥兒，一個出身調景嶺，一個在富豪與中產階級聚居的港島東半山成長。兩人來自同一個香港，卻好奇彼此的人生故事，如同來自另一個國度的遙遠傳說。

吃完兩輪點心，黎玥兒作勢起身，也許打算去洗手間。突然一聲驚呼。

「怎麼了？」鄺家祥連忙抬頭。

黎玥兒沒有答話，低頭看著大腿，表情混著鄺家祥從來沒見過的尷尬和害羞。

鄺家祥靠近一看，黎玥兒淺灰色的裙子染了一大片血跡，當即會意。

「這真是太不好意思了。怎麼辦？」

「突然來了，妳忘了napkin？」黎玥兒對著地面點點頭。鄺家祥側頭想了三秒鐘，問她：「妳褲子尺碼多大？」

得到答案，鄺家祥一溜煙跑出餐廳，半小時不到，拎著一個購物袋回來：一條牛仔褲、一包衛生巾，再翻到一件純白內褲，黎玥兒紅了臉。鄺家祥把自己的大衣交給黎玥兒：「妳穿上，把身體遮起來，就可以去廁所換褲子了。」

從這場小意外之後，兩人工作晚餐一結束，會很有默契地到灣仔的酒吧喝一杯。晚餐時天南地北地聊，但喝酒時黎玥兒斜倚著吧檯，兩人並坐一個多小時，幾乎沒有說話，鄺家祥看著黎玥兒的側臉，卻也不感覺無聊。最後一杯WhiteLady，她一口喝完，讓鄺家祥陪著她走回家。

不記得哪一天，她走著走著攙上了鄺家祥的手臂。回到太古家樓下，「阿祥，要不要上去？」

鄺家祥從黎玥兒家裡出來，原本想走上英皇道，卻不知不覺走到了海邊。鄺家祥回憶第一次和她上樓，歡愛結束後他驀然如同大夢初醒，殘餘的慾望瞬間全滅。黎玥兒一出房門，他從床下到天花板，從衣櫃到抽屜翻了個遍，他相信剛才與黎玥兒的激情一定已經全程被錄影，各種利誘威脅都會跟著……。如果他第一時間找出機器，銷毀錄影，還有可能全身而退……就在他翻箱倒櫃卻一無所獲、冷汗直流時。

「你在幹麼？」包著浴巾的黎玥兒出現在房門口，半裸的鄺家祥瞬間動作凝結。

一絲笑意從她原本冷冷的嘴角流出來。

02

十五張原稿一張一張從傳真機裡送出來，鄺家祥把保密器從傳真機上拆下來，再把保密片抽出來和密碼表放進兩層袋子裡，內層塑膠袋、外層牛皮紙袋。廁所溼氣重，塑膠袋保護了保密片和紙本密碼表裡不會受潮。

才藏好兩樣東西，桌上電話響了。

「中洲貿易公司，午安您好。」

「家祥嗎？你的訂單收到了，最近業績不錯喔。今天接這一單，老闆肯定高興死了。」是熟悉的組長的聲音。

「謝謝經理。」

鄺家祥長長地伸了一個懶腰，整個人放鬆下來，滿足感油然而生。他傳回的「訂單」其實是「夔峽事件」的報告。除了那份超過兩千字的書面報告，跟著傳回去的，還有一份名為「關於〇三一二夔峽特大搶劫殺人案」的通報文件，發文機關是重慶市公安局，等級為機密。

電話響了兩聲，是資料收完無誤的暗號。鄺家祥把報告原稿拿進廁所，在馬桶上一張一張點燃，燒完最後一張，餘燼和紙灰一口氣沖掉。邊燒邊想起局裡那些老是把「口說無憑，拿文件來」掛在嘴邊的學長們，看到這份文件，應該是又驚又喜吧。想到這裡，對著馬桶自顧自地笑起來。

一份直轄市公安局的文件，在平日算不得什麼太了不起的機密情資。但「䕫峽事件」不比一般，二十五名遊長江的臺灣觀光客集體死在客船艙底，案件發生了三天，中共官方對原因交代不清，也拒絕臺灣海基會派人員與家屬同行。在臺灣報章上，有人懷疑旅行團遭到搶匪劫殺，但地方臺辦馬上透過記者放話否認。旅行團失蹤四十八小時後找到遊輪，但竟然沒有公布所有團員的屍體就在艙底。

案發五天之後，李登輝在公開場合重話抨擊中共面對「䕫峽事件」的作風形同「強盜」。剛上任的孫衍樑也緊急發出情蒐要項，要求有中共內部路線的情報員，務必查清楚案件真相，儘速回報。鄺家祥對自己這一份報告很有把握，因為它明確顯示重慶公安局其實在案件發生的第一時間，就已經研判這是一起由當地「小型惡性團夥」幹下的搶劫殺人罪行。兩天不到，已經鎖定、追蹤特定嫌犯。總之，鄺家祥的報告完全可以證明，中共官方就「䕫峽事件」向臺灣公布的案情，不僅遠遠落後實際偵辦進度。在最關鍵的「案件定性」上，甚至有明顯的誤導。

這一份報告敘述內容和關鍵文件，都來自董萬年。

董萬年是半年多前黎玥兒介紹給鄺家祥的朋友。那天原本是鄺家祥和黎玥兒在灣仔的酒吧約會，喝到一半，進來一位戴著金眼鏡，身材高壯、肩膀寬闊的大漢。

「玥兒，妳也在這裡。這位是？」

「他是鄺家祥，從臺灣來香港做生意。」

「唷！臺灣兄弟，太難得了。」

「我在臺灣念書，但原本是香港人……。」

認識董萬年後，鄺家祥感覺黎玥兒約他的次數多了起來，有些約會董萬年稍後也會出現，大多數時候就是輕鬆談天。董萬年應對侍者時能講地道的廣東話，聽不出任何內地腔；但普通話的捲舌音也同樣準確。鄺家祥經常好奇他的家鄉和來歷，但他總是三言兩語化開他的問題。

「夔峽事件」是在一個宵夜場聊起，那天黎玥兒遲到，鄺家祥提起這起案件，隨口問了一句「不知道事情究竟怎麼回事」——那天也是各單位接到通報，要求蒐集本案內情的時候。董萬年突然接話，談起重慶公安早就知道本案不是意外而是劫財殺人。鄺家祥心頭一驚：「兄弟，你怎麼知道？」

「我們也是聽說的。」

「聽說的做得準嗎？不會是亂猜的吧？」

「不會，他們是公安系統的人，不太會亂猜。敢這麼說，應該都會有下發的文件。」

「什麼文件？」一聽有「下發的文件」，鄺家祥精神一振，但也深怕露出痕跡。

「下發的，向下級機關通報案情，傳達指示的文件。」董萬年看了他一眼，「怎麼了，你這麼有興趣？」

「不是我，是你知道這裡有不少臺灣記者，大家同鄉認識，在這裡互相照應。有事沒事，他們經常向我打探消息。更何況『夔峽事件』鬧得這麼大……。」

這些經常需要「照顧」，但其實不存在的「臺灣記者」，常是鄺家祥打探消息的藉口。

「是嗎？那你就跟他們說說也無妨。拉拉關係嘛。」

「但……口說無憑……。」

「那怎麼著，你想看看文件嗎？」董萬年輕聲問道。

「我知道他們採訪訊息時，像這種經費是可以報銷的……。」

「錢是不用，幫你點忙就是了。只是文件能不能拿出來，得看規定允不允許，還有人家願不願意。」

隔了一天，鄺家祥接到董萬年的電話。一個下午，喝杯咖啡的時間，董萬年把「夔峽事件」的真實情況一五一十告訴了鄺家祥，再加上一紙「關於〇三一二夔峽特大搶劫殺人案」的通報文件。遞給鄺家祥的同時，董萬年不經意說了一句：「有來有往，以後大家就多合作合作。」

03

這一天鄺家祥和Diana約在九龍塘的倉庫點貨，要交三百臺指定規格的「工廠用電腦」。數量不多，但鄺家祥開的單價奇高，Diana帶著兩個男子來點收。兩人的樣子像工程師，自己開著小貨車來。他們三人間交談是普通話，其中一位還帶著濃濃的東北腔。鄺家祥提醒自己，待會這段情節可要寫進報告。看著兩人拆封點貨，鄺家祥掏出相機，對著點貨的兩人正要拍攝。

「欸！你幹什麼？」兩人嚇得後退一步，Diana也瞪大了眼睛。

「拍個照片證明順利交貨，我自己留個底嘍。」鄺家祥語氣輕鬆鎮定，能拍下這人的照片送回局裡存檔當然最好，拍不到也不必勉強，「免得你們等幾天後又找我要貨。」說著，他把相機放回了口袋。

「我們點完馬上付錢，你不必擔心這個。」

這批貨數量不多，一個多小時就能點交完，兩名「工程師」開著小貨車揚長而去，望著車尾那張粵港車牌，鄺家祥心想，這批「工廠用電腦」多半是直接運回大陸工廠了。Diana和黎玥兒後腳也上了自己的車。臨走前，黎玥兒搖下車窗，向鄺家祥使個眼色，「待會老地方見？」

鄺家祥笑著點點頭。兩人的「老地方」在灣仔一家咖啡廳。

「今天原本不是約晚上交貨？怎麼突然改下午？」

「Diana說晚上要和先生去過節。要我把她的公事都改在下午辦完。」

「過節？」

黎玥兒往落地窗外的天空看去，雖然天際線上盡是層層疊疊的大樓，天空只有夕陽西下的黃紅色，但鄺家祥想起來了：「中秋節。」

「是不是？你忙成這樣，連中秋節都忘了。你今天不回家嗎？」

鄺家祥搖搖頭，父母都已經過世，自己在哪裡，哪裡就是家。「妳家呢？」他反問。

「九七快到了，爸媽、妹妹都移民去加拿大了，只有我還在香港。」

「妳不去？」

這次換黎玥兒搖了搖頭，「我現在工作得好好的，去外國要做什麼？」

「妳不擔心九七？」

「有什麼好擔心？不管英國走、中國來，香港是不會變的。反而是內地像上海這種地方，會愈來愈變得像香港。留在香港或者往內地去，機會只會愈來愈多。」

「妳的事業心倒是強！」

聽到鄺家祥稱讚，黎玥兒笑了，「你不回家，就去我家過中秋節吧？」

「我想……」鄺家祥欲言又止。

「想做什麼？」

「想去看舞火龍。」

「舞火龍……」黎玥兒想了兩秒鐘，會意過來，「你真像小孩子。不過，我也好久沒看了。大坑就在前面，半個小時不要就能走到。」

大坑火龍每年中秋夜出場一次，這條龍從龍頭到龍尾，全部由草繩紮成。稱火龍，不是在龍身點火，而是插香，六、七十公尺龍身可以插上近萬支線香。龍珠同樣由線香插成球狀，沿街前行，所到之處，龍頭緊追不捨，左右舞動之間，一整條街滿是薰香氣息。

以往每到中秋，鄺家要遠遠地從九龍過海到港島，如同舊日趕集，鄺家祥跟著爸爸擠到最前排，坐上大人肩膀，龍頭幾乎要掃過臉上，眼睛被薰得張不開，淚流滿面但興奮無比。舞龍結束，市集正熱，碗仔翅、荳花、雞蛋仔……指著哪一攤，爸爸都會點頭。

「妳小時候也來看火龍嗎？」鄺家祥好奇問道。

「沒有，我家住半山。中秋節家裡都有Party，大人的應酬，我很無聊，但也不准出門。」黎玥兒說：「我一直到中五才第一次跟同學去看火龍，因為跟爸媽吵架，生氣跑出門。」

鄺家祥噗嗤一聲笑出來，「妳的童年真蒼白……」話沒說完，看到電車叮叮聲響，發現兩人剛好走到一個車站，電車正在減速進站。

「來，上車。」鄺家祥拉起黎玥兒的手。

「就一點點路，走就到了，你真懶。」

「就坐兩站也好，等一下看舞龍要站大半天。」

車到興發街，大批遊客下車，三層樓高的花牌就在站邊，「中秋佳節火龍盛會」八個金色大字，襯著金珠雲龍紋紅布底，燈飾照得巨幅花牌透亮。黎玥兒忘情地往花牌一指，「你看。」神情嬌美，笑言盈盈，彷彿還是當年那個中五學生。

「花牌嘛。這個很好看。不過我們以前紮作的有比這個更大更漂亮的……。」

黎玥兒瞪大了眼睛，「你做過花牌？」

鄺家祥拉著黎玥兒走到花牌後頭，指指點點：「鐵線從這裡穿，往那裡走之後紮起來；小朋友摺花、剪圓包，長輩寫大字，排列、布局、上棚，最後圍上紅布就算完工……」鄺家祥說得頭頭是道：「小時候，爸爸媽媽和鄰居叔父們會接一些花牌工作回來做，我們小孩子幫手。盂蘭節、太平清醮、天后寶誕……這種訂單量大的時候，花牌師父就會分包給我們。那時可不是像今天說的，花牌是多麼珍貴『傳統藝術』，我們那時，紮作花牌就是一百朵摺花幾仙錢的生計啊。」停了一下，鄺家祥的語氣又開心起來：「紮花牌賺了錢，就能供月餅會了。」

「月餅會。對對，我同學家裡都供的。」

「是不是。平常就是這些打零工的錢，按月付給餅店。到中秋節，一定有我一個蓮蓉月餅，切四份，一天吃一份……。」

「哈哈，饞嘴鬼。」

「妳們家不供月餅會？」

「不用。我們家做生意。中秋節一到，送來的月餅多得吃不完。我喜歡那些裝月餅的鐵盒，挑一個我覺得最好看的，月餅丟出來，盒子我留著。」

兩人一路說笑，不多久已經到了大坑街上，火龍等下會在這幾條街上舞動遊走，靠近市區的街口，人行道上已經擠了兩、三層人牆，兩人只好一路往裡頭走，有些人多的路口轉角，人行道都擠不過去，只好走上馬路，從扮成仙子的女孩之間穿行而過。

總算找到一處人群鬆散些的地方，「就這裡？」鄺家祥問。黎玥兒搖搖頭，她個頭小，視線穿不過前頭的人牆。

鄺家祥左右看了看，指著齊腰高的人行道鐵柵欄道：「我們站上去。」

「可以嗎？」

「可以，妳站上去，一邊扶著路燈桿。」

黎玥兒往鐵柵欄上一站，果然視線大開。鄺家祥從另外一側站上來，左手扶著一棵路樹，右手和黎玥兒相互握住。火龍由遠方靠近，再遊往遠處，千萬點香火在黑夜裡舞動，晚風吹來，帶著長壽香的芬芳氣息。

站了一晚上，兩人不嫌累，再牽著手，一路走回太古城。到樓下，黎玥兒對著鄺家祥一笑：「上去吧，今天就住我這裡，你不要回去了。」

04

兩年前的「十一」國慶酒會上，董萬年走向黎玥兒，交換名片，應酬兩句，兩人轉身離開時，都在掂量手上這張名片的空白背後，藏著什麼樣的底色。間諜大都受過某種「觀人術」的訓練，但與其說「觀」，不如說「嗅」，像獵犬一樣嗅出眼前對象每一絲幽微的氣味。

間諜嗅得出彼此：太過熱絡的招呼、太多的不期而遇、太快開始的私密關係——眨眼、挑眉或更多，都是訊號。當然還有兩人名片上的身分。這一點，黎玥兒曝露得更多一些。因為Diana是在改革開放政策下先「先富起來」的那種人，她經營的生意之敏感，也幾近是公開的祕密。黎玥兒在她手下，也沾著這股神祕氣息。

董萬年的「香港無錫同鄉會」倒是讓黎玥兒啞然失笑，曾幾何時，一個同鄉會也能養起一個這麼體面的年輕男人。她不用太多的聯繫就能風聞，這十之八九都是統戰部外圍，是為中共未來直接統治香港打下社會基礎的組織，不過內地情報機構路線紛雜，很難知道某一個人究竟隸屬哪個機構。看來是撞見「同行」了，特別在香港這個即將回歸，又富得流油的彈丸之地。先占先贏，於公於私都是。

董萬年私下約了黎玥兒幾次，但黎玥兒只是表示：「工作上『合作合作』可以，談其他不必了。」雖然在私生活上，黎玥兒始終沒有太讓董萬年前進一步。不過既然有了默契，工作上彼此分享資源也能夠互蒙其利。黎玥兒先拿出手的，是才認識不久的鄺家祥。

臺灣人是珍貴情報路線，不但獎金豐厚，交際用度更是要多少有多少。這些收入，少不了黎玥兒都能分一份。不過對黎玥兒來說，重要的還不是錢，而是和這些來自公安、國安、統戰部……的各路人馬，彼此結成一張保護網，換來一份微薄的安全感。

董萬年要的不只是安全感，他要「拿下」鄺家祥。

「兄弟，最近有什麼好生意介紹？」這天上午十點，董萬年約了一個人早茶。

「沒有生意做啦……九七到了，人心惶惶喔。」董萬年對面的青年，一個勁地用叉子戳著汽水裡的鹹檸檬。

「英國人馬上要走了，都是中國人，要做生意就要和內地做。」董萬年刻意加重了「內地」兩字。

「你有生意給我？」對方抬了抬頭。

「我這裡有個人，我想你有可能認識。」

董萬年把一個黃色信封推到對面，對面的人從信封裡的一疊鈔票間抽出一張剪去一半的照片，裡頭也是一個年輕男子。

「這個……」看照片的人笑了出來，「是阿祥嘛。」

「你認識？我就知道。」

「哪止認識，我們中學同學，太熟了。」

「中學之後呢？」

「不清楚，他去了臺灣念大學，他家在調景嶺，國民黨來的嘛……他畢業去了臺灣我們就沒聯絡了，但最近他不是回來了？」男子突然警覺起來：「阿祥怎麼了？犯了事嗎？」

「沒事，有人介紹我認識他，我知道你認識他，我來摸摸他的底。」董萬年拍拍對方肩膀，「虎頭明你不要那麼緊張。」

說完，董萬年站起身走人。他知道梁永明沒有騙他，只是自己知道的比梁永明更多，因為董萬年前一天已經找到當年在調景嶺的一位阿叔。

「他畢業後去了臺灣，考了軍校。」阿叔說得斬釘截鐵。

黎玥兒和鄺家祥的關係，董萬年看在眼裡，但他把嫉妒先放在一旁，決心把鄺家祥的「價值」開發到極限。「夔峽事件」是他背著黎玥兒測試鄺家祥的第一步，結果證明這份資料確實經鄺家祥之手進到了臺灣政府高層——李登輝在記者會上洋洋得意的底氣，至少一部分來自他給鄺家祥的材料，測試成功。儘管董萬年還不能確定鄺家祥的實際單位，但不是國家安全局就是情報局，後者機會更大一些。為了澈底摸清他的底細，董萬年呈報針對鄺家祥成立一項專案，持續提供情報，讓鄺家祥得以「爬高鑽深」。

鄺家祥藉著董萬年的專案日漸春風得意，另一方面，和黎玥兒的感情也愈來愈穩定。看在董萬年眼裡，千般滋味，但他唯一能分辨的一種，就是他收服鄺家祥的時機愈來愈近。

董萬年雇了三個週刊「狗仔」打零工，一天三班跟著鄺家祥，在街頭、住處樓下，或者鄺家祥、黎玥兒偶爾上酒店開房過夜的大廳裡，兩人交往中的親密合照一張一張送到董萬年手上。何況兩人週末常到深圳或者澳門度假，在內地或澳門，公安部蒐集資料更是如心使臂。某次，一位部下問董萬年：「要不要他們房間裡的錄像？」董萬年怒喝一聲：「太下流了吧。」部下嘟囔著怏怏離去，不明白董萬年的躁怒所為何來。

董萬年決定開始逼迫鄺家祥就範。他約來鄺家祥，攤開滿桌他和黎玥兒的親密照片——行話叫「燒灼」，鄺家祥沒太禁得起怎麼燒，就承認了自己的身分和任務。最後的關鍵，還在董萬年的一句話：

「你不和我們合作，我只好向政法委舉報黎玥兒違反紀律。和一個國民黨特務有不正常關係，會是什麼結果，你自己想。」

棍棒之下，還有胡蘿蔔。

「如果你和我們合作，你和黎玥兒的所有事，我當沒看到。哪一天你工作結束，立了功到內地工作生活，你和我們玥兒妹子的喜酒上，少不了我一包大紅包。」

鄺家祥抬頭看了董萬年一眼，兩眼無神。董萬年見狀斷喝一聲：

「前途是你的，選擇也是你的，很難嗎？」

05

南丫島這個建在崖邊的涼亭，離主要山徑約二、三十公尺，站在涼亭邊，垂直向下就是一片蔚藍海面。遠方海岸線由左往右平畫，到底再往下一彎，像寫一個寶蓋頭的最後一鉤。這一鉤是索罟灣，散布著靜止不動的船家、進進出出的渡船。天后宮的紅屋頂不大，卻很醒目。

「來，望鏡頭。」鄺家祥感覺身後被黎玥兒拉了一把，轉頭發現她把相機交在一位登山客的手上。鄺家祥略略彎身，兩人臉頰輕輕貼著，快門響了幾聲，黎玥兒往鄺家祥臉頰輕輕一吻，笑吟吟從路人手上接回相機。

「這是我們在一起的第一張照片呢。」黎玥兒說：「回去洗一張給你，你也要掛起來，掛在辦公室明顯的地方。」

「為什麼？」

「讓人家知道你有女朋友了！」黎玥兒眼珠一轉。「最好認為我是你太太，不要動你的腦筋。」

「會有誰看上我，調景嶺出身的窮小子，妳想太多了。」

「我呀。」黎玥兒握住他的手，「其實Diana也很欣賞你。你看到她，會不會胡思亂想啊，你以前看的她那些電影……嘻嘻……。」

「不要亂說，人家現在是端端正正的貴婦人。」鄺家祥被鬧得有點不好意思，連忙換個話題：「她要的東西，有些還真的難找。而且好貴。」

「貴點好嘍，反正你買得貴，賣給她也貴，你就多賺一點嘛。」

「太貴，怕她覺得我『食水深』，那就不找我，另找別人進貨去了。」

「才不會，她找你進的貨，她之前都買不到的。她跟我說這七、八個月，你幫她買到好幾樣找了一兩年都買不來的……。」

「那就好。她如果不找我進貨，我連妳也見不到了……。」

一路說說笑笑，兩人走到索罟灣，港邊成排的海鮮排檔，攬客招呼此起彼落。黎玥兒看中一家店，拉著鄺家祥走進去。一落座，店員提醒兩人到門口點菜。黎玥兒一到門口就盯上魚缸裡兩條碩大的紅石斑，看著牠們游水，目不轉睛。鄺家祥在一旁的攤子上仔仔細細地挑著魚。紅紅黃黃，或大或小的鮮魚在碎冰塊上成排擺開，鄺家祥時不時拿起一條，翻開魚鰓聞了聞，最後點點頭，選中一條交給早就一臉不耐的老闆。

「你在那裡聞什麼？」點完菜回座位，黎玥兒好奇地問。

「杏仁味。」

「什麼魚有杏仁味？」

「不是魚有杏仁味。」鄺家祥噗嗤一笑，「是被毒死的魚會有杏仁味。有些抓魚的人為了省事，就用毒藥把魚毒死。毒魚通常用氰化鉀，有很重的杏仁味。毒死的魚吃不得。」

「你連這種事都知道？」

「我們小時候家裡窮，幫人打工，往海裡下藥毒魚這種事也做過的。」鄺家祥說到這裡，突然放低聲音。「要不要看看？」

「看什麼？」

「毒魚的藥。」

不等黎玥兒回答，鄺家祥從隨身包裡掏出一個塑膠袋，裡頭有八、九個紅白相間的膠囊。

「你身上帶這個做什麼？」黎玥兒瞪大了眼睛，失聲問道。

「氰化鉀，性極毒，味辣，可溶於水，與酸類接觸後發揮，致死量六分之一克……」鄺家祥一開始是開玩笑似地背出一長串，但念到後來，聲音愈來愈低，「……食後不覺得痛苦，三至五秒即死。」

「你們『公司』讓你們帶著這個？」

「不是，是我自己回當年打工的漁村買的。」

「為什麼你要弄這個東西？」黎玥兒眼睛一轉，「董萬年最近是不是常找你？」

鄺家祥默默點了頭。

「他這樣會整死你。」黎玥兒咬著牙，恨恨地說。

「妳知道我的情況，所以我這包藥，可能也是為回臺灣之後準備的。我現在連自己在幫誰工作都搞不清楚了。就像走鋼索，往那一邊掉下去都是死。」

「那你就乾脆到我們這裡吧？」黎玥兒急急地說：「我想辦法，讓你改名換姓，我們就住廣州或深圳……你要覺得不安全，我想辦法調到其他省分，我們住到內地去。」

「我不想。男人不能這樣一輩子抬不起頭來。」鄺家祥搖搖頭，「而且，我不想被共產黨統治。」

「要不就離開香港，調回臺北？」

「現在工作得好好的，突然要求回臺灣，上頭一定懷疑，什麼原因？」鄺家祥沒有說出口的是，自己一走，黎玥兒也難逃遭到董萬年舉報。

黎玥兒一時也沒了主意，兩人相對無言。她輕輕握住鄺家祥的手，手腕一轉，把一袋膠囊扣進掌心裡，塞進自己的皮包。「你不可以用這個。我不會讓你用上這個東西的。」

鄺家祥露出一絲苦笑，轉頭見到牆上有張天后宮預告神功戲的海報，「帝女花」三個字像血一樣殷紅，「郎有千斤愛，妾餘三分命」，長平公主的悲嘆，鄺家祥和黎玥兒小時候聽得懵懵懂懂。如今，兩人都明白了。

當董萬年接到黎玥兒的電話，說傍晚要到同鄉會來拜訪時，他就猜到她該來興師問罪了。

「董萬年，我發現你背著我找了那臺灣人好幾次。你這樣是踩我的路線你知不知道？你要他做什麼工作，得通過我這裡；他告訴你什麼信息，也得讓我知道。」黎玥兒板起了俏麗的臉，語氣嚴厲地質問董萬年。

「規矩不是這樣的。」董萬年一點都沒有被黎玥兒嚇倒：「我在他身上執行我上級交代的工作，不可能連這個都讓妳知道。」

「資源是我們兩個人共同的──甚至開始是我開發的，你在他身上『執行任務』不也該跟我打個招呼嗎？」

「妳這麼說話，是把鄺家祥這小子當『公務』還是『私事』？」

「你這話什麼意思？」聽到董萬年突然這麼一問，黎玥兒有點心虛。

「他是臺灣特務，你們兩個人現在的關係，是組織許可的嗎？還要我說得更明白嗎？」董萬年神情冷漠，一字一句吐出來。

「所以鄺家祥說，你要交代他自己工作的單位，要他認他單位裡的人，都是真的嘍？」黎玥兒索性放開來問，不再旁敲側擊。

「那是他自願的，他自己同意幫我們工作。妳是他女朋友，妳可以去問問我們有沒有一點用暴力手段強逼他。妳去問……」

「他已經告訴我了。」

「這不就完了？一個臺灣情報局的特務願意為我們工作。於他，是中國人的民族大義；於妳於我，都是大功一件——至於和這個臺灣特務的關係是怎麼開始的，吸收他的契機是怎麼出現的，我都可以裝不知道。我怎麼感覺妳還挺不樂意的？」

「哼！那要看你用上什麼手段。」

「能有什麼手段？他幹得好，功勞大家都有。將來幸福日子是你倆的。我還對不起妳了嗎？」

董萬年特別強調了「你倆的」，黎玥兒一時接不上話，脹紅著臉，氣呼呼走出了同鄉會。

06

鄺家祥為Diana採購零件逐漸上了軌道，它的情報價值一如最初預期。每一項Diana要求鄺家祥外購的零部件，都像「連連看」的點一樣，連在一起，就能畫出中共目前技術發展的極限所在。靠著這項專案，情報局在最近一次和美國人的會議上，提及中共軍工現況和技術限制時，很露了一回臉。

開闢Diana這條路線，已經讓不少原本不看好鄺家祥外派的人跌破眼鏡。「夔峽事件」拿回的報告，不僅直送總統，讓臺灣在兩岸角力裡結結實實贏了一局，情報局這一役立下大功。更讓香港處振奮的是，從鄺家祥回報的情資裡，可以發現他至少在中國公安和香港警隊政治部都建立了路線，連同Diana，光鄺家祥一個人，就建起三條大線。

推薦他外派香港的潘中統樂不可支，有一次鄺家祥返臺述職，到中午潘中統拉著他進了餐廳，見到香港處長迎面走來，潘中統拉著鄺家祥對他說：「我這老弟，現在績效是一等一的。當時推薦給你，你怎麼報答我呢？哈哈哈……。」鄺家祥看著潘中統大剌剌的四處表功，想起黎玥兒、董萬年，愈發心驚膽跳，惴惴不安。

其實潘中統只是人來瘋，和處長擦身而過後，他伸手一拉鄺家祥：「老弟，吃飽了沒有，我忘了帶菸下來，你陪我抽根菸去。」

要菸只是藉口，兩人一走到廣場，潘中統立刻收起原本嘻嘻哈哈的神色：「你是跟人家玩玩還是認真的？這是工作對象，不要玩。如果要認真，那更加不可以了。」這位平日玩世不恭的老前輩，少見板起了臉。

「教官你說的是？」鄺家祥開始渾身緊張，他知道潘中統要談什麼事。

「那個女助理！難道你還有別人？」

「教官您從哪裡聽說的？」

「我上次在香港給你介紹的豪叔，你見了嗎？」潘中統沒有直接回答問題。

「見了，按照你約的時間。」

「那就是了。」

鄺家祥會意過來，是香港警隊政治部對他的監控傳到了潘中統這裡。但他不太服氣。

「就是男女正常交往，也不行嗎？」

「人在外勤，沒有『男女正常交往』這件事，只有你那根砲管紮得緊不緊。我是不是說過『紮砲』是基本功。紮不住，寧願花錢都好……。」

「我也不是為了發洩……」話沒說完，鄺家祥趕緊再補一句：「不只是。」

「唉，老弟。」潘中統放軟了口氣：「你們男未婚女未嫁，要說起來也沒什麼不可以。這個和抽鴉片一樣，一開始都覺得自己可以把持，但久了一定變質，要不你吸收她，要不她暗算你……。」

「一定會走上那一步嗎？」

「你可不要中了老共的招了！」潘中統忽然岔開話題：「你中了招，自己作死就算了，連累了我和其他兄弟，我他媽的絕不饒你。」

「我覺得……她真的不像是做我工作的。」鄺家祥想起她在床上的主動和放肆，明明是自己在侍候她。想到這裡，他紅了耳根，但當然不敢對潘中統明言自己的「判斷」。

「唉！算了。反正是發生了。」潘中統捏熄菸頭，往水溝一彈。「好吧，我最後勸你一句，能不要當真最好，能分就分了。一定不想分，你自己萬事小心。不要讓局裡其他人知道這事。讓人告一狀你就他媽的全完了。」

07

鄺家祥一大早接到董萬年的電話約見面，原以為是尋常的吃飯喝酒。但一坐上車，董萬年沉著臉，鄺家祥嗅到氣氛不對，連忙問打算去哪裡？董萬年回答，上同鄉會辦公室去談。鄺直覺萬萬不可。

「找個空曠地方談吧。」

董萬年點點頭，吩咐司機轉往鰂魚涌海濱公園，上班時間在這裡來來往往的多是溜狗的老人或者外籍幫傭。遠方高樓樓頂鉤畫出尖沙咀的天際線，藍天做背景，獅子山的輪廓清清楚楚。董萬年盯著幾個和他們擦身而過的遊人，直到前後左右都淨空了，這才開口說話。

「你們情報局有人進了廣州，你為什麼沒有告訴我？」董萬年的聲音像冰一樣。

「我們情報局的人？」

「你不要裝糊塗，你最好有一說一，我不是在套你話。」

「我也知道你不是套話，在香港你耳目眾多。如果你要問的上星期那位，那是別人交代幫忙的一個臺灣老闆，到廣州醫院換腎，私下換腎不是一般看病——你知道，需要打理的。人家是個病人，我找個粵港牌車接送，進進出出來去方便。怎麼了？」

董萬年哼了一聲，望著遠方，好半天沒有接話。

「你那麼確定這位『老闆』不是情報局，或者你們『友軍』的人。」

「是不是我都不知道。總之，我認識的人我告訴你，我不認識的，跟你說了也沒用。」

「以後，你甭管是不是。這種通關入境的情況，只要經你安排的，都告訴我。」

「我什麼都告訴你，你不嫌煩嗎？」

「這你不用管，不勞你為我們有沒有人手操心。」

「你要我經手安排的人都告訴你，萬一你隨便抓人，我豈不成了罪人。」

「這你放心，我們會查清楚；再者，我也不希望你被臺北懷疑。」

見鄺家祥不做聲，董萬年再補上一句：「反正，以後只要由你安排的行程，你一概告訴我。這是給你新的工作要求，你記清楚了。另一項新要求是，你譯得出來的電報，不必管我有沒有用，統統給我一份拷貝，知道嗎？」

不等鄺家祥回話，董萬年從背包裡拿出一個牛皮紙袋，往鄺家祥胸口一拍。「給你的新的工作要求，不會讓你白做工。我幫你申請了工作費，先拿著用。我要回去了，要送你一程嗎？」

鄺家祥怔怔接過紙袋，搖搖頭。對著董萬年離去的背影望了一眼，轉頭繼續對著維港發呆。

鄺家祥沒有說謊，上星期他確實幫了一位老闆到廣州換腎。但董萬年擺明著問的是潘中統，他帶著情報局現役上校的身分，潛進了廣州。現役軍官潛進敵後，或者用情報局的術語「基（本）幹（部）入陸」，尤其以潘中統官拜上校，在情報局是非比尋常的派遣任務。

鄺家祥在潘中統預定抵達的前一天接到電話，「老弟，我明天到，幫我找個進廣州的車。出來你也接我。詳情見面說。」他驚訝之餘，連忙透過黎玥兒向Diana借了一部粵港牌的轎車，隔天在機場接了潘中統，用準備好的假證件通關，送到白天鵝賓館，約好隔天下午接回香港。

潘中統這一趟入陸的目的是什麼？是聯繫、指導已經有的人員，或者是策反新的內線諜員？鄺家祥知道，這件事問不得，他也不想問。這樣即使行蹤被董萬年覺察，鄺家祥仍然可以坦白說一句：「我不知道他來幹麼。」不知道，就可以不用對董萬年說謊。

在和董萬年「合作」之初，鄺家祥給自己畫了一條底線：不出賣正在敵後的同志和諜員，不指認派遣途中的同僚和交通。但他心知肚明，如今自己就像站在一座沙丘上，腳下的沙堆隨著風吹水流，時時刻刻在流失，崩塌只是時間問題。他今天還能用謊言——拿臺商老闆的行程應付董萬年的查問。但下一次呢？他的底線還能堅持到幾時？

在夜半驚醒，惱恨自己落入董萬年的控制，怎麼就成了中共的反間時，他只能拿這條底線來自我安慰。有天晚上，鄺家祥夢見自己被董萬年和梁永明逼供，他拒絕回答，大喊一聲：「我也有原則的。」跟著被自己的聲音嚇醒，一身冷汗。

第五部　玄武二號

第十二章

01

東方逸都大廈大廳坐著一位保安小哥，平日三人輪班，但不管哪位坐班，永遠只盯著那臺五吋的小電視，偶爾伸手轉轉天線，找找更好的收訊方向。多少人進進出出，從不會驚動他抬頭看一眼，包括正快步走過的馮潼在內。

十四樓到，「叮」一聲電梯開了門，馮潼先左右望望，這一層辦公室多過住家，晚上九點，明亮的走廊空空盪盪。馮潼俐落地打開門，閃身進屋。他先扭開一盞小燈，拉上所有窗簾，再按下主燈開關，馮潼因為經常需要拍攝機密公文，因此裝潢時特別吩咐師傅多加兩組日光燈，開關一開，滿室透亮。

他急急坐定在桌子前頭，急忙抓過一張紙，寫下幾行要點。他去廣州會見潘中統，搭火車回來的路上，一路都想著這聲明退出臺灣情報局工作的短信，怎麼寫才能顯得有理有據，也不會被人看成個膽小或失信的人。

不過如果不幹了，這間房也要退租，難得兩個月的清靜日子，馮潼倒有點捨不得。當初租這幢房子，是因為有天馮潼深夜時在家裡拍著機密文件，太太以為他仍在忙公事，好意端了宵夜進來，當場撞見。第二天天亮，太太似乎猜到了是什麼事，幾乎要揪起馮潼的衣領，要他給個說法。

「你有你的想法，但你不替兒子想想？他跟著你在部隊，如果你的事發了，他怎麼辦？」

太太氣極了，但深怕鄰居聽到，只能壓低了聲音，咬著牙臉色發白。

「我就是替他著想。」馮潼的回答，聽起來像強辯。

「你替他想什麼了？」

「兒子妳也知道，他根本不想在軍隊裡幹，一心只想去外國。我也願意他去西方，但我們拿什麼讓他出國？」

「沒錢，你下來做生意嘛！你們那裡，多少人都下海做生意了。」

「做生意我不會。」

「你就會幹這殺頭的事！」

之後兩個星期，太太見一次吵一次，吵得煩了，馮潼索性向潘中統要求租一間工作室。東找西找，找到了這幢名叫東方逸都的新大樓。一房一廳一室的單位，起居間和餐廳不分隔，偌大的空間單放兩張椅子，一張辦公桌——他向店家要了最大尺寸的桌面。臥室裡簡簡單單一張床，簡陋得反倒有了年輕時當兵的味道，馮潼愈來愈習慣這裡，晚上有時不回家，說的是「在那裡上班」，太太也懶得管他。

不過租房的過程讓馮潼玩味再三。當時他向郭宇千提出要租房時，帶回的口信是「不太符合規定，需要再請示上級。」但郭宇千同時帶回了一封密寫信，解開一看，署名「陳副董事長」，這是丁孟原的化名，信中同意馮潼可以租房，房租不限，加在月薪內發放，不另報銷。

但要求他不要讓郭宇千知道租房一事，地址更不能向他曝光。
馮潼藉著密寫和丁孟原聯絡起來，繞開了郭宇千。他猜想，應該是情報局和老郭的信任關係有了變化。但他不想多問，因為一趟廣州行已經讓他決定退出工作。
馮潼攤開出一疊信紙、一支墨水筆和一個原本盛裝雞精的玻璃瓶，瓶裡裝的是郭宇千上次剛帶來的密寫劑。馮潼撕下一張紙，拿筆沾密寫劑試寫幾個字，黃褐色的字跡很快就從紙上淡出、消失。他輕輕吹乾字跡，拿起紙對著燈光，確定看不出異狀後，他再拿張紙，鋪平在桌上寫了一封私函，收信人「張董事長」是李光權的化名。

張董事長鈞鑒：

您捎來的最新一筆貨款收悉，經營紅利一同，豐厚依舊，盛情可感。
然近來國內外新聞，對於李登輝動態多有報導，諸多媚日、臺獨言行，此間黨政軍界反應甚為激烈，甚至有請戰之聲，雖然不成氣候，但一葉知秋，望張董事長更多留意。於我個人，儘管相信臺灣情報局和國軍同志「堅持中華民國體制」、「中國統一」必然與吾人相同，但對李氏著實已萬分不滿，再難認同。
其次，前文提及貨款、紅利收悉。但總結你我雙方自合作以來，貨款尚稱準時、如數，但紅利卻遠不及當時約定，郭先生遞交數額忽多忽少，詢問為何變少，回覆的種種理由令我難以相信，甚或匪夷所思。再以，郭先生安全意識隨合作日久愈發淡薄，生活作風關係混亂，令我個人工作面臨極大風險。

總結上述理由，希望即起停止與您方的合作關係。

嚴

02

郭宇千坐在處長的對面，大剌剌跨開著腿，右腳腳尖踮起，偶爾抖兩下。雙手一下子交互搓揉、一下子摸摸桌上的單據，表情滿是不耐煩。左望右瞧了一陣子，眼光對上了坐在一旁的潘中統。眉頭一皺，像是發出一個問句：他到底要看到什麼時候？潘聳聳肩，對他搖搖頭。

處長再盯著桌上的單據看了好一陣子，抬頭對郭宇千說：「老前輩，我特別將您請來，是要告訴您，這支送給薛智理的手錶不能報帳。先前說好的，只能報銷送給馮潼的一支。薛智理已經結束工作了，您要送個禮給他，我們當然沒有任何意見。但我們沒有這筆預算啊。」

「處長你說這話真是……情報局還有報不了的帳？我們以往工作那時……。」

「老前輩，恕我打斷您。您為局裡工作，那是一個時代。坦白說，以往只要局長同意，怎麼樣都行。」處長儘量放慢速度，不想被聽出他的焦躁不安。「但時代不一樣了，現在有民進黨、有陳水扁，什麼事給他們抓到了把柄，會鬧得你吃不完兜著走。」

「你要說時代不同。我打包票，李光權局長也會同意我報銷這支手錶的。」

「李局長已經高升山上國家安全局的局長了，現在山下的局長，是孫衍樑孫局長。」

「那你去請示那次來香港的那位副局長……是不是姓丁……」

「他是丁副局長，但局長不同意的事，他也不可能擅自作主。」

眼見兩人的談話愈來愈僵，潘中統出聲了：「處長，老郭給『玄武一號』送這支錶，坦白說，的確是自作主張了。」他看了郭宇千一眼，示意他先不要發作。「但送這支手錶那時，我也在場。那是我們答謝他介紹專案諜員給我們，不能沒有一份禮吧？我們沒有準備是我們的疏失，老郭補上了，坦白說是幫我們做足了禮數。給他報帳，我覺得完全是應該的。」

「況且。」潘中統說：「『玄武一號』要求離開大陸到臺灣，當年我們是答應人家的，如今變卦做不到，是不是也該在這上頭給人家一些補償？」

「那個不是談好了，改發了一筆遣散費了嗎？」

「是談好了，但處長你肯定也知道，談的過程有多辛苦？最後是告訴他為了『二號』的心情和工作意願，請『一號』務必體諒、遷就我們的工作，才勸住他接受遣散費的方案。在這種情況下，在遣散、結束工作這上頭對『一號』多一點優待，我認為是應該的。」

聽潘中統一口氣談了一大段，處長也不再爭辯：「好吧。我拿上去請示請示，但不管這次結果怎麼樣，下不為例了。」說完起身就走。

「沒有下不為例，將在外，君命有所不受。我是前線情報員，只要有需要，下一次我還這麼幹。」郭宇千對著處長的背影高聲說。

「還前線情報員呢？你只是個聘幹、交通。」處長怒火中燒，但有潘中統幫著他，處長也懶得再回頭念他。

03

「這究竟是麼回事？姓郭的這個交通，潘中統控制不住了嗎？」

馮潼的密函攤在李光權桌上，孫衍樑和丁孟原站在桌邊，一時間感覺不知道該讓誰先開口。等了半晌，孫衍樑嘆了口氣，雖然丁孟原全程參與本案，但畢竟自己才是局長，必須接下李光權的怒氣。

事實上從自作主張送給薛智理一支勞力士金錶開始，郭宇千的作風愈來愈讓孫衍樑頭痛，他不按原訂的項目支用經費，不時以「臨時有需要」、「前線需要應變」等等理由報銷預算外的經費。有時甚至提不出內線情報員簽字收錢的領據，理由是「人家那時不方便簽收。」

在李光權面前，孫衍樑不敢明說他其實早先就收過一封「嚴董事長」發給自己的密寫信，裡頭同樣寫道：

「我方出售的貨品無論質與量均能保持穩定，希望你方的付款也能穩定，金額時多時少，對我方繼續開展業務實屬不利……。」

這封信跟著整理好的情報資料向上呈報，即使入行不久的孫衍樑，都看出了馮潼話中有話。孫衍樑把潘中統找到跟前，質問馮潼這段話，究竟是什麼意思？

「我問過了，的確是上個月的錢少給了一些。」

「這麼怎能……？」交通經手情報經費，從中截留、揩油的事情不是沒有，但犯在「玄武二號」這樣的專案上，讓人不能視而不見。

「人家也有理由的，他說是馮潼請他從香港買東西進去——買的什麼我不知道，他想既然馮托他買的，那當然從他錢裡『扣』出來。合理嘛。」潘中統大剌剌地回答，一派滿不在乎。

潘中統的態度讓孫衍樑很是惱怒，但也不太意外。就他接任局長這一段時間的觀察，潘中統行事風格辛辣老練，寫報告既能切中要點，又能發掘弦外之音。但是他和郭宇千聯手挾玄武案自重的作風，孫衍樑雖是暫時隱忍不發，但終究要處理。

諜員心志動搖非同小可，何況是玄武專案？孫衍樑三番兩次招來丁孟原密談，丁孟原也坦誠以告，這確實是情報局——或者說整個情報圈長年以來，有一群幹部放不下以往做事、花錢的習慣。「情報局的錢，是沒有數的。」丁孟原自己進情報局時，耳濡目染的就是這一套規則。

「像這樣任意報銷經費的事，究竟發生過多少？」

「報告局長，坦白講，我們的工作單線聯絡。除非情況很不對勁，要發動專案偵查，否則平時的主計作業上，基本就只相信承辦人和交通。」

「好，那現在就是情況不對勁了，你查清楚來，向我報告。」孫衍樑直接下了命令。

不久之後，就在郭宇千即將出發聯繫馮潼前，丁孟原突然現身，交代了一封私函——外帶一千美金，說是李光權給馮潼加發的特別獎金和慰勞信。不久，再以孫衍樑的名義再發一封信。

表面是慰勞信，背面是密寫訊息。兩去兩回，結果讓老於世故的丁孟原都嚇一大跳，丁孟原在信裡試探地問了馮潼收到獎金的頻率，似乎沒有局裡發放的頻率那麼高。更不可思議的是馮潼在郭宇千的房間裡見到女人的那一幕。

兩次聯絡之後，孫衍樑和丁孟原有了共識：郭宇千必須離開玄武專案。馮潼也透過密寫向丁孟原留下自己的聯絡方式。繞過郭宇千的時機和條件已經成熟。只是兩人心意已決，還來不及付諸行動時，馮潼又發了一封信給了李光權，直接要求退出工作。

李光權召來孫衍樑，罕見高聲怒罵玄武案專案管理太不像話，孫衍樑低著頭不敢出聲，更不敢說自己已經知道，只是還來不及處理。

「報告局長，我和丁副座……」孫衍樑轉頭看了丁孟原一眼，「商量的結果是換掉郭宇千，愈快愈好。」

「承辦參謀還是維持潘中統嗎？」李光權問。

「兩個位置都換新人，怕一下子接不上，也有風險。」

「不行，一起換。」李光權說：「玄武案的內容，當然是一等一的重要；但操作上和其他的大陸內線情報員有什麼差別嗎？我看沒有。所以只要是訓練精實，經驗豐富的參謀，沒有不能擔當任務的。」

孫衍樑仍然反對兩個人一起換，但李光權的語氣不容商量：「我剛看馮潼的信，感覺他工作士氣和意願非常低落，風箏一斷線就回不來了。你要說只是郭宇千一個人造成的，我看也不只是他。所以玄武案不換則已，要換就換出個全新局面。副座你等會和局長商量好，看案子交給哪一位參謀接辦。連同新的交通人選，一起簽上來。」

孫、丁兩人退出李光權辦公室，換人已成局，丁孟原不再多說，只是心裡暗忖，依潘中統的個性，這樣換下他，必然要生出一場風波。

「怎麼換呢？哪裡有人選？」孫衍樑看向丁孟原。

「交通可以由我們自己找人，好比郭宇千，就是玄武案建案時同時聘的，因為原本就是他的人際關係。」丁孟原說：「但像這樣中途換人，就要看李處長手頭有沒有合適的……」丁孟原話還沒講完，處長一聽就連忙搖手。丁孟原見狀只好話鋒一轉，「如果處裡自己沒有人，那可以去問問交通中心魏龍城那裡，他也可能有人選。」

「交通中心？」

看到孫衍樑一時沒有反應過來，丁孟原連忙接話：「交通中心，他們那裡有各種交通員路線，可以傳遞文件、裝備。合作過，或者正在工作的對象多，可以問問魏龍城有沒有合適的人選。」

「好，那待會回去請魏主任來談談，副座你跟我一起。」

04

孫衍樑拿過獎章，仔仔細細別在郭宇千領口——這是郭宇千第一次見到孫衍樑，這位中將頭髮梳得油亮齊整，一套黑西裝取代了軍常服——開始有了情報局作派。「郭先生、老前輩。感謝！太感謝了！」既稱「郭先生」，又叫「老前輩」，有備而來。

國軍其他單位的表揚頒獎，一般是選個月會或者全軍到齊的場合，風風光光一場典禮。但情報局愈是該表揚領獎的人、工作愈是機密，這樣的「典禮」往往二、三十分鐘就結束，現場除了局長和被表揚的受贈人，頂多再加一位副局長、一位承辦參謀，寥寥幾人見證典禮之後，所有的血汗和光榮，都從發生那一刻即時絕跡。

簡單的典禮結束，孫衍樑邀郭宇千坐下，局長辦公室裡，除了他兩人只剩下丁孟原。郭宇千興頭仍高，談了好一會自己的「軍統局生涯」，毛人鳳如何在接了戴笠的班之後打造自己的隊伍，蔣經國又是怎麼藉著和鄭介民合作拿下毛人鳳……高談闊論了好一陣子，孫衍樑只是心不在焉地聽著。

「老前輩，我有件事向您報告。」終於等到郭宇千停下來，孫衍樑抓了個空檔，開門見山地說：「我們接到馮潼的信，他說自己接近退休，也替我們工作了這麼長時間，想要退下不幹了。」

「啊？」郭宇千像是突然被澆了一盆冷水，也頓時發現這場頒獎典禮背後的真正用意，「馮潼，他……沒跟我說過他不想做了啊。他怎麼跟你們聯繫的？」

題。

「以馮先生的層級，個人意願決定一切，強迫不來的。」孫衍樑沒有正面回答郭宇千的問題。

「唉，馮潼這幾年也給我們幹得夠了。不想幹了的話，我也聽了好幾次，但主要都是討厭李登輝太親日——不對，他就是日本人。」談起李登輝，郭宇千有些激動，但很快就冷靜下來，「馮潼這種心情，安撫安撫就好了，也不必太當真。畢竟是這麼高價值的內線……。」

「李總統是國民黨主席，統一是國民黨的主張，前幾年還通過了『國統綱領』，這部分應該沒問題。但馮潼主要的問題還是年紀接近退休，心理負擔沉重。我也擔心再讓他做下去，一不小心危害到自己、害到組織，也包括您在內。所以才同意他退下。」孫衍樑接著刻意坐直了身子，正色對郭宇千說：「接下來專案的收尾工作，就由我們來進行，就不勞老前輩您辛苦奔走了。這是玄武案的結案獎金，請您收下。」孫衍樑特地加重了「結案」兩個字，邊說邊將一個厚厚的信封推到郭宇千面前，從裡頭抽出領據，攤在郭宇千面前。

到了這個地步，多說無益。郭宇千從懷裡掏出筆，草草簽了領據，推還給孫衍樑。他胸口有股氣，但發不出來，爾虞我詐，不也就是情報這一行的常態？

「太過分了，你們情報局過河拆橋，少來這一套。」沈于雁把印著飯店標誌的瓷杯重重往桌上一摔，是會把杯子砸掉的手勁。

「她？」潘中統用眼神向郭宇千發出一個問號。以往潘中統和郭宇千討論工作，沈于雁也都會藉故避開——儘管她什麼都知道。潘中統知道郭宇千知道自己的交通職務被換下，一回酒店房間必定要發作。但由沈于雁來開啟話題，倒是讓人嚇了一跳。

「沒什麼好避的，她有什麼事不知道？」郭宇千反問：「最早薛智理不就是她搭上線的？薛智理、馮潼，哪個不把我們大雁當家人一樣？我們跟他們比你們情報局親多了。你們……就是利用人家，過河拆橋。」

「怎麼說我們過河拆橋？」潘中統冷冷地問了一句。

「好好的，一點跡象都沒有，就跟我說玄武案要結案，因為馮潼不想幹了？我是聯絡人，他不想幹了，怎麼我一點都沒感覺？」

郭宇千語音剛停，沈于雁也出聲了。

「我不管你們什麼玄武一號、二號，薛先生也好，馮將軍也好，他們都是好人。人家給我們國民黨工作，為的是中國的民主進步。你要說馮將軍不想幹了，我只相信一個理由：人家不想跟著你們，幫著李登輝搞臺獨。其他的，我都不信。我看是你們情報局裡哪一路人，看著玄武案獎金眼紅，就要從我們手上搶走——潘大哥，你不也是被搶的人，你都一點不生氣？」

潘中統正要開口答話，沈于雁又補上一句：「你……你們情報局是怎麼踢開我們跟人家馮將軍聯絡的？如果馮將軍真的不想幹了，你拿他的信給我們看啊？」

「信也都是你們帶的。」潘中統想想，這事沒什麼好瞞的。

「密寫。」郭宇千想起來了，情報局應該是用密寫劑，把和馮潼聯絡的內容寫在一封平平無奇的業務信的背後，再讓他帶到北京交給馮潼。情報局繞開他，私自和馮潼聯絡，居然還是自己帶的信。想到這裡，郭宇千怒火中燒。但他是老江湖，一股怒氣衝上頭頂時反倒提醒自己要冷靜下來。他在心裡快速盤算了一輪，選定了「很驚訝」的表情。

「這麼珍貴的內線，你們就捨得結案了？」郭宇千拿問孫衍樑的問題又問了一次。

「我捨不得有什麼用？長官要結案就只能讓他們結了。不然說真的，人一心虛就會慌，一慌就不仔細，不仔細就會有露餡。他自己，包括你的安全都會出問題。」他伸手拍拍郭宇千的肩膀，「老前輩，小心駛得萬年船。該放手就放手嘍。走吧，晚上不是局長請客，慶祝順利結案，所有人全身而退。」

潘中統也沒說實話，看來是倒回他們局長那一邊了。郭宇千感覺自己澈底被背叛了。

第十三章

01

站在一八四三這個房號前，黃敏聰深吸了一口氣，胡聞天要他「看熟了」的那張臉從記憶裡浮出來。門後頭就是他的任務對象：第一次見面的馮潼。

左右張望，確定沒有人後，他按下了電鈴。

「進來吧。」一個沙啞的聲音，隱隱約約從門後傳出來。「卡答」一聲，門鎖扭開了。一個清瘦的老者站在門邊，快速打量黃敏聰一眼後收起了鋒利的眼神。

「您遠來辛苦，吃過早飯了嗎？」黃敏聰沒有急著答話，先轉身關上門，接著面對老者，鞋跟「啪」一靠，行了個舉手禮：「嚴董好。」

老人笑了，「好，好。你是軍人還是商人啊？」

「報告嚴董，我是軍人。」

「是軍人好……軍人好。什麼軍銜啊？」

「軍銜……」黃敏聰愣了一下，隨即意會過來。「少校。」黃敏聰順口說了個謊，但自己無比舒坦。畢竟自己如果在軍中一切順利，確實早該升少校了。黃敏聰認為，這是他應得的身分，既然在臺灣無從實現，就在中國大陸——至少在嚴董面前，做一個情報局的少校吧。

「對啊。軍銜……是我們這裡的說法，你們那裡叫……軍階、階級，對吧。我們最早也有軍階，但六幾年廢過一次，八八年恢復回來，就叫軍銜。叫『階級』可不成。階級啊，在我們這裡都是敵人。不是都說『階級敵人』嗎？哈哈哈……」老人自顧自笑了起來。

趁著老人走回座位，黃敏聰從浴室拿出了一條大毛巾，按著長邊捲成條狀，密密實實地堵住門下的縫隙。

「你這是？」老人眼光指了指門那裡。

「把門縫塞起來，第一個防聲音傳出去，再來我們等下談話談得一專心，如果外頭有人從門縫塞什麼東西進來錄音或偷窺，我們可能會看不到。」

「呵呵，好啊。你做事仔細。是軍人果然不一樣。」

在他的對面坐下時，黃敏聰看清了老人的長相。他的臉型原本就不是很寬闊，凸出的顴骨和削尖的下巴讓他更顯精瘦。不笑時眼神精亮，笑起來瞇成一線，魚尾紋更深了。他比黃敏聰整整矮一個頭，黃敏聰只要依平時的視線望去，就能看到他黑白夾雜的頭髮，一根根都很清晰。

「您貴姓啊？」

「報告嚴董，我姓黃，黃敏聰，是我本名。」

「多大年紀啦？」老人開口問。

「民國四十三、一九五四年出生，現在四十一歲。」

「咦，跟我兒子差不多，他還小你一歲。但他提了中校了。怎麼你們臺灣那裡提得還慢一點？」

「我們那裡升校官很麻煩，要先占缺，要讀書，有學歷了才能升。有時任務忙，沒有空去上正規班，就耽誤了。少校一耽誤，往後就一路晚了。」

「你們情報局事情肯定要多。不過我兒子也忙，成天老出差，不在家。不過他升官倒沒耽誤。」

「大少爺在哪裡？」

「和我同一個單位，總後。」

「嚴董，我是不是把帶來的事先跟您說一下。」黃敏聰感覺和老人之間的氣氛打開了，陌生感漸漸消失，就試探地問了一句。

「好啊。」老人拿遙控器打開了電視，把聲音放大到他和黃敏聰彼此講話剛好能聽到的音量，示意黃敏聰坐到他身邊。老人開電視的同時，黃敏聰拉上了窗簾。

黃敏聰拿出了皮包裡的密函，「這是託帶給您的信，您看一下；這是密寫劑，上次您說手邊的沒有了，他們讓我給您帶新的。但特別交代，這是新配方，和舊的不能混用。」

「呵呵，謝謝你啊。給我帶了新歌來是嗎？我這點嗜好你們都知道啦……不愧是情報局……」馮潼自顧自笑起來。「只是這個辛曉琪，怎麼每盒都有兩卷一樣的？」他指著錄音帶問。

「兩盒一樣的，有一盒是正版，比較好的，您留著聽。」黃敏聰把正版挑出來放在一邊。「另外這一邊的，就給您工作錄音用，錄完我再帶回去。」

馮潼點點頭，也從提包裡拿出一袋軟片。「這些你就先帶走。你新帶來的那裡的問題，我琢磨琢磨，我們星期四，一樣十一點吧，在你那裡碰個面，有答案的話我再給你，反正我請你吃個飯，我們敘敘，多聊聊。」

「好的，謝謝嚴董。」黃敏聰起身又是一個舉手禮，老人微笑著向他揮揮手。

黃敏聰出門後，馮潼拆開桌上的信件，信紙正面是些應酬和生意往來的話語。解開後先看署名，發現是李光權的親筆信，信中先是連聲道歉，情報局已經發現郭宇千的問題卻沒能即時處理，「連累您擔心受怕已大是不應該。所幸未有衍生更嚴重後果。否則，自吾人以下，萬死莫辭。」

「你們終於知道我是提著頭給你們幹了。」馮潼忍不住嘟囔兩句。

接著李光權提到兩岸關係日趨緊張，臺灣方面固然有獨派人士依附部分政治力量氣焰高漲，大陸共產黨內又何嘗沒有野心家或投機人士伺機升高緊張，一旦主政者遭有人心士操弄，誤判局勢，兩岸就可能兵戎相見，禍延百姓。

「在此危急存亡之秋，唯有我情報局同志堪任維繫和平與民主之中流砥柱。盼您一秉初衷，為中華民族在臺灣留存一套良制善政。中國幸甚，同胞幸甚。」

馮潼讀完，長嘆一口氣。他被說中了心事，這是連對薛智理都未必明言的心情，因為改革開放之後，誰還談中國的理想？誰還在乎臺灣的民主實踐？這一肚子話，在大陸無人可說，卻被臺灣一位情報首長三言兩語道破。就算這位局長是為了操縱，他也懂得怎麼操縱得了人為他萬死不辭。

一陣激動之後，馮潼靜下心讀完最後兩行：

「又及，吾兄未來若有移居臺灣或海外意願。各項方案均已備便，一旦時勢所需，我全局上下必定全力達成任務。」

馮潼放下信，門鈴突然響起，兩短一長一短，和黃敏聰約定好的信號。但他不敢大意，把一干物事全部塞進提包，信件塞進口袋。

結果門打開，是黃敏聰，讓進門，他笑得尷尬：「您讀完信了嗎？」

「讀完了。怎麼了？」才問出口，馮潼就想起來：「你要帶回去是嗎？」

「我是回來拿的。公司交代。信給您看完了，不能留下，我得帶回去。」

馮潼明白，這是為他自己的安全著想。低頭再讀兩次，就將信裝回信封，遞給黃敏聰。虎著臉，哼了一聲：「我很欣賞你們局長的見識和氣度。但你回去跟他說，之前這幾次事情，弄得我這裡提心吊膽，太不把我們的安全當回事了。如果我在這裡不能安全，那你臺灣方面再有什麼理想，也實現不了，不是嗎？」

黃敏聰默默地點了點頭。

「所以，你給我帶句話回臺北：我們的合作，暫時維持著。我觀察你們後續的狀況。如果還是不能讓我放心，我說斷就斷，明白嗎？」

02

潘中統沒有搭理侍者的招呼，逕自走到一個角落的座位坐下來。「熱咖啡。」侍者還沒來得及把菜單放下就直接收回，向潘中統一躬身直接退下。

角落靠牆的座位能給情報員實實在在的安全感。潘中統往後靠了靠，低頭瞄了一眼手錶，離約定的時間還有一小時。他掃視店裡，默默記下哪一桌有多少人。五星級飯店的咖啡廳，平日下午空空蕩蕩，離他最近的客人隔著兩桌以外。他掃了兩輪，就翻看起自己帶來的《時報週刊》，不時以眼角餘光掃視進出的客人。

差兩分鐘三點整，一對男女走進了咖啡廳。男人一眼就認出潘中統，目光一交接，他在空中就伸出手，直直走過來。

「潘教官……好久不見。」

「真的，你退伍之後我就沒見過你了。」潘中統後退一步，作勢仔細看著男人，「你從局裡一退，樣子都不一樣了……這位是？」潘中統把頭轉向和他一起進來的年輕女性。

「這位是我朋友，工作上夥伴。小玉。」

「小玉是你叫的，我可不能跟著你叫人家小玉吧……」潘中統把眼光投向女孩，心裡暗讚一聲真不得了。至少一七五的身高，臉頰削瘦，鼻梁挺直，潘中統猜她應該是東北人，甚或可能混了白俄血統。

「我姓蕭，叫蕭婷玉，亭亭玉立，但亭字得加個女字邊。」

「聽妳的口音，像是東北人？」

「潘教官好聽力，我老家哈爾濱。」

和潘中統相約的是嚴聖邦，出身情報局，在情幹班受訓時上過潘中統的課，之後畢業分發工作，始終把潘中統當老師，教官前、教官後叫得潘中統挺受用。

嚴聖邦頭髮烏黑齊整，梳得油油亮亮，利臺毛料的暗灰格西裝，一截深藍絲手巾從口袋探出頭來。潘中統暗忖，這小子年輕時就斯文帥氣，從受訓到進入局裡工作，不管同學或前後期學姊學妹，關係曖昧或正式交往的不在少數。看著嚴聖邦的外型條件確實過人。當時的局長心生一計，動用了香港「影劇自由總會」的關係，把嚴聖邦送進了香港當模特兒，未來希望能鑽進影視圈。因為無論香港或中國大陸，相當一部分高官商賈和影視圈明星過從甚密。如果能在影視圈成功布建，效益必定可觀。

這不是單純的外派工作，而是進到戲劇業當臥底，而且是有「東方好萊塢」之稱花花世界——香港。嚴聖邦原本摩拳擦掌，準備大幹一場。但實際去了香港，才發現孤單一人，又不懂廣東話。影劇圈水太深，該要應酬、打理好的老闆、製片，他嫌棄男的粗俗，女的有的胖、有的醜，真正美的十個有九個往大老闆那裡去。兩年三年下來，關係建立不起來，愈幹愈索然無味，就打了報告退伍。這幾年，潘中統輾轉聽說嚴聖邦往來大陸做起了生意，決定約他碰個面。

潘中統原本約是嚴聖邦，沒想到他帶了一個女人來。這什麼意思？他用眼神發出一個問號？

蕭婷玉讀到了潘中統的問號，「我剛才看到件衣服不錯。我去試試。」她拉了拉嚴聖邦手肘，轉身走開。

「這女人挺機伶。新交的？」潘中統對著她的背影問。

「其實也有一陣子。」嚴聖邦坐下來，草草點了杯咖啡，急急發問：「怎麼聽說教官要退了？」

「誰說的？我哪有要退？」潘中統有些惱怒，心想就這麼一點人，流言蜚語就能傳成這樣。

「我聽說……」嚴聖邦頓了一下，「上頭不給教官上簽爭取升少將，教官一氣之下就打報告退了。」

「你聽的謠言對了一半，不讓我升少將是對的。但我何必委屈自己退伍？白白把好處留給別人？」

「那是？」

「我跟他說，你既然不讓我升少將，那就讓我外派。」

「結果就這樣讓你外派了？派哪裡？」

「當然！他欠我的！我去澳洲。」

「哇！」嚴聖邦輕輕一聲驚呼。潘中統轉念想著，局裡的消息傳得真快。他和孫衍樑談條件，沒幾天傳得連已經不在局裡的人都知道了。在嚴聖邦聽到的傳聞裡，局長孫衍樑承諾升不了少將的潘中統可以一個人在海外作業，不列考評標準。換句話說，繳白卷都可以。但擺爛不是潘中統的作風，在這個看似乎予取予求的待遇背後，他給局長的承諾是：「不過我既然要求外派，我也不會白占你外派缺。該有的績效，我都會有。」

不只該有的要有，而且要比別人好。他曾經操作、指導政府遷臺以來情報局最重要的專案路線，如今孫衍樑三言兩語就交到了別人手上。潘中統把澳洲當作他最後一搏的基地，他有個計畫，計畫的要角，就是這位已經退伍、移民澳洲的小老弟。

「聽說你現在做生意，時常來來去去大陸？」

「是啊。改革開放之後，大陸工廠生產力上來了，需要的原材料愈來愈多。」

「你都做點什麼？」

「羊毛、鐵礦砂，或者煉成的鋼材……反正貿易代理嘛，都能做。」嚴聖邦有些疑惑，「教官也有興趣做貿易？」

「沒！我不是做生意的料……我想問問你，常去北京嗎？」

「經常得去，要打通的關節都在北京……。」

「那好。」潘中統直接打斷嚴聖邦，「我就直說了。我在北京有個老關係，只信任我。你給我當交通，從北京帶資料出來。獎金分成就按局裡當年的老規矩。行不行？」

「這個關係，可靠嗎？」突然有人提議他重操舊業，嚴聖邦有點疑慮。

「你見一次就知道，太可靠了。不可能出問題的，反正你本來就是要往來北京的，帶點資料，該怎麼做你都懂，這錢等於是多賺的。」潘中統張大了眼，等著答覆。

「好吧。可是……」

「還有什麼問題？」

「小玉等於是我的助手兼生意夥伴，我兼這個差，不可能瞞住她。而且，有時候我忙，也會讓她自己去大陸接洽生意。」

「這樣……」潘中統沉思了半分鐘，下定決心：「你先問問，如果她不反對，就讓她參與進來，熟門熟路以後，她單獨作業也可以。但如果她反對，又甩不開她的話，那就連你都不要接了，當我沒說這事。可以嗎？」

「好，就先這樣和教官說定。」

03

上午十點，門鈴準時響起。一長三短，停兩秒。黃敏聰把「請勿打擾」的燈光打開，再一次一長三短。

安全信號無誤，黃敏聰打開門，將馮潼讓進房間，電視、收音機已經先一步打開，陽光從窗廉的隙縫裡照進房間，一道陽光切在馮潼臉上，顯得皺紋更深了。

這是黃敏聰第四次出任務，前三次見面相比，馮潼原本和善的笑容全失，神情嚴肅而憂鬱。

「小黃啊，你今天走嗎？幾點飛機？」

「下午三點半，等等就往機場走。」

馮潼打開隨身的提包，拿出三卷錄音帶。黃敏聰認得，是他前兩天給他的辛曉琪，《領悟》、《味道》、《一念之間》。

「你把這三卷帶回去，他們問的我都在裡頭回答了……這次要麻煩你了。」馮潼放低了聲音，小到黃敏聰幾乎聽不見。「這次和之前都不一樣，解放軍內部對李登輝在美國的講話意見很大，軍隊不滿，領導人也架不住，情況非常凶險。」

「情況會有多壞？」聽到馮潼的警告，黃敏聰嚇了一大跳。

「不好說，反正我都錄在裡頭了。」馮潼指指錄音帶。「所以你這一趟回去務必小心，把東西都帶回去，對你們臺灣至關重要。你清楚嗎？」聽著馮潼再三交代，黃敏聰點點頭，把錄音帶放進隨身手提包，鄭重其事拉上拉鍊，挺了挺腰，抖擻精神。

黃敏聰的飛機回到臺灣已是深夜十一點，胡聞天等在登機門外，一見黃敏聰就直接接走他的提包，只來得及留下一句：「明後天請你喝酒，記得要交歸詢報告。」就急忙開車回到士林局本部，邊沖底片邊整理錄音，三卷錄音一共接近兩個小時，聽完他大吃一驚，馮潼警告解放軍將對臺灣發動演習。他決定先整理這個部分，其他的文件都可以先等一等，配合黃敏聰的歸詢報告一起簽報。

謄完錄音稿，整理出紀要，附上這次新帶回的，和演習預警有關的一份「中央軍委談話」稿。因為演習主要是第二砲兵，也就是彈道飛彈部隊。胡聞天找出自己整理的檔案夾，表列了二砲M-7、M-9、M-11和M-18四型飛彈的性能諸元，再特別標註：「可能用於演習的，應該是M-9的東風十五和M-11的東風十一型飛彈。」

「所以是動用第二砲兵，打一發或者多發導彈落到臺灣外海。」李光權低頭看著軍情局送上來的報告，語氣聽不出是複述還是詢問。孫衍樑、丁孟原也沒有冒然接話。

但自李光權以下，辦公室裡每個人都清楚，這樣的武嚇臺灣模式，包括臺灣和美國，官方情報機構或者民間智庫，都曾經提出過類似的假想。但大部分分析報告都認為，解放軍如果以彈道飛彈攻擊臺灣政軍或者電廠、煉油設施等經濟民生目標，實際造成的損失有限，但真正難以估算的，是臺灣民心士氣的動搖程度。一旦飛彈實際落在臺灣本島，會不會很快出現和談、投降，或者「中國人不打中國人」、「接受一國兩制」這類主張，誰也無法預料。馮潼的判斷也相同：

「江澤民總書記日前在內部會議明確提到：『對於西方敵對勢力及臺獨活動，必需做好軍事鬥爭準備。』

「我在大陸所感覺到的，是黨中央希望藉著導彈演習，給李登輝當局一個『教訓』，希望能夠改變國民黨內部李登輝一人獨強的局勢，從國民黨內部出現挑戰者。林洋港和蔣緯國，或者郝柏村出來挑戰李登輝，乃至於將李登輝逼下臺，都是大陸方面期待收穫的成果。」

至於運用彈道飛彈演習，馮潼說：

「以導彈武嚇臺灣，首先是突出中國大陸研製的先進成果。再者，戰術彈道導彈突防容易，即使美國都沒有絕對有效的防禦裝備，遑論臺灣。這種『無法抵擋』的感受，會對臺灣軍心及百姓構成的比較大的打擊。導彈可能是第一梯次的戰術打擊，也可能是心理威懾。如果只為形成威懾，發射的戰鬥部[7]將以能夠送回遙感數據的儀器為主，避免高爆火藥，以免戰鬥部一旦射偏或失控發生意外。

「我的判斷是，解放軍以演習為藉口，向臺灣周邊海域發射導彈，將會是未來很長一段時間對付臺灣和威懾美軍介入的手段。這一次的導彈演習，目前聽聞是以七月下旬為目標時間來預備。準確的發射時間，會依照準備完成的程度和天氣等變數決定，目前說不準。」

讀完馮潼的情報，李光權辦公室裡久久沒有人出聲。最後還是李光權自己打破了沉默：「孫局長你們先回去，把這份情資再綜整一份報告，儘量淺白一些。我們上大簽，向總統面報。中共的飛彈打到家門口了。」

第十四章

01

總統府會議室門上如果「極機密」的燈號亮著，路過走廊的人會自然而然加快腳步，如同避開一場瘟疫，雖然裡頭什麼都傳不出來。

會議室裡頭亮著同樣的燈號。會議桌圈出一個長方形，靠近「極機密」燈號這一側，中間坐著總統李登輝，國家安全會議祕書長和國安局長李光權一文一武，分坐左右兩側。孫衍樑位列國防部長、參謀總長之後，挺著腰，坐在椅面的三分之二。這是帶著扶手的座椅，座位既寬且深，所以坐不滿倒也不累。

孫衍樑接任局長剛滿兩年，例行業務漸漸上手，遇上臺海危機，忐忑之餘，更多的是不能外露的興奮感。營區裡，情戰大樓人員進進出出，各路情報官和交通員會晤頻頻；金門、馬祖和本島電偵站的報告像潮水一樣湧入，研析處日夜燈火通明。「資訊就是力量」，有了情報加持，竟可以走到如此權力境界。這是過去的孫衍樑難以想像的世界。平時尚且如此，何況臨戰時分。縱使要承受巨大無比的壓力，但孫衍樑仍然懂得了如何咀嚼出其中由權力帶來的甘甜滋味。

孫衍樑為初嘗權力的滋味興奮不已，李光權則早就老於此道，他對中共高層的戰略目標和意志的判斷，是總統決策的最重要依據。這時孫衍樑正在報告，李光權雙腳交跨，兩手抱胸，不時皺起眉頭做沉思狀，孫衍樑報告的內容，他沒有一個字不熟悉，想起多年布署、經營的玄武專案在此時此刻發揮的作用，一股得意之情暗暗滋生。

李登輝倒是沒有特別的表情或聲調，他一開始就從正前方的筆盒裡拿出一枝鉛筆，在預備好的一疊便箋紙上塗塗寫寫，沒有人知道他寫什麼，因為會議一結束，他會把整疊便箋紙都帶走，沒有一次例外。

孫衍樑報告完畢。李登輝接著點了參謀本部報告國軍部隊戰備狀況；中科院院長依照情報局的資料分析了解放軍地對地飛彈可能的發射基地，向李登輝解釋如果該發射基地的飛彈真的掠過臺灣上空，進出的方位、飛越臺灣的高度，以及臺灣地面遭受攻擊的風險。

「會不會飛彈失控掉在臺灣陸地上，炸傷、炸死我們的百姓？到那時，我們怎麼知道他是不是故意的？」

「理論上失控機會很小，這次發射也不會用實彈。」院長說：「解放軍以往試射飛彈都只能往內陸打，往臺灣這個實戰方向試射飛彈，以往沒做過，他們應該會把握機會，在彈頭部安裝遙感探測器，儘量收集彈頭落下的各種參數。也會用壓載物把彈頭重量調到和實彈相同。演習不是打仗，沒有必要裝有爆藥的實彈。」

「同意院長的分析，我們的情報資料也顯示，解放軍以實彈演習的機會非常小。」孫衍樑接了一句話。

「我了解大家的意思了。」李登輝緩緩開了口，「共產黨拿著飛彈對著臺灣發射，就算是空包彈，的確是以前沒有見過的，非常敵意的行動。軍隊、政府部門要怎麼應對，總長有什麼想法嗎？」

李登輝單獨點名了軍隊，參謀總長接了話：「報告總統，剛才幾位首長的判斷都傾向中共不會真的動手。但我的看法是不能這麼樂觀。」他指著投影地圖，紅色飛彈標誌代表已知的二炮基地：江西樂平、福建永安……。「解放軍可以分兩階段打，第一階段用飛彈打我們機場、電廠、港口。我們的軍事基地和民生設施會有多大的損害，以往我們沒有太精確的估計——當然，對民心士氣影響應該不小。」

「局長覺得呢？」李登輝沒有直接回應總長的話，而是把頭轉向右側，所以這個「局長」指的自然是李光權了。

李光權眉頭一皺，對參謀總長判斷共軍確有可能動手，以沉默表達了不同意見。李登輝見狀再轉向總長：「如果共產黨真的動手，總長認為呢？」

「我的主張是要做『先制打擊』的準備。在他們對面有徵候的時候，先動手攻擊臺海當面福建、浙江的機場和其他目標。這些我們計畫都有。這個任務，F-5還可以完成。另外還有三十多架經國號戰機，一部分有戰力，可以投入。」

「我同意總長你們按計畫做好準備。」李登輝轉向李光權，「但要不要發動，什麼時候發動，要聽我的命令。我也要再看一下國安局對美國可能怎麼反應的評估。會後李局長跟我再談一下。」

「共產黨可能趁著演習發動戰爭嗎？或者在明年選舉前後開戰？」李登輝提高了語調，是一種不可置信的語氣。

「綜合敵後諜員和電訊情報，我們的判斷是目前沒有動手真打的跡象。他們現在的能力，搞點像演習這種恐嚇行動是可以的，但真的要打，能力還不夠。對岸也沒有部隊大規模集結準備行動的跡象……」李光權說。

李登輝突然插話：「敵後情報？包括那位……」

「包括所有人員和電訊情報。」李光權搶著截斷李登輝的話。

李登輝會意，連忙打住這話題，接著再問：「先不管共產黨會不會真的要打仗，就這樣演習的情況下，我們怎麼做？」

「我的建議是『外弛內張』，我們內部知道情形嚴重就好。但對一般老百姓，領導人要放輕鬆，安定人心最重要，明年的選舉繼續進行，不能停，一停就落入共產黨的算計。他們要影響臺灣的民主選舉，總統在明年選舉選贏了，就是打敗他們。」李光權強調，「軍隊提升戰備、停休這類規定，影響大，傳播快，可以再等一等。等共產黨的意圖更明顯一點，再決定應對方法，以靜制動。」

「但美國的態度一直不明確。」國安會祕書長突然出聲。

「美國人不到最後不會表態的，他們也在等共產黨先有動作，我們不能寄望他們。還是要把共產黨那邊的態度摸清楚比較重要。」一句話說完，李登輝轉頭對國安會祕書長說：「剛才總長提到的，解放軍的飛彈對臺灣軍事基地和民生設施的影響，國安會做一份報告給我，要用最新的資料。飛彈實際的影響究竟有多大，要實實在在估計出來。參謀本部也要把最新的資料放進兵棋推演裡，明年選舉，共產黨說不定會再有演習。」

一口氣裁示完，李登輝再轉向李光權：「李局長、孫局長，你們要加強掌握共產黨高層的情報，知道他們在明年投票以後，有什麼想法、計畫。」

「報告總統，是的！」孫衍樑接著說：「還有剛才總長提到的，臺海當面解放軍部隊的集結、調動情況，軍情局也會加強蒐報。」

「就是該這樣，兩位局長辛苦了。」

總統府四〇三會議室已經被顧仲達全盤占領：四、五本《詹氏年鑑》攤在桌上，蘭德公司、美國國防大學、傳統基金會或者美國企業研究院的報告鋪得整個桌面只剩一角空間，留給他的筆記型電腦和一只茶杯。

顧仲達在大學教授國際和兩岸關係，他不是名校留學畢業，但和相同背景的學者比起來，他特別好談軍事，寫文章常引用《詹氏年鑑》或美國蘭德公司的報告。比起一般國際關係學者對軍事大多不懂、不談，顧仲達的論文顯得特別，由此引起了李登輝的注意，因為軍事正是他當了總統之後亟需要切入的領域。

國安會祕書長推門進來時，顧仲達從一本《高技術條件下合同作戰》書頁裡抬起頭來。

「問了你的祕書，她說你這個月就直接在這一間上班了，有時一整天都不回辦公室。」

「祕書長午安。」顧仲達想站起來，祕書長擺擺手示意不必客氣，自己拉張椅子坐了下來。

「你把這麼多年關於解放軍二炮的書都搬過來了？」祕書長邊問邊翻看桌上的書。

「是啊，解放軍二炮發展了這麼多年，再加上這幾年一直在談的『高技術局部戰爭』，這一次全部用到我們頭上了。」

「這一次中共演習，也是把你預測的各種手段都拿出來示範了一次。」

「這倒是真的。其實也應該趁這個機會更新一下飛彈的性能參數；還有解放軍二炮部隊的用兵模式這些……這次演習能提供的資料太多了。」顧仲達愈談愈興奮。

「剛好，我就是為了這件事來找你。」祕書長說：「早上大老闆開會，要我們寫一份報告，就一旦老共大量向臺灣發射飛彈，我們的軍事和民生目標受創情況會是怎麼樣？一般老百姓心理會受什麼影響？必定要據實評估，寫出真實情況。這份報告，可以麻煩仲達你來寫嗎？」

「可以，但我們有更新的資料嗎？關於解放軍飛彈的性能這些？」

「這裡是剛才會議上提報的資料，裡頭是他們幾個單位提供的資訊，你可以拿來寫報告。」祕書長把一本A4大小的報告交給顧仲達，叮嚀了一句：「但小心保密，不要公開發表。」

顧仲達眼睛一亮，在學院做軍事研究，最缺的就是軍情單位的第一手資料。「太好了，我來整理，這個好東西啊。」接著突然想起，「對了，祕書長。昨天接到一封邀請函，蘭德公司研討會，一年一次，閉門的。這研討會有點兄弟會的味道，入了他們的圈，才能一直受邀。祕書還沒簽上去，但我可以去對嗎？」

「蘭德辦的當然可以，他們還找了誰？」

「臺灣找的是我……日本、韓國方面，印度也有，當然還有美國國防部和他們自己人。飛彈危機剛過，臺灣是解放軍首先動用彈道飛彈的對象。他們對我們的材料肯定大有興趣。」

「可以啊，你就去。帶一些他們的資料回來。不過這一份資料太新，今年不要用，放一年再用它發表論文——小心點。不過今年去之前，要給總統的報告先寫完。不然我可不放你去。」

「沒有問題，謝謝祕書長。」

02

「小黃，又回來了啊？這麼短時間，飛來飛去，真是辛苦你了。」

七月飛彈演習結束，兩岸大致平和無事。馮潼暗忖，是不是自己提前向臺灣預警起了作用。因此儘管東山島演習還在進行，但馮潼認為如果飛彈試射都沒有出事，一般的登陸演習更不需要太擔心。一念及此，臉上浮起笑意，接過了黃敏聰雙手遞上的一個厚厚的信封。

「咦，封著口的？」信封撐得鼓鼓的，馮潼一時突然不知道該怎麼拆開它。

看馮潼一時亂了手腳，黃敏聰從身上摸出一把瑞士刀遞給馮潼。「我請局裡封上的，這一筆是多少錢，他們有張清單在裡頭。馮老可以點一下。」

「不必算了。」馮潼劃開信封口看了一眼，用兩根手指抓出一疊鈔票作勢要給黃敏聰，「這些你拿著。」

黃這時才看到，信封裡是一疊百元美金，看厚度有二、三十張。「不行啊，我不拿，這是公司給您的獎金。不瞞您說，我也有，我的在臺灣領了。」

聽黃敏聰語氣堅定，馮潼就不再堅持要給。低頭看了看信封裡小紙條的數字，馮潼抬頭對黃敏聰說：「你很不錯，把錢封口給我，還有清單。看來以往應該也都有清單的，但我都沒看過。」

黃敏聰聽過胡聞天等一班人批評前一任交通郭宇千的操守不佳，讓軍情局最後下定決心撤換郭宇千，換上他自己接手交通。但黃敏聰決定不接這個話頭。

「上次解放軍演習，聽他們說，您立下了大功。」

「還沒有完呢，大陸這裡風高浪急，你懂嗎？新華社天天批評李登輝。說他搞獨立。你看你和他們之前帶來的這幾本雜誌……」馮潼愛讀《九十年代》和《爭鳴》這類香港政論雜誌。「你看，這裡就這樣寫。」

臺灣目前獨立意識濃烈。如果李登輝的務實外交非常順利，使臺灣逐漸獲一些重要國家的政治承認，這就有可能促使民進黨更猛烈地推動臺獨。臺灣群眾也可能在「被勝利衝昏頭腦」的情況下，選擇獨立的不歸路。

在可預見的將來，中共是不可能容許臺灣正式獨立的。所以，一旦臺灣走上不歸路，也就是到了臺灣海峽上演悲劇的時刻。

「我自己從這裡觀察他，我也是認為他有臺獨傾向的。」馮潼收起了笑容，語氣愈發嚴肅。「如果他真的是一路要走向臺灣獨立，我可是不答應的。我們現在的合作，也是沒法繼續下去的。我先在你面前表個態，你這次回去，要把我這話和張董事長說清楚。明白了嗎？」

「沒問題，一定幫您傳達。」聽著馮潼語氣不對，黃敏聰也收起原本輕鬆的神色，「不過馮老您也不用太擔心。就我的看法，李登輝是國民黨主席，這個國民黨是什麼國民黨？『中國』國民黨嘛。國民黨在臺灣做什麼，都離不開中國的。您說李登輝是臺獨，老實說，我也懷疑他。但馮老，臺灣是民主社會，不是他李登輝一個人說了算。他也得跟著國民黨和臺灣老百姓的意見走。您想，臺灣支持獨立的能有多少……。」

「真要獨立，那會打仗的啊……」馮潼打斷了黃敏聰的話，長長喟嘆了一聲。

「是啊。兩岸都在發展經濟，誰想打仗？」黃敏聰接回了話頭。「所以，不是他李登輝想怎麼樣就怎麼樣。您看我，祖上山西人，老家親戚都在。像我這樣背景的人，軍隊和情治系統裡多得是，都是軍官、將領。這一批都是反臺獨的力量，不可能去幫著李登輝搞臺獨。」

馮潼正色告訴黃敏聰，飛彈演習真正要影響的是明年臺灣總統選舉，目前在東山島的演習，雖然沒有大規模入侵臺灣的準備，但本地風高浪急，軍人紛紛請戰，江澤民有點扛不住。他強調：「我在錄音裡頭說了，演習沒有轉成大規模入侵臺灣的準備，你們臺灣也務必按住美國人，不要輕舉妄動、趁機生事，不要成了美國棋子。」

馮潼再瞪大了眼睛跟著又說：「我給你們工作，是為了防止戰爭，哪一方都不該動手，而不是幫著美國打大陸。你明白了嗎？如果美國主動發起攻擊，臺灣又配合一道，那我必定退出工作。你明白了嗎？」

一聽馮潼語氣認真，黃敏聰一時間反應不過來，脹紅著臉急忙說道：「馮將軍，臺獨我也是反對的。我知道大部分外省軍官、公務員都是反對的。但是您一退出，我們政府摸不透大陸的情況，有人趁機真搞獨立那豈不更危險？您不相信李登輝，我也懷疑他。但我說句話您聽聽看：他是現任中華民國總統又是黨主席。當總統，誰不希望青史留名？他成立了國統會，國家統一了才青史留名。搞臺獨不是留個民族罪人的臭名嗎？要哪個名聲？什麼樣的歷史定位？李登輝自己一定知道輕重。於公於私……」

黃敏聰停了半晌，像是下定了決心似地：「於公於私，我都希望馮將軍您繼續幫臺灣幹下去。我們不會辜負您的。」

「怎麼你說『於公於私』……你自己在這裡頭有什麼？」馮潼一好奇，就轉移了注意力。

「馮將軍您和我說心裡話，我也告訴您我的故事吧。我其實是犯罪坐過牢的。」馮潼還沒反應過來，黃敏聰隨即發話：「我那時在機場負責安檢。那時不管有錢人，或者高官、夫人進出，都會多帶點奢侈品進來，到了我們安檢這裡，多少都會打點一點。」

馮潼點點表示會意：「這個……陳年陋習對吧……唉！」

「是陳年陋習，我他媽的還『改革』了咧！」黃敏聰苦笑著自嘲：「原本這些打點就是歸小組長，看小組長會不會做人，大概就是一年三節請客吃一頓就完了。但我想不能只給小組長，用了一個『福利金』的名目發下去，所有人都有……但是壞就壞在雨露均沾上頭。」

黃敏聰說：「有一次我處罰了一位逾假歸營的軍官，結果政戰官就找上門，指明要查『福利金』。」

「但是單位裡人人都拿了啊？」馮潼問。

「對，但我一個人擔了。」黃敏聰的口氣很無奈。

「為什麼？」

「上面壓，下面求啊。」黃敏聰說：「貪汙治罪條例至少要關五年。組長跟我說：『大家在一條船上面。船上破洞，總要一個人跳下去，把船撐住，不然進了水以後，船整個沉了。』」他停了停，接著說：「下頭的兄弟錢也都是我給的，等於是被動收下。總不能是我原本的好意害得他們被關吧。我那時心想：好吧，那我就當個烈士吧。所有貪汙都算我的，判了我八年徒刑。」

「錢也不是都你拿的，這判得有點重了。」馮潼嘆了口氣。

「判幾年還在其次，更嚴重的是終身禁役。部隊，我是回不去了。對我爸爸……」黃敏聰停了一下，「……對我爸爸不能交代。爸爸原本在村子裡，講起兒子在部隊幹什麼，多有面子。但出了這個事之後，外頭傳我貪了多少又多少。一開始收押禁見，誰也不能來看。後來可以接見了，爸爸一來看我，劈頭就罵：『不忠不孝、貪贓枉法。』」

「你說你終身禁役，那你現在這個少校是？」

「我對不起……先前說的是騙您的。我其實是個聘用人員。我想在您面前當個少校，更讓您看得起一些。而且，情報局的人找我時跟我說了，如果立了功回去……」

「他們給你保薦回部隊當少校是嗎？」馮潼懂了，為什麼黃敏聰「於公於私」都希望他繼續做下去。

黃敏聰點點頭。

「你這是戴罪……不對，你是提著頭給你們情報局立功啊。你幹這個事，要有膽子、要敢賣命。你給國民黨立的功，不要說少校，升個將軍都值了。」馮潼微微一笑，「你剛才說你騙我，那哪叫騙？你在我面前，就是個少校了。」

溫暖的豪情一下子鑽進心底，黃敏聰兩行眼淚順著臉頰流了下來。

03

「阿共仔打飛彈演習，打的是『啞巴彈』，裡面空空，不會爆炸。攏免驚。大家講對不對啊！」

距離投票剛好兩個星期，李登輝最後一輪全省造勢，第一站就到宜蘭。三月九日的晚上，聽講的群眾從羅東中山公園漫延到興東路上，擁擠的人潮擋住了初春的一點點寒意。虎背熊腰的音響師傅脫得只剩一件短袖汗衫，胸前汗溼了一大片。

「對！」臺下聽眾高聲呼應著李登輝的問題，國民黨旗、選舉戰旗左右揮動。臺前的群眾像海浪一波一波往前推擠，只為了更近一點看到臺上的李登輝一眼。他們有的是黨部、立委動員，一車一車載來來的；也有自己到場來看看「真人李登輝」上野臺演講、拜票。畢竟這是臺灣歷史上第一次「一人一票選總統」，一場前所未見的政治嘉年華。

宜蘭縣立法委員的呂賢良緊貼在李登輝身邊，李登輝說完，他雙手接過麥克風：

「各位鄉親，昨天早上，就在昨天早上。大家還在睡覺，一顆阿共仔的飛彈就打到我們宜蘭外海。阿共仔要我們害怕，我們害怕嗎？」

「不會！」

「害怕嗎？」呂賢良再向著斜上方重重揮出拳頭。

「不會！」

「不會才是勇敢的臺灣人。剛才總統給大家說了，阿共仔的飛彈不會爆炸，裡頭都是空空的。只是為了嚇我們。但是，只要我們鄉親不害怕，給我們李總統相挺，讓他高票當選。阿共仔打再飛彈，都無效。大家說對不對啊？」

李登輝的環島造勢原本規畫走人口較多的西部路線，由北而南，再從臺東北上，最後到宜蘭。但就在三月五日那天，新華社發布了飛彈演習的公告。八組經緯度，圍成兩個長方形海域，標定飛彈演習射擊的兩處海域：一處在基隆宜蘭外海，另一處在高雄外海，一南一北夾住臺灣。

五日一公布射擊區，八日清晨解放軍就對南、北各發射了一枚東風飛彈。飛彈一落，李登輝競選團隊就立刻決定改變路線，把宜蘭做為第一站，在這裡表明態度、鼓舞士氣、鞏固支持。

投票在即，所有的民意調查都顯示，李登輝將穩穩拿下勝利。中共的武嚇，改變不了大部分選民投票意向——容或還有反效果。帶著這樣的底氣，李登輝認為，何妨就挾著民意正面迎戰，不管是脫黨參選的林洋港批評的「挑釁中共」；或是民進黨陳水扁斥責的「啞吧彈也是彈，不要說瘋話」都可以一笑置之了。

「李光權局長不是說『外弛內張』嗎？就該這麼演出來。」李登輝對自己的表現非常滿意。

六幅一比二十萬的大比例尺地圖——浙江、廣東、福建、江西、安徽、江蘇，一張接著一張，像是丁孟原給辦公室鋪開幾張花色奇特的地毯。孫衍樑進門時，看到丁孟原光著腳走在「地毯」上，彎身在福建永安加上了紅圈。

「副座加這個圈是？」孫衍樑歪著頭，細細看著展開的地圖，約莫十幾個地方被黑筆加上網格狀的符號；其中兩、三個再加上了紅色的圓圈。

「福建永安，二炮基地。八號晚上打到基隆和高雄的，都是從這裡發射的。另外福建南平和江西鉛山，都有發射紀錄。」

「你這資料是……美國人給的？」孫衍樑問道。

「也有我們自己買的商用衛星，解析度低一點，但我和美國的資料比對過了，拍不出來的地方，軍用和商用衛星都拍不出來，」

「美國人在大屯山那個單位？」孫衍樑記得就任局長之初，曾經想參訪這個美國在臺灣機密等級最高的單位，但交涉之後碰了個軟釘子。

「對，即時的資訊。」

「他們肯給即時資訊？」孫衍樑一副「我不相信」的表情。

「我跟他們說，這種時候，要比照戰時作業了啊。當然我們的也即時給他，包括我們的研整、判斷。所以我才會要他們把情資都匯到我這裡。平常各處按各處的情資研判，分得太散，匯總了才能綜合判斷。」

「這是真的。有時我們愈在上頭的人愈迷惑。下頭送上來的研析，有的只抓住一點資料，其他全是猜測；也有的怕預測和結果不符，怕負責任，就把所有的可能都列出來。但如果預測的人不下決心指出最可能發生的情況是哪個，那等於沒研析。」孫衍樑上任兩年，摸熟了業務，也嘗到了官僚主義的苦頭。

不過此時此刻談到美國，孫衍樑倒是心情愉快了起來。「說到美國，我剛才接到他們的電話。提到前兩天我們研判中共馬上要發射飛彈，但他們覺得還要幾天。結果我們是對的。他們好像為這個事要做個檢討報告，想來打聽我們研判的依據，但我回掉了，沒跟他們說。」

「他們也來問我了。這真的是美國人做事實在的地方。你記得那時他跟我們爭論，『你們不可能超過我們的偵查技術』，高傲的那個勁。但一發現自己錯了，馬上低聲下來請教。」

「你怎麼回答？」

「我跟他們說：Because MY agent just stood beside the silo.」

「我們真的在發射基地裡頭有諜員？」孫衍樑有點驚訝。

「沒有，我唬他們的。吹吹牛嘛。」丁孟原眉毛一抬，嘴角微笑，像個惡作劇得逞的小孩子。

停了半晌，孫衍樑再問：「真的沒有嗎？」是仍舊懷疑的語氣。

「你說呢？」

「你們這些情報局的人，真他媽的壞。」

「不過說真的，」孫衍樑收起笑容，正色說道：「金、馬當面，有沒有預警情資進來？特別是平潭，有沒有演習轉入戰爭的跡象？」

「到目前收到的，都還是集結演習。不過這種情況的確很難判斷，因為演習和作戰絕大部分的作為都是一樣的，打不打，有時就在領導人或指揮官的一念之間。」

「玄武二號送回來『驚濤九六』的演習計畫，多虧他，讓我們知道最壞的打算應該做到哪裡。共產黨的飛彈，從去年開始打，看起來起不了作用，李登輝應該是篤定當選了，票數還不會低。老共面子掛不住，是乾脆升高情勢打一下？還是就認了李登輝當選，兩岸關係重新開始？我們要先判斷。」

「現在美國人也打算進來，我的判斷是老共升高情勢機會很小。不過李登輝在選舉場講話的風格，實在……。」丁孟原沒有說下去，但不屑和無奈的語氣，也說明了一切。

「政治領袖要爭取選票，有他們的需求。」孫衍樑回應得小心謹慎。

「但他講話裡頭有情報材料，這關係到敵後諜員的安全啊。他不講『空包彈』這些話，演講效果還是一樣的。為什麼要拿我們諜員的命開玩笑？」丁孟原索性把話說開了。

「但高層會議上，中科院院長說的也是『彈頭只會有遙測裝置，不是實彈』啊。」孫衍樑想解釋一下。

「是，我們局裡的研判也是它不會是實彈。但老共會怎麼想？在他們看，『空包彈』這個事有兩種可能：要不是臺灣自己研判的；要不就是內部有間諜洩露。換作我們是老共反情報單位，我們會放著後頭這條線不查嗎？一旦老共加強監控，我們未來的活動——特別是馮潼，會增加多少困難？」

孫衍樑一時接不上話。丁孟原跟著又說：「再者，話題炒作起來了，馮潼會怎麼想這個事？他不一定知道我們的研判，但他肯定知道他自己提供了這筆情資。這會不會削減了他對我們的信任？特別是，他對李登輝非常不以為然。工作意志幾次因為李登輝的言行動搖，他在信裡都寫了，報告上都有，局長也清楚的。」

「他又寫了？你覺得該怎麼辦？再批一筆獎金？」孫衍樑語氣裡流露出一絲不耐。

「不用一再發錢，錢發多了會麻痺。他需要我們表明和他站在一道。我建議局長是親筆寫封信，肯定他的貢獻，保證國民黨不會走上臺獨，可能更能穩定他的工作情緒……這對他比發錢有用。如果有可能……和總統府那裡說一說，務必請層峰不要再有這種發言。」

「我知道了。我找機會跟他們說說看。」孫衍樑隨口應了兩句，但他曉得自己不會去講的。其實丁孟原也心知肚明。所以兩人其實是很有默契地，拿最後這句搪塞結束這個讓人不愉快的尷尬話題。

04

孫衍樑的桌上放著黃敏聰剛帶回的一批文件，包括「中央軍委領導涉臺問題講話」、「中央軍委、總參、總政等對臺灣情勢的分析」，從文件裡可看到，九六年演習已經過去快一年，但檢討一直還在進行，中共高層還對臺海當面部隊的裝備老舊大表不滿。黃敏聰還帶回了最新的「東南沿海地區部隊換裝計畫構想」，馮潼照樣按照往例，用錄音帶錄下自己的分析意見。

讀著錄音譯文，孫衍樑愈來愈清楚，馮潼有自己信仰、自己的目標。一九九六年這場全民直選總統，「本土化」成為臺灣政治主流。看在包括馮潼在內的大陸人眼裡，這只是「臺灣獨立」的另一種表述。這是一個必須未雨綢繆的局，孫衍樑感覺馮潼為情報局工作的時間不會長了，在他淡出之前，玄武案必須再有發展。就像「玄武一號」發展到「玄武二號」一樣，如果有「玄武三號」，階級和職務都必須高於馮潼。

「玄武三號」的構想最初來自潘中統。想起這個老傢伙，孫衍樑有點心累。一方面欣賞他的老練辛辣。但他眼高於頂，桀驁不馴的性格也樹敵無數。當時讓他交出玄武二號聯絡官的位置，他突然提出以「玄武三號」接棒馮潼的構想。潘中統開出條件：如果讓他擔任「玄武三號」的聯絡官，他就把二號交出來。

「玄武三號」的確給了孫衍樑靈光乍現的啟示。但孫衍樑的盤算是：選擇對象建立玄武三號是必須的，但是不是交給潘中統聯絡，先也不必說破。至於潘中統升不了少將，孫衍樑提出的「補償」是外派，地點任他挑選——他選了澳洲。再者，既然要彌補潘中統，就交代下屬潘的績效不訂標準，不列考核。

回想完這一路的鋪排，孫衍樑回過神來，看著自己桌上的一張照片，微微笑了起來。

事實上，在黃敏聰這次出發之前，孫衍樑就自己寫了一封密寫信，試探性地提問：在馮潼退休之後，還有誰可以策動吸收，以接續玄武專案。此時桌上的照片，正是馮潼的密寫回信，上頭羅列了五、六個名字和他們的簡介，加上馮潼對這些人選的評估。

孫衍樑盯著列在第一的名字，眼裡發光。

05

「局長有事，請馬上到辦公室來一趟。」胡聞天接到侍從官電話，匆匆把手上公文收好，鎖上抽屜和櫃子。走到大樓中央的電梯口前，還不忘通知局長侍從替他刷卡打開授權，否則他是到不了局長室樓層的。一進局長室，見丁孟原也在。

「我正式向你們交付『玄武三號』建案任務。」孫衍樑突然拉起的官腔，讓丁孟原和胡聞天都愣了一下。「玄武三號」計畫在局裡醞釀了好一段時間，丁、胡兩人都算是知情者。今天孫衍樑突然把他們找進辦公室，架勢十足地向他們「交付任務」，兩人反而覺得奇怪，摸不清局長為什麼突然要這樣擺起譜來。

等到孫衍樑招呼兩人落了座，他們才知道局長是要找他們商量、確定人選。五、六份人物誌檔案堆在桌上，唯一打開的一份，是國防技術顧問委員會主任韓瑞金。這位六十三歲的現役中將，從參軍之初就在軍工體系發展，曾經留學俄國軍事工程學院，是典型的老一輩修習俄系技術知識的解放軍將領。在接掌國防技術顧問委員會前，他擔任的就是馮潼的職務。

孫衍樑把韓瑞金的檔案傳給了丁孟原和胡聞天，看著他們略略翻了翻，忍不住開口說道：「這個韓瑞金，是馮潼建議『玄武三號』的最好人選，你們看呢？」說完，眼光看向丁孟原，眼神更希望的是得到他的背書。

丁孟原沒有背書，而是提問：「馮潼把他列出來，意思是他有幾分把握能策動他，是嗎？」

「他的原話是：『有相當機會。』」孫衍樑接了話。

「『技術顧問委員會主任』這個位置，職務不低了，依現在的情況，有一定的價值。但這位置畢竟被人認為是個冷板凳，發展潛力可能有限——當然，就我記憶所及，以往也有鹹魚翻生，往上升官的例子。」丁孟原說。

「就算不能往上升，但幾年內應該都還有價值：一定層級的會議他能參加，下發的紅頭文件他看得到……你看馮潼這一年不也退休了，還是可以送回很多文件。」孫衍樑說。

聽到這裡，丁孟原心裡明白，「玄武三號」這個案子孫衍樑怕是非要不可了。在飛彈演習期間，馮潼的情報讓孫衍樑在層峰面前大大露臉，李登輝不只一次在軍情首長會議上大大誇贊情報局。做為情報局局長，領這份功理所當然。但丁孟原同時也聞到了孫衍樑對李光權漸漸生出的瑜亮情節。「你是局長，我也是局長，一直吃你留下的老本有多丟臉。」這是一種情緒、一股鬥志，催促著孫衍樑要經營另一片不下李光權時代的天地。如果這一股勁能配上夠好的運氣，是足以讓成就軍情局的「孫衍樑時代」。但如果運氣不好，過度進取也可能帶來災難。丁孟原覺得，自己有責任提醒箇中風險，特別有些話，他想說很久了。

「的確，馮潼雖然退休了，但大陸的制度讓退休老幹部還能看到一些傳達的文件，也有老部下會拿一些還搞不清楚的業務請教他，這才讓他有機會拍下這些文件，或者口述政策方針。」丁孟原說：「但這有兩個問題，一來我們這一年多，跟他要的文件，有些已經超出了他經手的業務……。」

「那是因為上頭要求變了，彈道飛彈成了重點蒐集情報。」孫衍樑忍不住打斷了丁孟原。

「我明白，但這會使得馮潼需要向別的單位，或者他不一定信得過的人要資料，這是會大大增加曝光風險的。」丁孟原說。

「所以『玄武三號』的位置應該更高一點，是不是？這樣過手的文件多，就不必冒險向別人打探了，是不是？」孫衍樑的言詞看似問句，但更多是挑戰。

「況且。」不等丁孟原接話，孫衍樑又說：「我看馮潼對李總統是愈來愈反感，他幾次回來的錄音裡，有用的內容愈來愈少，倒是有一大堆話是在批評李總統。這些東西我們當然不用簽上去，但要考慮他究竟還能替我們工作多久？是不是也該想想他退休之後的計畫了？趁著馮潼還替我們工作，找到接手的人……。」

「局長這項指示我很贊同，馮潼替我們工作得夠久了。是該研擬他的出區計畫。連同一開始的『玄武一號』薛智理，當時沒有安排他到臺灣，主要是怕影響馮潼的工作情緒和安全感。

如今如果要定出區計畫，我建議就兩個人一起安排。」

「這個可以。」孫衍樑轉向胡聞天：「胡參謀，出區計畫就交給你。一星期之內我要看到。」

「是的。我會擬兩到三條路線，局長同意了，我再想辦法和他們兩位商量。」胡聞天說。

「那『玄武三號』的部分……」孫衍樑望向丁孟原。

「我建議先讓馮潼試探一下韓瑞金，但一定提醒他要小心，因為一試探就等於馮潼向韓瑞金點破了自己的身分，非常危險。」丁孟原看似是向孫衍樑建議，但其實在提醒胡聞天。「最好在馮潼出手之前，先準備好出區計畫，讓他隨時能走。」

第六部　副局長與副處長

第十五章

01

星期天下午，韓瑞金走進了建國飯店。馮潼要他穿輕便服裝，別搭座車，不帶隨員。韓瑞金於是少了成套西服或帶著將星軍裝的派頭。四下張望時，一位穿著黑馬甲的服務員走過來，問清了這位鄉下大爺形貌的老人要去哪裡後，出手往咖啡廳方向一指。

先到的馮潼看來坐了一段時間，見到韓瑞金，勉強擠出了一點笑容。韓瑞金劈頭先問：「怎麼想起約到這裡？」

這句問話只有馮潼懂得。那是一九八九年六月三日晚上。

雖然中央軍委下令「嚴禁離營」，但馮潼坐不住了，他悄悄走到同樣留營待命的韓瑞金那裡，「老韓，咱們出去看看。」韓瑞金猶豫了好一會，但拗不過馮潼，兩人換了便服，交代部下「我們上首長那兒開會」，就騎上腳踏車，一前一後往復興路騎了去。

嘈雜人聲愈來愈清晰，悶悶的引擎聲接連響起來，馮潼聽出了那是軍車一輛接著一輛發動的聲音，讓人想到預備撲向獵物的老虎低低的吼聲。低吼聲回應著馮潼稍早得知的命令：中央軍委下令夜間十點，各路部隊開始往前推進，如遇障礙強行排除，務必按時到達天安門廣場。

九點半，馮潼和韓瑞金對望一眼，「三十八軍提早行動了。」

復興路方向的夜空一片火紅，汽油和橡膠混合燃燒的氣味瀰漫在空氣裡。軍用直升機啪啪啪啪盤旋在木樨地上空，來來回回對著地面部隊高聲廣播：「如遇阻攔，堅決反擊。」路面的士兵結成方隊，「嚴懲暴徒！」邊喊口號邊推進。

愈近復興路人群聚集得愈多，有人提著塑料袋，裡頭是瓶裝水、饅頭和水果，不知要給誰送去；有人一手拿著榔頭，一手拎著瓶子，瓶口散發著刺鼻的汽油味。幾個推著板車的人跑過他身邊，在車前的人揮手高喊：「讓一讓，讓一讓，這裡接傷員，讓一讓。」

遠方傳來一聲女子的驚呼尖叫，馮潼心頭一緊，像有把刺刀猛地捅進胸口。緊踩兩下踏板，騎到復興路邊。看見發出尖叫的是個年輕女孩，順著她的視線看去，馮潼也嚇了一大跳。一部被火燒得焦黑的軍車外，綁著一具焦黑的屍體，五官已經不可辨識，從燒剩的殘餘外衣看得出是一名解放軍，軍車車身上噴漆噴著「殺人凶手」四個大字。看來是軍民衝突時被民眾打死的。

「這樣下去怎麼得了，不就打起內戰了嗎？」韓瑞金喃喃自語，驚魂未定。背後有響起叫罵聲，十幾個民眾圍著一個解放軍戰士又打又罵，戰士看樣子是個初入伍的孩子，一臉土氣，上衣已經被撕破大半，只能抱著頭挨打。

「等一等，等一等！」馮潼搶先一步，硬把自己插進民眾和戰士之間，對著士兵問：「你哪個單位的？」馮潼雖然穿著像個北京大爺，但終究是將軍，開口自有一股威嚴。

「五十四軍……么……么二七師。」士兵表情扭曲，語帶哭音，聽口音是個來自河南的農村少年。

「五十四軍的怎麼跑這裡來？」這個孩子應該是跟著單位迷路了。

「我們跟著連長，走著走著迷路了。人實在太多，又推又擠，我們一整個連都被衝散了。」

馮潼搖搖頭，「你的槍呢？」

「掉了……」

「你當個兵，槍都能掉了？」馮潼聲色俱厲，士兵嘴巴一扁，眼看著就要哭出來。

「算了。」馮潼拉著士兵的手臂，往東南一指，「往那邊走，找回你的部隊去。」

士兵連聲道謝，馮潼一手搭著他的肩膀，一手幫他分開圍觀的群眾。「老鄉，幫個忙，不為難這位戰士，就是個孩子……讓他找回單位去。」

孩子走遠了，復興門立交橋方向跟著響起了槍聲，馮潼的手腳開始不自覺地發抖。騎到路口，正好見到人行道上的群眾驚叫著急忙往兩邊跑，如同一座大幕拉開，一小隊士兵出現在他眼前，各自舉槍朝天，砰砰砰連續槍響，人群裡罵聲四起。半截磚頭從人群裡丟出來，正中一名士兵的頭盔，他又驚又怒，卡搭一聲一拉槍機，槍口對著人群四下搜尋，眼神凶惡。

「王八蛋，難不成你要對著人開槍。」馮潼怒罵著往前走了兩步，身後立馬被韓瑞金和幾個路人七手八腳死命拉住，「老大爺不要過去！」「他們會開槍的！」「這些解放軍瘋了！」……。馮潼一顆襯衫鈕扣應聲繃飛。

馮潼被一群人硬拉開十幾公尺，剛冷靜了一點。兩、三輛板車從他身邊急急跑過，他一斜眼，看到車上拉著一名傷患，襯衫敞開，肚子上一個大傷口，半截腸子掛在外頭。馮潼認得，那是子彈射中背部，往腹部鑽出來爆開的。板車過處，百姓的咒罵如雷聲，「法西斯！」「真的開槍打老百姓！」「他媽的解放軍殺人啦！」

「看夠了吧，該回去了。等會首長找不到人就糟糕了。」韓瑞金警告馮潼，今夜的局勢異常凶險，再怎麼同情學生，不能拿自己前途性命開玩笑。但馮潼不聽：

「這裡都有軍人開槍打老百姓了……」

「部隊奉命開槍，你能咋辦？」

「不行，我得讓人知道。」

「讓誰知道？」

「你跟我去……」馮潼邊說邊調轉車頭。

「去哪兒？」

「建國飯店……外國記者都在建國飯店，我要告訴他們這裡開槍了。」顧不得韓瑞金，馮潼開始往東面騎去。

「都是戒嚴部隊，你過不去的！你過得去他們也過不來的。」韓瑞金追在後頭大喊。

韓瑞金是對的，馮潼騎不了多遠，就被戒嚴部隊擋住了，所幸兩人倒是神不知鬼不覺地平安回到營區。只是建國飯店自此成了馮潼和韓瑞金之間的隱喻：一場巨大的失落和難以彌補的遺憾。

韓瑞金問馮潼退休生活怎麼樣？馮潼只虛虛地應了兩句，給韓瑞金的印象是：退休後的馮潼，似乎變得更蒼老了。

「我這一、兩年認識了一些做生意朋友，想問問你有沒有興趣一起合作，做點生意。」馮潼很快把話頭帶進了主題。

「朋友，哪裡的朋友？做什麼生意？」韓瑞金問。

「從臺灣來的，做貿易生意。」

一聽到「臺灣」，韓瑞金心頭一震。正在思索該怎麼答話。馮潼把最早薛智理和郭宇千的生意合作，原原本本向韓瑞金說了一次。解放軍軍隊經商的情況，韓瑞金當然清楚，但具體一個工廠和臺資、外資怎麼合作的細節，韓瑞金倒並不了解。於是也興味盎然地聽了十幾二十分鐘。

「我說老弟。」大致聽出了頭緒之後，韓瑞金接了話：「你說的做生意這個事，我有幾個考慮。第一，現在已經不是這個政策了，現在講的是『軍隊吃皇糧』，領國家的薪餉，不允許再做生意了。再者，我現在這個位子，也沒有工廠或公司可以跟海外合作的啊……那些管工廠和國企的，你知道那個圈子的……都不是我能指使的人。」

「做生意掙錢，不一定要有工廠、公司。外頭也知道咱們的情況，『關係』有時比什麼都重要。說白了，跟您合作，要借重的，就是您的影響力來打通關節。」馮潼說。

「你和他們合作……很久了嗎？」韓瑞金心裡覺得馮潼說得有理，但又感覺不該馬上承認，於是先改換了一個話題。

「就剛剛跟您說的，有個幾年了。」馮潼說：「現在政策變了，軍工企業不能合作，但現在『下海』做生意的幹部，我們也比他們人頭熟。我們這裡民企對他們的企業，這生意，還是很可以做的。」

「老馮，我可說一句。」韓瑞金的語氣滿滿是狐疑，「你什麼時候對做生意這麼熱衷了？這可不像你。」

「人，總是會變的。我一來退休了；二來，我那老大在軍隊也快幹滿了，我希望他早點退下來，帶著太太孫子到西方國家去，澳大利亞、加拿大都可以。多掙點錢，他們到外國生活也過得好一些。」

馮潼的臉上閃出一絲苦笑，接著收起笑容，正色又說：「況且，現在的解放軍，誰在掌權？誰說了算？走的方向，早就已經不是我們當年參軍時的解放軍了。那幾大『女婿』的作風，你我不都看在眼裡嗎？他們撈得盆滿缽滿，你和我兩袖清風，這算什麼？為的是什麼？」

馮潼突如其來的抱怨讓韓瑞金吃了一驚。他想不到馮潼「做生意」的背後還有這一番牢騷和不平。一個念頭突然閃過他的腦袋：

「馮潼老弟，和你做生意的臺灣商人，只是單純的生意人嗎？」

「當然是生意人。」馮潼先是機警地否認。但又想，既然韓瑞金把話題帶進了深水區，那就點一下：「只是大家認識久了，吃飯聊天都是常有的事。有時他們對大陸不夠了解，問我些事，大家閒談兩句，也就打發過去了。」

韓瑞金心頭又一緊，這只怕不是單純的「做生意」。這幾年從臺灣進到大陸發展的人多如過江之鯽，什麼背景的傳聞都有。但沒想到的是竟然從馮潼的口裡聽到。

「老弟，和這些臺灣人往來，你可得小心哪。」

「老韓，你認識我不是一天兩天了。我是那種冒冒失失的人嗎？什麼事能做，什麼話該說，我有把握的。你在軍隊最後幾年，給自己掙個好一點的退休生活，不好嗎？」

「最後幾年」四個字輕描淡寫，但結結實實打中了韓瑞金。時代變了，自己不是當權一派中意的人選，升遷無望。是不是真的該學學馮潼，走點別的路子？正猶豫著，馮潼又開口了：

「老哥哥，我知道你一生做人做事都很小心。你也不必在這裡糊裡糊塗答應我什麼。這麼吧，哪天我介紹生意夥伴，你認識認識，朋友多交總不是壞事。」

「那可以，等他們來了，你找我，咱們見見面。」韓瑞金原本緊緊交握著的雙手，一下子鬆了開來，「這裡有啤酒嗎？弄一杯來喝喝？服務員……」

02

「驚濤九六演習總結」，會議通知的主旨只有短短八個字。伍維平心裡嘀咕：二炮和南京軍區才是「驚濤九六」的主角，哪時輪到總政治部來總結？況且這場演習已經是一年多前的事情了。這時年終將屆，各種年度總結報告堆得連辦公桌桌面都好久不見，這時再來這場「總結」，為什麼呢？

伍維平怎麼也覺得事不關己，他所在的保衛部，職司調查軍內不法、貪腐或洩密案件，和對臺軍演沒有直接關係。原本想讓副處長出席應付應付，不料祕書正色回答：「首長點名，你一定得出席。在哪裡出差都要趕回來。」

伍維平皺著眉頭，滿肚子疑惑踏進會場，立刻感覺此間的氣氛壓得人喘不過氣。總政治部保衛部部長華志慶擔任主席。伍維平環顧四周，除了他所屬的保衛部部長、黨委書記外，還有不少外單位的人。桌上名牌標示著這些與會者來自總後勤部、二炮總部和軍事科學院。還有一位社會科學院臺灣研究所的副所長。不過伍維平知道，社科院臺研所是他們對外的職務名稱，他們的另一個名字是「國家安全部第十五局」。

伍維平才分辨完單位和人名，主席──保衛部部長華志慶已經示意會議開始，一疊會議資料開始分送下來，「會議資料請各位不要抄錄，會後繳回。先請軍科院研究員報告情況。」

「今年八月，美國蘭德公司組織了一場關於二炮部隊的閉門研討會，美國、日本、澳大利亞和臺灣地區的專家出席了會議。會後發布了《進入新時代的解放軍二炮部隊》論文彙編，我院外軍部通過可靠渠道，取得了這本論文集。這也是我們第一次取得這項會議的論文材料。」

原來軍科院也有蒐集情報任務。伍維平一邊想著，研究員繼續低頭讀著準備好的材料：

「這本論文集共收進十八篇論文，註釋共計一八四七條。我們針對每一條註釋做了逐條分析。特別值得注意的是由臺灣『國家安全會議』研究員顧仲達撰寫的〈解放軍彈道飛彈戰術戰法探索〉，這篇論文共有二十八處我們判斷應有資料來源的，卻沒有加註。其中包括『單個突擊、集群突擊、密集突擊』的分類，以及『中共導彈攻擊臺灣機場』、『中共導彈攻擊臺灣港口』估計耗彈量所引用的精確度參數，通過我們初步鑑定，並沒有找到過公開發表這些數字的材料。」

軍科院研究員一口氣讀完報告，華志慶看著與會者問道：「對軍科院的分析，各位有什麼想法嗎？」

「軍科院同志在暗示有洩密情況嗎？只不過單憑軍科院的『初步鑑定』，不可能就推定有洩密情節吧？」二炮副政治委員抓住第一時間就提出質疑，否則一旦認定有洩密，二炮必定是調查重點。

「當然不可能就這樣認定，主要是聽聽二炮的專業意見。」華志慶緩和了一下情緒。

「如果要鑑定、追蹤，那得給我們原材料，我們也需要時間。」二炮副政委拎起會議資料搖晃著，「你這得讓我們帶走，否則搞不了。」

「我們另外整理好了，晚一點專人送給政委。」

「既然要鑑定，要不是連那本論文集都送一份給二炮？」華志慶追問了一句。

「我回去請示領導，我想應該沒問題。」

「今天請各位來，除了軍科院的報告以外，當然我們之前也陸續發現其他跡象。請社科院臺研所李麗萍副所長給大家說明情況。」

「謝謝部長，各位早上好。」李麗萍的聲音抑揚頓措，像在報導新聞。事實上她曾是《人民日報》最早派往臺灣駐點的記者之一，臺灣政經人脈豐富，長年負責臺灣公開信息的蒐集和分析。「在這場會議前，我們分析了在去年的臺灣大選活動中，李登輝應對導彈演習的所有言論。」

「其中比較突出的，是他在三月八日，演習開始之後，多次在公開場合宣稱解放軍的飛彈是『啞巴彈』、『裡頭是空的』、『不會爆炸』等等。這樣的發言，島內另三組候選人有許多批評。」

「這和我們的關係是？」二炮副政委忍不住嘟囔了一句，但李麗萍似乎沒聽到，自顧自繼續說著：

「特別是軍人出身的郝柏村，以及新黨的立法委員們，都批評李登輝這樣的發言洩露了所謂『國家機密』，曝光了情報。關於李登輝發言和相關陣營的批評，隨附成冊，請大家參看。」

「這我得說兩句。」二炮副政委不等李麗萍講完，放開了聲音，「李登輝的話，根本只是常識。」

「政委認為『常識』的部分是？」

「試射飛彈的戰鬥部，裡頭是另外安裝的遙測機制，當然不會爆炸。演習試射，戰鬥部不可能，也不需要用上實彈的。」

「這樣的『常識』，我相信對專家而言是的。但李登輝本人應該不具備這樣的常識吧。」李麗萍的語氣帶了一點挑戰。

「臺灣方面搞導彈，不是一天兩天的事了。我們演習，他們研究院的專家，不可能沒有人向李登輝彙報情況。」二炮副政委停下看了李麗萍一眼，似乎在猶豫接下來的話要不要講，

「就憑這樣要推測我們軍內有人洩密，似乎推得太過了。」

「政委先別犯急，我們不是做任何指控。是提供一個我們懷疑的情況供各位參考。」李麗萍緩下了語氣。「誠然如政委所說，臺軍的專家也應該清楚導彈試射的機制，但您也請考慮，驚濤九六演習，我們一直是按著『實戰邊緣』的策略來宣傳的。發射的導彈怎麼個預備、怎麼個裝置我們這裡不懂，但對臺的宣傳口子拿定的規格就是要讓臺灣人感覺這場演習，隨時可以轉為實戰。但給李登輝這麼一說破，那一股勁就消了，勁一消，原本心理戰的效應就幾乎全落空了。」

才停下，李麗萍似乎又想起什麼，連忙補了一句：「就算是演習有演習用的導彈，實戰有實戰的，但李登輝為什麼知道打出來的這一發是演習彈的呢？」

「更大概率是他按他們專家的推測，矇對的啊。」二炮副政委仍然不服氣。

「政委還是請先別著急。」眼見兩人就要吵起來，華志慶出聲阻住：「今天請各位來，主要是同步各單位的信息。李登輝是不是矇對的？那份論文的內容是怎麼回事？是臺灣方面推測的？還是真的發生洩密案？有了跡象，把它查清楚，是我們總政的責任。但我們需要各位專家的幫助。當然，我們也會參照自己掌握的情況。」

華志慶特別轉向二炮副政委：「洩密當然是小概率事件，但概率小，後果大，我們更該留意。」

「伍副，你站起來一下。」華志慶點名，伍維平應聲起立。「這位是保衛部伍副處長，大家認識一下。這是總政偵辦本案的專案負責人，本案牽涉高度機密，請各單位專家以伍副為唯一對口。未來辦案上有任何需要，希望大家多多配合。」

華志慶宣布散會，各路人馬紛紛起身往外走，「小伍，你留一下。」他叫住了伍維平，支開了隨員，會議室裡只剩下兩個人。

「小伍，你覺得這個案子是什麼情況？」

「我能直說嗎？」伍維平試探著問。

「直說。」

「我覺得以目前的信息來看，案情有點……」對著首長，伍維平畢竟做不到有話直說。

「虛！是嗎？」華志慶替他補上一個字，伍維平尷尬點點頭。

華志慶說：「導彈信息洩密，目前的確只是表象和懷疑，需要調查、證實。也另有其他情報來源。剛才開會，是為了給你一把尚方寶劍，讓你將來到各單位辦案方便。」

伍維平點點頭，向華志慶敬了一個禮。他心知肚明，這一案是來真的了。部長手頭的內線情報是什麼？如果他的假設是對的，那交在他手上的就是一樁天搖地動的大案。身子忍不住發起抖來，這麼高級別的一隻地鼠，他能刨得出來嗎？究竟是誰有這麼大的膽子？又是為什麼呢？當他有機會和這個人，或者這夥人面對面時，自己會對他們說什麼？他又會聽到什麼？

伍維平回想自己成長、參軍的歷程，最慶幸的是自己剛好在文革結束那年參軍，小學、中學時「紅小兵」、「紅衛兵」的記憶，被日後軍隊裡嚴格的訓練和生活愈洗愈淡，他不覺得需要再記住那些往事，國家是往前走的，文革的亂局在改革開放路線確定之後是不會再回來的。

這不表示伍維平認為自己十六歲時參加的，是一支偉大、光榮、正確——合稱「偉光正」

的解放軍。剛好相反，當年的解放軍，戰力和士氣雙雙跌到谷底，因為經費短缺，訓練廢弛，幹部秉性良善些的，索性退伍下海經商；貪婪惡劣的，拿軍隊的人力裝備做起生意，化公為私，當「連長」不該拿的，換個「經理」的身分就落袋為安。凡此種種，伍維平當時做為一名年輕軍官都看在眼裡，憤憤不平。

改革開放之初解放軍內的種種亂象，一度讓伍維平無比挫折。但一位父親的同袍，也是位讓人尊敬的軍中長輩，總是靜靜地聽著他的牢騷，聽完婉言勸告：「與其這麼抱怨，何不讓自己變成解放軍的『防腐劑』？」就這麼，軍中長輩推薦伍維平進了總政治部直屬的政治學院，這所政治學院以軍事法學、反情報和刑事偵查等專業見長。「把你對現況的不滿，化為報效祖國、解放軍的動力。」伍維平順利錄取，向長輩辭行時，帶走了這麼一句臨別鼓勵。

政治學院畢業後，伍維平進入「政治保衛」——也就是反情報系統，起手就搗破了幾個中、小型的案子，大多是為做生意，勾結廠商倒賣軍品、低價高報做假帳這類情節。一年半前，他跟著保衛部一位長官，也是他政治學院的師兄，監控一個提供準備自製殲十一戰機情報的空軍軍官，「交貨」對象是個美國商人。

那一次買家發覺有異臨時抽腿爽約，專案組人員衝進約定交易的房間，抄出機密圖件、資料時，那位中校全身癱軟在沙發上，半小時動彈不得。押著他回到住處，一個成人這麼高的保險箱一開，美元現鈔像土石流坍塌一樣滾得一地都是。

「這種人，就是為了錢嘛！」在案件的總結會議上，伍維平惡狠狠地下了結論，他不覺得軍人背叛祖國，還有什麼理念可言，不管那些「地鼠們」自己有什麼說法，而且他們通常也都沒有說法。

但這件案子，讓伍維平聞到了一絲不尋常的氣味。保衛部長華志慶讓他知道了，一位在香港相關部門的同志，回報了臺灣情報局可能運作著一條內線間諜，層級不低，而且仍在活動。這條訊息，才是讓華志慶大張旗鼓，冒著洩露辦案機密的風險，把二炮、臺辦等單位找齊了開會的原因。

伍維平逐漸體會到，辦案有時就像提起一串粽子，只要一抓起繩頭，其他線索自然井然有序地排列起來。但他困惑，如果我方真的有這一條臺灣的高階內線，那為的又是什麼呢？為了錢？還是中了臺灣的圈套，被對方要脅了？還有其他原因嗎？伍維平愈想愈不安，但他也不知道這一股煩躁從何而來。

03

鄺家祥端坐在一個空盪盪的房間裡，輕輕靠著椅背，房間四面都是白牆，只有一張鐵書桌和鄺家祥坐著的椅子。一位戴著厚重鏡片眼鏡的同事讓他前傾一點，拿一條像橡皮膠管的東西，在他的胸口和腹部各綁了一圈；手臂用一面帶著魔鬼沾的帶子纏住；再拿一只夾子夾住他右手食指。膠管、帶子和夾子，各拖著一條細長的電線，插在一個四四方方的金屬盒子上。金屬盒子連著一臺電腦，戴眼鏡的同事走到電腦後頭，正要坐下。

「學長午安，現在為你做例行的忠誠儀測。請問你，今年是西元幾年幾月？」

「一九九七年十二月。」

「你叫什麼名字？」

「鄺家祥。」

每個特派員返臺述職時都要做一次測謊。測謊時一般先用一、兩個無關緊要的問題建立判斷基準，接著進入真正需要測謊的問題，一般問完十五到二十題，不到一個小時，鄺家祥就完事離開。

四個小時之後，督察室主任帶著測謊員來到丁孟原辦公室。

「怎麼了？」丁孟原忙著收拾桌上的一堆雜物，頭也不抬地問。

「報告副座，一位外勤人員測謊有異常。」

丁孟原猛然抬頭：「是誰？」

「鄺家祥。他昨天回來述職，上午剛測完。」

「怎麼個不對勁呢？」

督察室主任告訴丁孟原，鄺家祥在被問到「是否為敵方情報機構工作」和「是否與敵方情報人員或者疑似情報人員有不正常關係」兩個問題時，血壓、呼吸、皮膚導電率等生理數值有微弱的異常反應。

「但最近我們用了新的輔助技術。」他遞給丁孟原一疊照片，同時解釋人一旦說謊，會有一些特定表情，例如皺眉毛、抬眉毛、嘴脣突出等等。「鄺家祥在這些表情上的反應很強烈，副座可以參看照片。」

丁孟原低頭看著這些照片，前後翻了幾張，不得要領。他一轉念，命令測謊員先回去。等測謊員出了門，丁孟原問督察室主任：「你有什麼建議？」

「一般測謊不過，至少要跟監一段時間。」

「你有人手跟監他嗎？」

「看你覺得這案子有多重要。」

丁孟原想起鄺家祥最近幾年的表現，心裡暗忖：「可不要都是中共餵食的假情報啊！」他當下告訴督察室主任：「所有進行中的案件，這件最重要。」

「那我有人手，沒問題。」

04

印表機吐出一頁又一頁的檔案。A4橫印，左邊三分之一是照片，軍服或西服，影中人的神情，正正是應該搭配著軍服或畢挺西服的那種制式的堅毅。

「中央軍委辦公廳」、「總參辦公廳」、「總參作戰部」、「總參裝備部」、「第二炮兵參謀部」、「第二炮兵裝備部」、「軍事科學院」……會議室的牆上，整整齊齊貼著七、八個單位名稱，紙上印著大大的粗體黑字。

伍維平手下幾個部屬在印表機和牆邊走來走去。每印好一張檔案，他們看一眼，確定檔案上的人所屬於的單位，就貼在單位名稱底下。每個單位的檔案多少不一，多的二十多張，少的三、四張。但總數一共是六十七張，這是剛才會議裡確定的數字。

伍維平站在一旁，靜靜看著檔案一張一張往牆上貼。看著「第二炮兵」底下的檔案愈來愈多，伍維平心想，一張檔案代表一個「待清查」的對象，個個都是高階幹部，也難怪二炮副政委政委要不高興了。

幾天前，保衛部長華志慶集合各單位代表開會，結束後特別把伍維平留下來，告訴他這起洩密疑案另有情報來源可以證實。隔天，伍維平再被找進華志慶辦公室，辦公桌上放著一份人物誌檔案：藍色封面穿線裝訂，封面姓名欄寫著「潘中統」，經歷只有一行「情報局上校參謀」，封面和字跡都很新，內頁只有一張紙，寥寥數行。但有六、七張照片，看來是新近拍攝的。

「這人是？」伍維平問。

華志慶的手指，點著照片中男子的臉。「臺灣情報局的一個上校，在局裡的名字叫潘中統。」

「什麼時候發現、確認的？」

「不久之前。這張照片是九四年九月拍的，當時他進了廣州……」

「嚇！膽子不小嘛。」伍維平忍不住插了嘴：「來見線人？」

華志慶點點頭。

「當時沒有『留住』他？」伍維平有些疑惑。「而且，怎麼現在才讓我們知道？這都多久了？

「這個說來話長。那時為什麼沒有逮住他，據說是當時接到信息晚了一點，找到、盯上他時，沒有發現他和任何人碰面。跟監了他一陣，他就突然從羅湖逃回香港了。」

「沒有任何證據，抓了沒用，就不打草驚蛇了。先讓他走也行。」伍維平邊說邊抓起一張照片：身穿深灰色西服的潘中統正走過一處飯店大廳。他盯著照片看了好一陣子也仍然不解，開口發問：「為什麼是『據說』？」

「這原本也不該你過問，但為了辦案，我稍稍跟你說一點。」華志慶用食指一指伍維平，繼續說：「潘中統這條信息不是來自軍內，而是公安部門。他們的說法是那時那條內線關係正在建立，還不鞏固，所以第一時間被他唬弄過去。直到前陣子從軍科院那裡發現了不對勁，我們召集各單位會議，要求各單位提供相關信息時，公安部又去『敲打』了那條內線，他才供出了潘中統的真實身分。」

「我明白了。您的猜測是以潘中統的軍銜和職務，如果要親自進入大陸到廣州見人，那見的肯定是個重要角色。」

「嗯……」華志慶含糊應了一聲。

「但這位潘中統見的人，不一定和我們手頭上的案子相關啊。」伍維平再質疑。

「對。目前看不出任何關聯。但告訴你這一段，主要是因為時間接近——潘中統到廣州的時間是九四年，緊接著就是對臺演習了。私下說，我的感覺是九五、九六兩場演習，輿論和戰略布署都落在下風，臺灣當局根本有恃無恐，美國看起來早有應對準備——結果你也看見了。」華志慶停了停，又說：「我們就先假設這兩件事情相關，潘中統進來會見的間諜，向臺灣洩露了導彈演習的機密。而這些機密信息，就反應在顧仲達發表在美國蘭德公司研討會的論文裡——至少發表一部分。你查查這個假設能不能證實。」

伍維平根據華志慶討論的結果，決定就以顧仲達的論文為範圍，清查可以接觸到其中機密或敏感資訊的相關人士。他先把層級設定在少將以下——「真的上了中將，也不是我們查得了的了。」他心裡自言自語。

伍維平召來下屬商討，確定哪些單位、哪些崗位的人員可以接觸到這些信息，大致匡定了範圍之後，伍維平祭出上次會議的「尚方寶劍」：總參謀部、第二炮兵、軍事科學院等，一個一個機關舉行會議，要求他們提供這些崗位上的人員姓名、資料。一如預料，二炮被列入的人最多，二炮政委幾分鐘前才氣呼呼地質問為什麼要調查這麼多二炮部隊軍官，伍維平只能嘆口氣，無奈地聳聳肩，然後再追加對方另一個工作：清查潘中統進入廣州當時，因各種原因不在北京的二炮部隊軍官。當然，伍維平也對其他單位代表做了一樣的要求。最後一共過濾出六十七個人。

這六十七個人的檔案，現在一張一張地貼在保衛部大會議室的牆上。伍維平也認為應該過濾頻繁進入中國大陸，行動型態符合「情報交通員」的臺灣人，他盤點著所有的人際關係網路，想著在公安邊防部隊裡，有沒有什麼關係可以讓他不著痕跡地拿到這些資料。但反饋來的消息不妙——人數太多，根本查不了。

他。「等等，你那張給我。」看到一位屬下拿著一張檔案準備要貼，伍維平心念一動，叫住了
「這份收在我這裡，不用貼了。」

05

冬去春來，那份檔案在伍維平抽屜裡躺過了年。過去三個多月，伍維平就不太願意開這個抽屜，這份檔案或許代表了他隱隱猜到，卻不願面對的事情。

大年初三，年假未過，原本緊張的排查也暫停幾天。伍維平回想過去的進度：二炮總部這一位那一天在家裡，有家人作證；總參謀部那一位奉令到東北出差，核實無誤……隨著一個一個對象確定了行蹤，貼在牆上的照片一張一張撕下來，愈撕愈少，逼得伍維平只能不情願地打開抽屜，拿出馮潼的檔案，抽出照片盯著看，看到失了神時，他耳邊似乎聽到了槍聲，那是手槍，手槍打響時，像有個炮仗在你的鼻頭前方炸開。

伍維平那年十五歲，他和馮潼的兒子馮立綱兩人說好了初中畢業一起參軍，馮潼總是帶他們到部隊的靶場，拿手槍讓他們一人打兩匣子彈，伍維平開過兩、三槍，習慣子彈的爆炸和震動後，就少見脫靶。

「維平你行啊！比我們家兒子打得好得多。」馮潼樂呵呵地稱讚：「看你那瞄準、開槍那會兒的眼神，跟你爸爸一個樣……對了，前兩天你爸爸祭日，去給他上墳了沒有？」

伍維平沒答話，只怏怏地點了個頭。他正忙著瞄準靶心，一發一發開著槍，這是打完了兩匣子彈後再多要來的，他在這裡找到了樂子。馮立綱站得遠遠的，揉著耳朵，表情無奈。

伍、馮兩家兩代交情。馮潼一參軍就認識伍維平的父親，兩人內戰時一起幹革命、文革時一起挨批鬥，伍維平的父親在文革期間染上肺結核撒手人寰，只留馮潼一個人在改革開放後平反，重新任官。同樣出身軍人家庭，伍維平和馮立綱都選擇參軍，但之後各自發展，馮立綱跟著父親的腳步走上了軍工專業，伍維平則選擇了保衛部的反間諜、反情報工作。但馮潼對這位老戰友遺孤一路照顧，力保他進入政治學院，好讓他更上層樓。

當馮潼怎麼也無法被排除時，伍維平愈來愈煩躁。他想起兩天前，一位部下試探性地問道：「是不是總後的名單裡，還有位首長的檔案在您這裡……」部下話還沒說完，伍維平無名火起：

「你說的是馮將軍？你是提醒我要調查他？你們一定不知道他是誰。」

伍、馮兩家的交情在部屬之間不是祕密，無故吃了排頭，部下也只能退下不再多說。但之後針對總後勤部的調查報告一件件送來，結果更讓伍維平驚恐莫名。因為馮潼其實已經退休，剛退休的高官，有時是後輩會拿著業務來向他請教；有時也能去老幹部局看看文件——多半是一些傳達中央政策的文件。總後政委告訴伍維平，經過他們的明察暗訪，馮潼對於「老幹部看文件」這件事異常熱衷。後輩帶來請教的案子，他有時會在手上留過夜，第二天才奉還。上門請教的晚輩縱使覺得不適合，卻也不好多說什麼。

如果總後的調查報告，是一鞭子一鞭子抽在伍維平心上，那二炮副政委的一句話，就是打中心口的最後一槍：「不只一位同志向我們坦白，馮潼曾經探問過導彈技術的各種問題。這些同志的共同點，都是來自總後，和馮將軍有些老交情。」

最後的答案不斷在伍維平的心裡探出頭來，但伍維平七手八腳，用盡力氣壓著蒙住它的黑布，「或許會是別人」、「或許還有其他可能」……伍維平如今的各種布置，例如在會議室裡布置一面「嫌疑牆」，都是在推拒最後答案的到來。底牌就在眼前，伸手就能翻開。

隔一天，總後的報告傳來：潘中統在廣州那兩天，馮潼也不在北京。看完報告，伍維平深吸一口氣，召來下屬，下令：「開始監控馮潼的行蹤和電話。」

第十六章

01

伍維平接到通知「目標出現」，氣喘噓噓趕到東方逸都十四樓這個小單位時，一幫參與專案的兄弟已經守在這裡超過八十個小時了。根據過去一個月跟監馮潼的經驗，每隔三到四天，馮潼會在這裡過一夜。所以今天一早伍維平情緒特別不安，在辦公室，為了一個小伙子遲到了兩分鐘，大發一頓脾氣：「如果剛才通知要緊急出動，你跟不上我們，你的事要誰來做？你未來一個月不要休假了。」

這小伙子現在遠遠地跟在伍維平身後，不敢靠近。

伍維平手下監控的房間，和馮潼的工作室相隔兩個單位。三天前伍維平找上大樓業主，徵用了這間房，一樓的坐班也換上自己人——原本三個年輕保全意外得到五天假期。另一批人換上清潔工的服裝，進了馮潼的工作室裝了六個竊聽器，客廳起居間四個，房間兩個。

伍維平一進房間，下屬回報馮潼進去一個小時之後，有一個年輕女人敲門進去。伍維平趕到前，女人才剛進門。兩人寒暄問候的聲音從清晰地從喇叭裡傳出來。

一股熱氣從心口往上推，伍維平焦躁難當，他下令部下拿好工具，準備破門抓人。因為他不知道接下來要發生什麼事，如果喇叭裡傳出更不堪的情節，哪怕證據還沒有出現，他也要中斷兩人的會面，不能讓馮潼在叛國之餘，再多一顆淫穢的印記。

所幸——該說「所幸」嗎？馮潼房間裡的聲音一如預期：馮潼點數著資料交給女人、女人結結巴巴地轉達接下來要求情蒐的問題。言談中提到了澳洲、提到了「歐總經理」——伍維平幾乎確定這個人就是曾經進入廣州和馮潼接頭的潘中統。

交換完畢，兩人會面即將結束，伍維平招呼部下輕聲堵到馮潼的單位門口，門後鎖一打開，幹員推開門一湧而入。

02

伍維平遣走了所有手下，訊問室裡只剩下他和馮潼對坐著。馮潼像一尊石像一樣坐著，兩眼直視前方，卻看不出來聚焦在哪裡。

幾天前，保衛部部長華志慶找上伍維平，特別要求鎖定馮潼為主要調查對象，「儘快出結果，向我彙報。」伍維平好奇這個額外的要求，但華志慶只說：「來自上頭，最上頭。」就絕口不再多說一句。

馮潼穿著一身灰色的家居服，純棉材質輕軟保暖，這是伍維平特別差人給他買的，因為伍維平知道，進了這間訊問室，沒有十天半個月是出不去的，而馮潼更不會希望家裡知道自己出事了，至少不要現在就知道。

伍維平關掉了房間的監視器，再看一眼錄音機，確定它也是關上的，跟著對馮潼喊了一聲：「馮伯伯……」

「伍副，這是公務場合，我雖然是待罪之身，但軍銜還在。我們互稱軍銜職務，就不敘私人關係了。好不好？」

「明白，遵命。」伍維平努力收起情緒。正要開口問話，馮潼搶著打斷他：「你的手下，不讓他們進來記錄嗎？」

伍維平支開屬下，原本想和馮潼私下談談，了解為什麼會有來自「最上頭」的指控？是冤假錯案亦或是馮潼得罪了人遭到報復？

但馮潼直接拒絕了這位晚輩的好意。伍維平會過意來：在總後大院，伍、馮兩家的交情人所皆知。馮潼的事眼前是極機密，日後必定要傳開，他做為主辦官，如果有一點偏失，必然招致物議。馮潼讓手下進來，答問之間都有見證，無非是做為父執輩對他的保護——最後的保護。想到這裡，伍維平心頭又是一酸。

伍維平開門探頭出去，把兩位手下叫了進來。重新打開監視器和錄音機。

伍維平坐回馮潼的對面，出聲發問：「馮將軍，您是不是承認為臺灣軍事情報局從事間諜活動？什麼時候開始的？又是怎麼開始的？請您自己先詳細交代情況。」

馮潼點點頭，平平靜靜地從薛智理策反他為情報局工作說起。他記得伍維平帶著人衝進情報局出資為他租下，當作「工作室」的公寓時，一位幹員脫口而出：「這是總後第二個。」馮潼心裡有數，自己是總後「第二個」，那「第一個」的薛智理必定已經曝光。事已至此，也就無需再為他隱晦。

但那位交通員小黃，他也被捕了嗎？馮潼心裡盤想著，儘管在不見天日的訊問室裡失去了時間感，但他和黃敏聰相約見面應該還在四、五天後。他心裡暗自祈禱，小黃如果發現不對勁，可要靈光一點，及時逃脫。馮潼一邊轉著思緒，一邊聽著伍維平的問題：「您和臺灣情報局的聯絡方式是什麼？聯絡人是誰？對方承辦參謀姓什麼叫什麼？」

「我的聯絡人，她和我說的名字姓蕭，蕭婷玉，就是你們一起抓的那個女人。」

馮潼證明自己的猜想：被抓的是蕭婷玉，沿著蕭婷玉查到他這裡來，黃敏聰看來還沒有被捕，當然，也可能是還沒有「上鉤」。馮潼此刻除了不供出他來，其他的已經無能為力，只能在心裡輕嘆一聲：「看小黃自己的造化了。」

「那個女人證件上的本名就叫蕭婷玉，你們是怎麼認識的？」伍維平點點頭，一步一步理順案情。但同時馮潼暗忖，伍維平沒有追問小黃，看來他應該還沒有進來。他稍稍放下了心，更專心對付伍維平的問題。

「我們不認識，是情報局負責我案件的參謀指定她和我聯絡的。」

「情報局和你聯絡的參謀是誰？」

「我都叫他歐雲年，歐總經理。」

「就是這個？」一張照片推到馮潼面前，裡頭的人正是潘中統，模糊的背景勉強看得出一、兩個金髮外國人，街景也像國外，拍攝的時間看起來就在最近。馮潼默默點了點頭。

「他叫潘中統，你們見過嗎？」

「見過。」馮潼點點頭，沒有保留。

「什麼時候見的？」

「案子剛開始時。」

伍維平低頭思索了好一會，語氣很小心地問道：「你知道潘中統現在被臺灣情報局派在澳大利亞？」

「我知道。」

「所以他人在澳大利亞運作你這條路線？通過蕭婷玉和你聯絡？」

「據我所知是這樣。」

聽著馮潼的回答，伍維平臉上浮起了不可思議的疑惑表情。這位三十出頭、出身東北的女模特兒被捕之後，伍維平的手下押著她回到下榻的套房。第一時間搜出來的錄音帶裡，錄的是馮潼對「海軍航空兵採購蘇-30戰機」的分析意見；相機裡拍攝的十八份紅頭文件，證實都曾經被馮潼留在家裡仔細研究過一、兩天。最重要的是，蕭婷玉的筆記本裡還留著要轉達馮潼的情報蒐集指示——她早該在背熟之後銷毀這張紙的，看來她不是受過良好訓練的交通員。

馮潼的供述，和蕭婷玉一切相符。而且恐怕還有馮潼不知道的情節：蕭婷玉供出了她的男朋友嚴聖邦。嚴聖邦原本也是臺灣情報局幹員，退伍後移民澳大利亞，往返大陸做生意。目前看來整起事件，就是潘中統從澳大利亞，指揮已經從情報局退伍的老部下嚴聖邦和他的女朋友蕭婷玉和馮潼聯絡，構成一條情報傳遞路線。

事實看起來就是這樣，伍維平命令兩批人馬出發，一批往廣東追捕「玄武一號」薛智理；

一批往山東抄查魯峰公司，只是邊防武警剛剛回報郭宇千目前不在中國境內，是故至少要帶回共犯沈于雁。但伍維平心念一動，下令監控馮家的對外通訊暫時不撤，必須繼續下去。

果然，幾天之後，一個從香港轉機飛到上海的臺灣訪客，依著約定好的時間，打通了馮潼家裡的電話。

03

馮潼躺在訊問室的床上，輾轉反側。他不知道是因為生理時鐘從背後拉著他——時間還沒到，不能睡；或者是黃敏聰被捕的消息，讓他感覺全盤皆輸，萬念俱灰。

幾個鐘頭以前，一張照片推到馮潼面前。「認得這個人嗎？」伍維平問。

「認得，叫王傑。是我的聯絡人。」馮潼說的是黃敏聰的化名。算算時間，應該是他按著約定的時間到了大陸，在聯絡時被專案組盯上，沒能逃過這一劫。

「你的聯絡人？聯絡人不是那個女人嗎？怎麼又多了這個人？」伍維平問。

「兩個都是，各自對不同的路線。」

「那這個人不是對潘中統的？」

「不是，他是對臺北情報局本部，另有一個參謀。」

所以是兩條路線同時拿馮潼的情報？伍維平對於這樣的布署感覺不可思議。「那這個你叫他『王傑』的大個子是什麼底細？」伍維平問。

「是情報局現役少校，本姓記得姓黃，名字他對我說過，但我沒記得。」馮潼仍然以為黃敏聰是情報局現役少校，他想事已至此，小黃最終也沒逃過，沒有什麼事情需要隱瞞了。於是就原原本本地交代了在一九九五年，承辦人換成胡聞天，交通由黃敏聰接手的情節。

「這……難不成是他們內部出了問題？」伍維平忍不住插嘴。

「我也覺得不太對。」

「那您為什麼同意繼續給他們幹？何不就趁這個機會脫離了呢？」

「因為潘中統不久就給派到了澳大利亞，我希望我的孩子將來退下來以後，有機會帶著家人到西方生活。你知道……解放軍這樣的背景要移民不容易，潘中統答應給我幫忙。」

伍維平這時才有了解開了這盤棋局的感覺。原來馮潼這幾年是為「一明一暗」兩條線同時工作。明線是黃敏聰、胡聞天；暗線蕭婷玉、潘中統。這也說明了，為什麼馮潼除了自己能看到的文件及獲悉的信息以外，需要冒著曝光的風險和其他人打探消息。而也就是這些被馮潼接觸、打探消息的人，慢慢地把馮潼的異常行動傳成耳語，讓馮潼成了伍維平領導的專案小組首要監控的對象。

「你說那位潘中統答應幫你的下一代移民到澳大利亞？」伍維平的語氣裡流露出擔心，他深怕馮潼的兒子——自己幼時的玩伴，現在的好朋友，也涉入了馮潼犯下的間諜案。

「你放心，他們都沒有參與，也不知道我做的事情。」馮潼聽出了伍維平的不安，所以反過來安慰他一句。伍維平點點頭，表情既釋然，又痛心。但他也知道，就算馮潼的兒子沒有參與父親的行動，但只要案子一爆發，他在軍中的發展也勢必到此為止。移民國外，恐怕更是不可能了。

「馮將軍，這麼背叛國家，您究竟是為什麼？」伍維平幾乎是咬著牙問出這句話。

「你覺得我是為什麼？」

「我就是不明白，我和馮立綱一塊長大，你們家的家底，我太清楚了——不吃喝玩樂，不多花錢，一個再單純沒有的軍人家庭。為什麼您會走上這條路？難道是給人算計了？落了什麼把柄在臺灣情報局手上？」

「你懷疑我給臺灣方面怎麼了是嗎？」馮潼低頭一笑，神情有些悽涼。「沒有你想的那些。都是我自己願意這麼做的。我是幾乎打懂事起，就聽著大人說中國共產黨的好。我十七歲那年，全國解放，新中國建立了。其實東北解放得更早，那時我念中學時，延安來的老師們年輕、熱情，他們講唯物史觀，其實我沒怎麼聽懂，但毛澤東的《新民主主義論》：中國革命的兩步，第一步，改變這個殖民地、封建的社會，變成一個民主社會；第二步，建立一個社會主義的社會。國體，是各革命階級聯合專政，政體，是民主集中制……那時聽著，真是激動人心啊。」

「您覺得現在的中國，不是這個樣子？」伍維平問。

「不是，差得遠了，而且愈來愈倒退。」馮潼眼見伍維平似乎要插嘴反駁，忙不迭地接著說下去：「別的不說，就最基本的以『真正普遍平等的選舉制』來建立政府，我們建立了嗎？或者準備建立了嗎？完全沒有。新中國建立了五十年，但我們參軍時奮鬥的目標，實現了多少？」

「但您也知道，這中間是有些政治波折的。」

「我知道，所以我都撇開文革那一段錯誤不說了。文革結束，多少愛國、有能力的學者、幹部、專家都平反了，胡耀邦同志，是帶給我們希望的總書記。整一個八〇年代，奮進昂揚。我們感覺動盪混亂結束了，中國是有未來的。但胡耀邦為什麼失意而死？趙紫陽怎麼下的臺？之後怎麼樣？你那時也長大、懂事了，也就不用多說了。」

「好吧，馮將軍，就算我先不反駁您認為的，中國政治沒有進步這種看法。但改革開放二十年，經濟的成就您不能不承認吧。我們老家多少以前根本吃不上飯的家庭，現在不僅用錢都有敷餘，蓋樓、買電視、買冰箱的都有。」伍維平語氣激動了起來：「再看看馮將軍您掛心的解放軍，『八三工程』美國人抽手，我們自己搞，我們自產的蘇式戰機『殲十一』也首飛了。多少軍工項目我們都自力搞上去了。這些，您是專業，都比我清楚。為什麼您要對自己的軍隊痛恨到這個地步，恨到寧可去幫別人來傷害我們？」

「我是恨，恨鐵不成鋼。你說的那些我都知道，還有更多你不知道的，我都看在眼裡。你和領導們、老百姓看到的結果可能不壞，但付出的代價太大，太多浪費，太多貪汙。你們看到結果，我看到的是過程。這結果可能還行，但明明它有機會出更好的結果，如果少一點私心，少一點中飽私囊……。」

「過去那些不行的，我也承認。但我們就已經朝著好的方向發展了，不是嗎？我知道您之前很嚴厲批評過軍隊經商，說它殘害了部隊的戰力。但現在不是也改革了嗎？這一塊能改革，也是基於有經濟發展的成果，部隊待遇先要改善了，戰力不也就上來了？」

「經濟發展了，它就能一直發展嗎？我認為小平同志說的才是對的：『不改革政治體制，就不能保障經濟體制改革的成果。』這個『頂層設計』的說法，我想你肯定知道。我前頭說的，國家、軍隊強起來的過程，出現了巨大的浪費，形成貪汙的溫床。都是政治體制不改革、不民主造成的。」

「那您這麼背叛國家，幫著臺灣、美國、日本，就能讓咱們改革嗎？」伍維平再把話題帶回主軸，他依然不明白馮潼的動機。

「你不要搞錯了，我幫的是在臺灣的國民黨。這裡頭沒有美國、日本什麼事。」馮潼語氣嚴肅地說：「我在偽滿州國治理下出生、長大，但心裡始終認為自己是中國人，政府總有一天要打勝仗，回東北的。抗戰勝利到解放前，我做了四年的中華民國國民，這就是做中國人，之後她去了臺灣，但我認為我和她是有牽連的，這和對偽滿完全不一樣。」

「但現況就是，臺灣和美日都是一夥的。分得開嗎？」

「當然得分開。」馮潼說：「這幾年改革開放，電視上能看的東西多了，《參考消息》、甚至外頭的雜誌報紙都能帶進大陸，我們也都看得到了。國民黨能接受群眾投票的考驗，這才是真的搞起了民主。」

「結果選出了個李登輝——這個搞臺獨的日本皇民，那又算什麼？」伍維平恨恨地反駁。

「李登輝搞起臺獨這一點，我無話可說。如果你們要以這個責備我，說我是幫著李登輝『搞臺獨』，我也無從反駁。」馮潼突如其來的「認錯」，讓伍維平嚇了一跳。「但就我的看法，在臺灣，反對臺獨的人還是很多，我不管是報上看到，或者是接觸到的國軍軍人、情報局幹部，他們大部分也都反對李登輝的。」

「那是說給您聽的吧？騙您的。他們要那麼反對，怎麼不把李登輝推翻了？」

「因為人家已經是民主體制。現在是一九九九年，明年任期一到，李登輝怎麼他也得下去。下一任領導人，只要不搞臺獨，那臺灣的民主成就，就還是中國人的希望。」

「馮將軍，您涉嫌為境外政府和間諜組織工作，背叛國家，為的是這麼一大串理由？」

「我犯的罪，想來逃不過死刑。這時落網被捕，除了對不起家人、孩子和單位上受我牽連的同志以外，我很坦然。你說我『叛國』，我有話說。我做的事，防止了兩岸開戰，保護了中國人政治改革的標竿希望不被消滅。我覺得我更多是『愛國』而不是『叛國』。」

「馮將軍您有沒有想過，做為一個軍人，不需要有那麼多心思？」伍維平說。

「但我做為一個人，必須要有我自己的追求。兩個月以後，我肯定已經死了。人家怎麼看我？我給自己的評價是：既是歷史的功臣，也是歷史的罪人。」

暫時結束了對馮潼的審訊，伍維平回到自己辦公室，胸口說不出的氣悶。他進保衛部工作超過十年，偵辦過的案件裡，受到美國、英國、日本甚至臺灣策反吸收的間諜不是一個兩個：他曾經在一個房間裡搜到過一張用鈔票填塞成的床墊，只因為嫌疑人收了太多現金，不敢存進銀行；當然，到澳門或泰國賭場裡，把貪汙的錢兌成籌碼，再「洗」成一張賭場支票，更是標準程序。

但這些貪官汙吏，一旦事發被查獲，有人跪在伍維平面前磕頭求饒；有人受不住驚嚇當場昏厥；更有人趕緊裝起一袋錢，問伍維平：「放了我吧，這些夠不夠？」但這句問話通常換來的是被伍維平一腳踢翻在地。

但像馮潼這樣，受審訊時自在平靜，面對質疑還能神色自若講著自己的動機——偏偏聽起來又句句在理，最後還靜靜等待著處死這個終局的嫌疑人，他這一生還沒有碰到過，也希望不要再有第二個。

伍維平的胸口像被重壓得吸不進氣，想起從小到大，自己與馮兩家父子兩代的交情，他失聲痛哭。

第十七章

01

丁孟原打開一個檔案夾，從一疊照片裡抽出一張，放在黎玥兒的檔案照旁邊。對著孫衍樑說：「就是同一個人。」手勢動作，像個梭哈賭客開底牌。

那疊照片的主角是出遊的一男一女，有些在飯店的大廳或餐廳，有些在天祥、太魯閣、七星潭。地點不同，但唯一相同的是，照片中的男女牽手摟腰，明顯是熱戀情侶。照片中的男人正是鄺家祥。

「這些照片是？」

丁孟原不等孫衍樑問完，直接回答：「我前陣子把鄺家祥召回，名義上要他述職、發獎金……之後放了他幾天假，給了他幾張花蓮美華飯店的住宿券……果然兩個人一起度了假。」

「所以鄺家祥和黎玥兒的關係，就是這樣了？」孫衍樑順手翻看著這一疊照片，恨恨地說：「黎玥兒是紅燕子，鄺家祥中招了？」

「也還不一定。」

「怎麼說？」

「因為黎玥兒的照片和檔案……」丁孟原指指檔案裡的照片。「就是鄺家祥帶回來。專案開始時還向我們簡報過。所以鄺家祥對這個女人，並不是毫無警覺的。所以她和鄺家祥究竟怎麼回事，可能還要再看看才知道。」

「要把他改調內勤嗎？」孫衍樑問。

「他現在如果在局裡，人員進出、組織變動都看在眼裡，甚至可能發展網路，這會很危險。但他現在一個人在外頭，和其他同志橫向沒有聯繫。如果共產黨拿他餵我們情報，我們也可以用這條線操縱他們。倒是……不一定要動他。」

「呃……局長有什麼指示嗎？」孫衍樑突然意識到自己和丁孟原是在李光權辦公室。李光權從剛才到現在，一直靜靜地沒有出聲。

「要依我的意思，調整一下，丁孟原你直接指揮他吧。」李光權放慢了速度，邊想邊說：「給他的情報蒐集要項，想好了再給出去；他報回來的情資，有可疑的就註記，或者根本不要發給研析。暫時先這樣，隔一段時間，摸清楚他的情況以後，我們再來商量該怎麼處置他。」

李光權的意思很明白：不抓人，留著鄺家祥當做「餌」。

「反向操作內間，發送謀略情報，這不容易吧。」孫衍樑聽完了李光權的安排，仍然質疑為什麼不調查清楚後直接逮捕鄺家祥？

「反間留著比抓起來有用。」李光權講了一大套「反間難得」的道理。但孫衍樑反問：「如果在操作期間消息走漏，或者鄺家祥察覺不對，索性叛逃了，情報局豈不要揹上千古罵名？」孫衍樑以往從來不曾在部屬面前質疑李光權，這一次雖然語氣仍然溫和，但態度非常堅定。一時間讓李光權感覺碰上了個軟釘子。

「這麼好不好？」解圍的還是丁孟原：「邊操作邊蒐證，等機會抓人。」他建議，先按照李光權的方針操作鄺家祥這位反間，同時留下證據。未來一旦需要收網，立刻就能抓人，而且證據確鑿，在法庭上都能站住腳。「時代不一樣了，愈來愈民主，情報局還能用『家法』處置的時代已經過去，我們得多蒐集證據。」

「你有什麼想法？打算怎麼下手？」李光權問。

「簡單又有效的老方法：把『染色』的訊息放給鄺家祥，等著觀察它在哪裡出現。」

「但另外還有一個關鍵環節，我目前還想不到。」丁孟原說。

李光權和孫衍樑同時用眼光投過來一個問號。

「今天我們就算能夠從中共內部，發現我們放給鄺家祥的『染色訊息』被報上去成了情報材料，但我們最後抓人辦人時，不可能讓外界知道我們的內線。因此，還是需要有一個能夠實實在在的，他洩密中共的證明。但怎麼布這個局，我一時還想不到。」

「這的確要想想。」李光權聽完，低頭想了好一會，說道：「你下去看看該怎麼辦，提兩個計畫，我們再研究。」

孫衍樑默不做聲，眼前他也只能接受這個折衷建議。

下班鈴聲響起，李光權才回過神來，竟然一談就談了大半個下午。「差不多了，你們先回去吧。」

丁孟原和孫衍樑走出大樓，局長座車周到地滑到兩人跟前。丁孟原不想再經歷下山路程和孫衍樑同車的不自在，隨口說了一句：「局長您上車，我上大直吃個豆漿，晚上加班。」

孫衍樑點點頭坐進車裡，丁孟原大步往廣場走去。六、七輛通體墨綠的交通車排著隊，引擎聲規律地「轟轟轟轟」響著，一時間廢氣四溢。內勤職員從辦公大樓一波一波走出來，三三兩兩坐上車。丁孟原打算就隨便跳上一部車，搭到山腳，再走回情報局。

第一部交通車還開著門等人，丁孟原站在門外，等著一到開車時就往上跳搭便車。西下的夕陽照得他睜不開眼。打起手棚一遮，看到一張熟悉的臉。

走近前來的是李吉仲，年過六十的密碼教官。平日的工作是密電破譯，但一有新進人員報到，歷練各單位熟悉業務時，密碼破譯第一線實務，十之八九都交給他手把手地帶，用的教材也是他編的。李吉仲是國安、情治系統中少數親歷魏大銘調教的破譯員。魏大銘當年在蔣中正麾下號稱「電訊之王」，和情報局的祖師爺戴笠的地位不相上下。過去情報學校的密碼也由李吉仲擔綱。

李吉仲圓鼓鼓的身材，總是笑瞇了眼的態度，很受學員歡迎，只是一口濃重的河南腔，讓近年愈來愈多臺灣籍、沒有眷村生活聽南腔北調經驗的新進學員大呼吃不消。丁孟原在情報學校待過幾年，安排、調度課程時和李吉仲有不少往來。當下熱絡地打著招呼。

「教官好。下班了嗎?您怎麼在這裡？」丁孟原記得李吉仲上班的地方應該不在陽明山局本部，而是位在三峽，被稱為「電訊技術研究室」的單位。

「回來開會，就直接從這裡下班，不回辦公室了。」李吉仲提著一個四四方方的保麗龍盒子，對著丁孟原打開，裡頭裝滿了冰棒。「來一根吧?」

「這個好，天氣真熱。」丁孟原拿一根，李吉仲自己撕開一根，兩人就在樹蔭下聊起來。

「你不是在山下情報局嗎？調差了？」紅豆冰棒化得很快，李吉仲輕輕甩了一下被滴溼的手。

「沒有。和您一樣，也上來開會。教官您那裡工作，還是老樣子？」

「嗯，就是那樣。沒有變。不過現在破密快多了，需要計算模式的可以用電腦。不過要找到破密的『路子』，還是要靠人，用經驗判斷哪幾條『路子』可行，交給電腦去算。不過原理都一樣的……。」

「的確，技術在進步。我前一陣子也在想，能不能有些新的方法，讓外勤的通聯加密更安全一點。」丁孟原說到一半突然想起，公開場合不宜談太多，於是又收住話。「這個有機會再去您那裡請教好了。」

「現在你們聯絡還是老方法對吧？不過這一套方法，是幾十年發展出來的，『一次一密』特別保險。想改變，可能還沒有這麼容易喔……呵呵……。」

排在最前頭的交通車司機用力踩了兩下油門，示意丁孟原「要搭便車快上來」。

「不過我們可以再來研究研究。先上車吧。」李吉仲說完，作勢轉身往後頭的交通車走去。

「好，有機會再去向教官請教。」丁孟原微一點頭，轉身上車。車門一關，他突然想起李吉仲最後那句：「一次一密，特別保險。」這八個字讓他腦袋像通了電，一顆燈泡突然亮起來。

02

午夜時分，胡聞天陡然坐起身。自己一聲驚叫吵醒了自己，內衣被冷汗浸得溼透。夢裡，他眼前有個人被架在老虎凳上，雖然看不到臉，但他「知道」那就是黃敏聰。看不到施刑的人，但一眨眼就有一塊磚頭往上加，每塞進一塊，一道鮮血就從大腿外側噴濺出來，受刑的人拚命左右扭動，卻沒有發出任何聲音。夢裡胡聞天想往前把黃敏聰救起來，雙腿卻動彈不得，他張開口也喊不出聲音。

無能為力，是胡聞天的夢境和現實。黃敏聰失聯已經三天。在香港的鄺家祥先是通知接不到人；跟著回報：黃敏聰在上海就被盯上，在市區直接被抓。

胡聞天心知肚明，這個恐怖的夢境，可能是黃敏聰正在經歷的真實。

這不是他第一次面對同志失事，卻是第一次在夢中驚醒最沉重的一次。他接下這個案子的聯絡官，只比黃敏聰加入早一點，感覺就是兩個人一起開創的事業。

他的夥伴黃敏聰如果被抓了，現在會在哪裡？還在上海或是押到北京？正被上刑逼供嗎？或者審問者正勸他一五一十全招出來，允諾之後就放他回臺灣？更重要的是，馮潼凶多吉少，但已經結束工作的「玄武一號」薛智理有及時逃脫嗎？

在外勤幹員失事的前幾天，這些問題都不會有答案。或者不要說前幾天沒答案，有時可能整個案子都帶著一個大問號結案。「玄武專案」會變成這樣的一個案件嗎？胡聞天沒有答案。一想起天亮後得上國安局開善後會議，他最後一點睡意也消失得乾乾淨淨。

「玄武專案分成『一號』及『二號』兩個階段。玄武一號一九〇年建案……」

「不用從頭說了。」李光權不耐煩地打斷了孫衍樑。「直接談……目前能知道多少人被逮捕了嗎？」玄武案由李光權所創，將他推上事業高峰，但如今他卻主持著玄武專案的第一場善後會議，評估損害。

「現在不確定的情況還很多，包括馮潼……」

「馮潼確定被抓了。」丁孟原心一急，打斷了孫衍樑的話。

「確定了？」李光權和孫衍樑兩人同時轉向丁孟原。

「我又找了人，在區內再確認了一次。還來不及和兩位報告。」

李光權和丁孟原長期共事，知道丁孟原行事的能力和風格，不方便也不需要再詢問他「再確認」的行動細節。看來，玄武專案是澈底斷線了，原本進行中的「玄武三號」策反也完全失敗。

「確定可以出來的人都出來了？」李光權轉向丁孟原。

「確定了。」

李光權點點頭，沉默了幾秒鐘。「所以我們被捕的人……只有一個交通……那個？」

「黃敏聰。」丁孟原接過李光權的話，「還不確定被捕，但出區沒有成功就失蹤，一直沒有聯絡上。」

03

在這個十來坪大小的房間裡，有一整面牆的書櫃。中、英、德文的戰史、情報、國際關係……李光權的藏書也不辜負這個高到天花板的空間。書櫃前一架帶著輪子的木質活動階梯和書櫃質地相同，是紋理細緻清晰的深褐柚木，帶著微微反射黃色燈光的蠟面。階梯約莫一個成人高，踩上去可以輕易收、取最上層的藏書。

這是李光權的書房，藏在一幢商業大樓的頂樓，一間金融集團的總部，集團的老闆是第一批進入中國大陸的臺商，從那時起就和李光權有各種「合作」關係，彼此互稱兄弟。租下這幢大樓後，老闆留了頂層一間辦公室給李光權當書房。

敬謝不敏的李光權原本只想拿這裡放放書，但來了幾次，逐漸喜歡上大樓頂層孤絕幽靜的氣氛，或者站在落地窗，往下望向敦化南路的一帶綠樹，這像他的工作，永遠的上帝視角。他愈來愈常在這裡讀書、沉思，或者約見人，特別是一些不方便進出辦公室的人，例如目前幾乎用著標準立正姿勢站在他面前的這個年輕人。

「對不起我沒有接到人，讓他被抓了。」

「我知道沒接到人，不是你的錯。」李光權用低沉平靜的聲調接著問道：「他們帶走你之後，問了你什麼？」

「我說我都不知道，只是被要求接人。他們拿照片問我：『是不是就是接這個人？』我說我不知道，我要接的人我之前沒見過。」

李光權轉過身面向窗外，好一段時間沒講話。年輕人等著等著，忍不住出聲：

「請問局長，我還要回去嗎？」

「你還要回去。」李光權緩緩轉過身來。

「回去太辛苦了，三天兩頭有人找我，壓力真的好大。」

「做我們這一行，不管在哪裡，沒有壓力不大的……況且……」李光權的口吻突然嚴厲起來：「況且，你自己犯錯在先。我們只是借用你犯的錯，給你一個將功折罪的機會……我們專案失敗了，他們一定要繼續查，會要你回臺灣來打探消息。我給你些材料讓你向他們交差。」

李光權邊說著邊打開抽屜，拿出一張字跡略顯模的影印公文遞給鄺家祥。鄺家祥看了一眼，突然神色慌張。

「局長，要我拿這個給他們？」

「對，這是你好不容易趁了個空檔，匆匆忙忙拍下的。」

「為什麼要告訴他們這個？這麼機密的人選？他們不就正在找這個人？」

「就是他們正在找，你給了他們才有價值。做就是了，不要問。」李光權把公文放進一個牛皮紙袋裡，以膠水密密封起來。

「我……我要夾在中間到什麼時候？等我這一段工作結束，回來一定沒事嗎？」

「我答應你，等這一段收了尾就讓你回來——帶著你的女朋友黎小姐，如果她願意的話。回來之後，我說你沒事你就不會有事。」

鄺家祥露出一絲懷疑神色，有話想說，但又被李光權的氣勢懾住，把話吞回了肚子。

「記住，這個人名一定要送到他們手上。」鄺家祥轉身走出房門時，李光權再慎重交代了一次，厚重的木門輕輕關上，也把李光權的最後一句話關在房間裡：「餘下的人能不能躲過這一劫，都看你了。」

04

國安局的會議室裡，李光權在主持會議的位置上一動也不動，雙手交握支著下巴沉思著。六天之內第二次召集善後會議，玄武案的損失還在擴大。

原本已知被捕的主要工作人員包括馮潼和黃敏聰，「玄武一號」薛智理狀況不明。不過李光權兩個小時前得到了新消息。「郭宇千剛才來找我，跟我說他的祕書沈于雁也被抓了。玄武案被抓的人，比我們目前知道人還要多，據郭宇千的說法，薛智理也確定被抓了。」

丁孟原問：「沈于雁是怎麼被抓的呢？」

「郭宇千說是他在山東合作的服裝工廠『魯峰』，通知他去領一筆二十萬人民幣的分紅，他要沈于雁去領，結果她一到了山東就被扣留了。對方要郭宇千自己進去把沈于雁『換』出來……」

「郭宇千，哼，不可能的！」丁孟原忍不住打斷了李光權的話。他心想：這恐怕郭宇千自己太托大，認為沈于雁和玄武案沒有關係，不可能被共產黨為難。但沒想到讓她一腳踩進了陷阱。

「那郭宇千要我們做什麼呢？」孫衍樑問。

「要錢，說要替沈于雁請律師打官司。還要我們賠他和山東那家軍企失去的生意損失。」

李光權停了一下，接著說：「開口要六百萬。」

「六百萬？」孫衍樑嚇了一跳，轉頭問丁孟原，「局裡有這種規定嗎？」

「補助家屬的律師費和『救援費』——例如需要打點官員的錢，規定是可以的。補償生意損失，也允許。但這兩筆錢都有上限，上限的數字我一下子記不得，等等回去再向局長報告。」

「一開口要六百萬，這也太過分了。」

李光權沒有接孫衍樑的話，自顧自地繼續說：「郭宇千還搬出了民進黨，他說，如果不照數賠給他，他就要去找陳水扁、謝長廷陳情。」

「啊！他媽的！」孫衍樑脫口而出：「玄武案的情節起碼是極機密，他要漏風聲就辦他。」

「要辦他當然可以，但他如果找上民進黨，就是要跟我們拚個兩敗俱傷。況且，馬上就要開始選總統了……。」李光權沒有往下說，但大家都懂，再一年就是總統大選，國民黨眼見已經是分裂的局面，獨立參選的宋楚瑜、民進黨的陳水扁，都在等著政府出現重大弊案。郭宇千也是算準了國安局、軍情局在這個當口，必定要來息事寧人。

「郭宇千不是給自己找麻煩的人，他的作風是再怎麼吵、怎麼威脅，最大的目的還是要錢。」丁孟原說。

「但我們不可能照他要的數給他啊。這依法無據。」孫衍樑微微反駁了丁孟原。

「不可能全給，但得要跟他談。孫局長你們回去，把局裡的規定找出來，定個數字跟他談。情況記得一直讓我知道。」跟著，話到嘴邊，李光權留了半句，沒有說出來。

「如果談不下來，我們再來向局長報告？」丁孟原反應快，把李光權原本要說的話說了出來。

「嗯！到時再說。」李光權點點頭。丁孟原能會意，如果郭宇千要得太多，超過情報局的規定，國安局可以把「缺口」補上。

05

勝敗乃兵家常事，玄武案的失敗看似由李光權定了調，但幾天之後，再度風雲變色。總統府突如其來發布：「免去李光權國家安全局局長職務，改任總統府戰略顧問。」

從情報局長到國安局長，李光權擔任情報首長的時間之長，堪稱政府遷臺以來數一數二。他為什麼下臺？又為什麼以這種方式下臺？官場中流傳著各種耳語。一份專門以揭密、爆料聞名的大八開雜誌，隨即登出一篇「李光權下臺始末」，署名的記者以勤走軍中將領路線著稱，他繪聲繪影地描寫了李光權如何從國安局架空情報局，一手掌握玄武案運作，最後因為剛愎自用，造成敵後間諜網慘遭中共破獲，「據傳為國軍工作的『將軍級』間諜被捕犧牲。」這篇報導最後引用「情報局高層人士」證實，李光權正是因玄武案失敗而負責下臺。

06

李光權下臺了，孫衍樑現在得自己承受玄武案失敗的責任。他需要在敗中求勝。他招來丁孟原，談起了李光權已經發覺鄺家祥有問題時，故意不抓人，留著做假情報操作運用的「謀略作為」。

「好吧，這個你說的『謀略作為』，它究竟有多大成效？要做到什麼時候？如果放任他這樣下去，他發展了組織，又甚至一感覺到不對，先逃跑了怎麼辦？」孫衍樑盯著丁孟原，等著他拿出說法。

丁孟原沒辦法否認孫衍樑所說的，操作、布署雙面諜的風險。要說情報績效，既不可能立竿見影，甚至我方藉著鄺家祥這樣的管道放出的假消息，究竟影響了誰？怎麼影響？大多數時候根本無法確認。這種情況下，要不要做這麼細密的操作，就取決於情報首長的企圖心。但孫衍樑的企圖心，目前表現在另一個地方。

「如今玄武案還在收尾，這麼大的一場失敗，不僅上頭的觀感不好，自己同志間氣氛也很低迷——我相信這種事守不了密，遲早要傳開的。」孫衍樑深吸一口氣，接著說：「玄武案我們失了分，要在鄺家祥的案子上要回來。一報還一報。」

丁孟原把到嘴邊的反對意見吞了回去。留著鄺家祥，繼續操作這個雙面諜，沒有首長的支持，特別是願意擔負箇中風險，幾乎是不可能的事情，李光權既然離任，「人去政息」也就是必然了。

孫衍樑見丁孟原不做聲，就直接開始布局如何動手：「你那時說把『染色』的訊息放給鄺家祥，再看看會在哪裡出現，這件事後來是怎麼做的？結果呢？」

丁孟原遞給孫衍樑一本雜誌《東亞時政》，翻開一篇署名「孫鼎權」的專欄，標題為「香港回歸在即，國民黨打死不退」。

「這個『孫鼎權』是《東亞時政》副總編輯閻海峰的筆名，我們幾乎肯定他至少是受中共國安部指揮的人——不是編制幹員也是外圍。他是國安部的『筆隊伍』，文章內容大多是國安部刻意放出來，測輿論風向的訊息。這裡頭說到……」丁孟原低頭讀起了文章：

「據大陸可靠消息透露，臺灣情報局在九七回歸之後，不僅沒有撤退打算，反而將試探、利用一國兩制下香港身為自由港的空間，加派幹員，擴大活動……」

「鄺家祥有問題的證據，這裡還有。」丁孟原再遞上兩張剪報，一張仍然是《東亞時政》上「孫鼎權」的報導；另外一篇是《公匯報》的署名評論。這張《東亞時政》的簡報與上一篇內容相似，標題為「揭密：國民黨海工會駐港人員將與情報局合併編制，統一指揮」；《公匯報》則是針對「國民黨加強結交香港建制派人士，以利日後發展」，做了一番評論。

「他們怎麼這麼寫？這沒有的事啊！」孫衍樑出聲打斷了丁孟原。

「對，沒有的事。」丁孟原說：「這是我們發給一位不存在的同志的假電報。『利用一國兩制下香港身為自由港的空間』、『國民黨海工會駐港人員將與情報局合併編制』都是電文的原話，一字不漏。」

孫衍樑意會過來：「所以是鄺家祥把密電譯給對方？」

「不一定，也可能對方直接掌握了鄺家祥的整本密碼表。」

如今要靠密碼本當陷阱抓鄺家祥這個內鬼，孫衍樑必須更了解細節。丁孟原為他仔細解釋：「外勤用的密碼表，和局裡用的一式兩份。好比這次我用第五頁加密，你就用第五頁解密。用完一次就撕掉銷毀，下次用第六頁。」丁孟原閃過密碼教官李吉仲的臉孔，說出他的關鍵字：「一次一密，特別保險。」

「外勤同志不能把密碼表往後翻嗎？」孫衍樑問。

「不行。」丁孟原解釋：「為了避免洩密，密碼表不是像書一樣可以翻開的『本子』，而是四邊都用細線密密實實縫起來，這張用完了撕掉，才露出下一張。除非把整本拆開，但一拆開，返國述職的檢查就過不了關了。」

「如果他的密碼本還是好的呢？」孫衍樑問。

「局長考慮得沒錯，但還有另一條證據……我請胡聞天上來一下可以嗎？」

孫衍樑點點頭，丁孟原出了辦公室交代局長侍從。三分鐘不到，胡聞天出現在局長室門口，手拿著一卷檔案，孫衍樑示意他起坐下。

檔案翻開，是一本值日官日誌。胡聞天翻開一頁，孫衍樑一看日期，這是黃敏聰被逮捕那一天。正想仔細看內容，胡聞天先開口了：

「報告局長。這是我們的越交小黃被逮捕那一天工作日誌。我最近為了想搞清楚玄武案究竟出了什麼錯，想起當天值日官好像有回報相關的情資——我好像還簽了名。所以找回日誌重看，發現事有蹊蹺。」

胡聞天把日誌轉向孫衍樑，接著說道：「那天值日官接到一通陌生電話，說有一個自稱臺灣情報局的人，在上海飛香港的飛機上，臨起飛前被抓下飛機。這個人，當然就是小黃。但是……」胡聞天打開檔案，拿出另一份報告：

「根據玄武案的檢討報告，小黃是在上海市區被抓的，這段情節，參採的就是鄺家祥回報的情資。」胡聞天停了一下：「小黃只會在一個地方被抓，不是市區就是機上。我前天已經找到了幫小黃打電話的人，是位臺商，他目擊逮捕的全部過程，小黃的樣子描述得也對。所以是鄺家祥回報了錯的訊息？是情資錯誤？還是蓄意扭曲？我想好好問一問他。」

抓人的「鉤子」部署停當，孫衍樑命令督察室的幹員密渡香港，一方面蒐集證據，另一方面把鄺家祥的房間「清理乾淨」，因為不管如何，主人都不會再回來了。

07

小漁船慢慢駛進鯉魚門碼頭，阿泰一躍上岸，穿過對著魚缸裡的游水海鮮評頭論足的顧客，無視大聲招呼客人的侍者，默念著他記在腦袋裡的地址：油塘工業大廈。

工廈的電梯緩慢、寬敞而遲鈍，在三樓停住時發出不小的聲響，出門向右走到底就是三〇一八單位，鐵條交錯成的伸縮拉門裡頭是一道木門。阿泰按了三長聲電鈴，木門打開，一個三十歲左右的小伙子露出頭，隔著鐵條問：

「搵邊個？」

見到阿泰沒有立即反應，他會過意來，又問了一次：「你找誰？」

「我找阿豪。」

「哪一個阿豪？」

「天水圍來的阿豪。」

年輕人嘩一聲拉開了鐵門。對著阿泰點個頭：「臺灣來的阿泰？進來飲杯茶？」

「時間不多，直接出發吧。」

「也好。等我一下。」他反身進了屋子。再出來，手裡多了兩頂安全帽，遞給阿泰一頂，「走吧。」

「怎麼稱呼您？」阿泰問。

「你不是來找阿豪嗎？那我就是阿豪嘍。」

阿泰笑笑著跟他走到了樓下，跨上摩托車後座，車子前進時他低頭看了一眼帶在身邊的小指北針，確定車子往北走，方向大致不錯。只是油塘往市區這一路上都是鄉村風景，倒是和阿泰對香港應該是高樓大廈、車水馬龍的想像完全不同。經過一處廟宇，幾座高聳的花牌，大大的紅字寫著「恭祝天后寶誕」。

阿豪約莫騎了二十分鐘，在觀塘站外停了下來，「我們換換車。」接著帶他走進了地鐵站。先搭到藍田，下車再轉頭往九龍塘方向，藍田站開通不久，上下的人不多，很容易發現是不是有人跟蹤著他們。

過了兩、三站，車子從高架鑽進了地下，阿泰盯著著車門上方的地圖，盤算著下一站就是目的地黃大仙站了。

出了車廂，阿豪領著他走上路面，在一整排商鋪前停下來，打起了電話。「你等一下。」

「還有人來幫忙？」阿泰稍稍提高了警覺。

「不是說要我找個鎖匙佬……呃……開鎖的？」

約莫等了十五分鐘，一位鎖匠揹著工具包出現，阿豪用廣東話和他交談了幾句，阿泰大致聽得出來是要鎖匠跟著自己上樓開鎖，談完，阿豪掏出幾張鈔票付給鎖匠。

「好了，他會跟你上去，我就帶你到這裡。」阿豪任務結束。轉身走前，他把一張新買的易付卡塞在阿泰手裡，「我走嘍，Good luck!」

不到一分鐘完事，阿泰目送鎖匠進了電梯，心裡暗讚這老伯手腳真俐落，莫非也是「同行」？他心裡笑了一笑，閃身進了鄺家祥住處，順手鎖上門。香港人住家的狹小擁擠，讓阿泰頗為驚訝。這個單位不含浴廁，目測約六坪上下，一張床、一張書桌，加上茶几上的電視，就塞不下其他大件家具了。書桌軟墊底下壓著一張照片，一男一女的合照，背景風景秀麗，似乎是一處近港口的山道半途拍的。男的是鄺家祥——阿泰之前看熟了他的照片。女孩子不認識，出發前的任務提示也沒有提到這個人。他順手把照片清出來，放進袋裡。

臥室裡，隱藏在牆內的衣櫃給狹窄的房間省出了一些空間，阿泰順手拉開，一股樟腦夾著陳舊木器的氣味撲鼻而來。日常穿換的衣物都在，顯然他出發時不疑有他，認為就只是個兩、三天往返臺灣的任務。浴室天花板是活動的。阿泰心裡有數，重要的物品應該在這裡，只是未獲命令，他也暫時不動手，免得橫生枝節。

阿泰把剛拿到的sim卡塞進手機，撥了一個電話回臺北，「喂！老闆哪？搬家公司來了，要搬哪些東西呢？」

督察室主任掛掉電話，向丁孟原使了個眼色。丁孟原點點頭，把眼光投向會議桌對面的鄺家祥。鄺家祥兩手交握，不停搓揉著，他大部分時間低頭看著自己的手，偶爾抬頭張望一下這處陌生的會議室。會議室裡沒有原本他應該報告述職的組長，而是更高階的副局長、處長和帶著兩個手下的督察室主任。他以往沒有和督察室打過交道，但明白一旦督察室現身，就不是好事。他還不知道的是，為了防止他逃跑或者暴起傷人，隔壁會議室其實還有情報學校的武術教官待命著。

「你的密碼本放在哪裡？」丁孟原沉著聲問鄺家祥。

「密碼本……我沒帶在身上，不能帶在身上的啊。」鄺家祥開始感覺到事態不對。

「沒錯，不會在身上。我是問在你香港辦公室的哪裡？我們要做例行抽查。」

例行抽查？沒聽過這件事。但鄺家祥明白，這不是弄清楚有沒有「例行抽查」的時候。他低聲說：「在浴室，在天花板上頭。」

在香港的阿泰，接到督察室主任的電話，卸下一塊天花板，伸手一摸，拉出一個牛皮紙袋。阿泰把袋口往下一倒，一張一張密碼表散落一地……。

08

麻醉劑生效時，像螞蟻爬進了腦袋，一點一點吃掉人當下的知覺和意識，吃成一片空白。但這樣的空白只得幾分之一秒，大量的記憶立刻填補上來：

馮潼記起薛智理——他剛才不是在我旁邊？還在嗎？——不管了，我記得他，記得那個炎熱的中午，馮潼被連指導員逼著交出「右派」的名單，馮潼拒絕，被罰站到昏倒在地。薛智理哭著搶上來，拿起筆填上自己的名字。

馮潼記起了一位出身東北抗聯的首長，在文革時被搶槍的紅衛兵活活打死。他和薛智理年年相約到首長墓前，一根接著一根點完一整包中華菸才算掃完了墓。

在最後一根毒針扎進的手臂之前，馮潼想起六月三號晚上那個五十四軍的兵娃子，他找回部隊了嗎？那個交通員小黃，回得了臺灣嗎？

還有意識的最後一刻，他想起了對薛智理說的話：「等我幹完了，要走一起走；幹失敗了，要死也一起死。」

09

繞過了「忠貞清白」這面照壁，胡聞天提醒自己放慢腳步。戴雨農先生紀念館，一進門一股清冷的氣息撲面而來，除了局慶或重要上級視察，這裡平時不會有閒人進出，有人如果偶爾見到兩、三位同志服儀整齊地進入，大家心知肚明，不是新進同志宣誓，就是準備出任務前，或者回臺報到後到戴先生靈前致敬。

戴笠是情報局代代相傳的精神領袖[8]，儘管他最高軍階只到少將，但情報局用另立傳統的方式抬高他，不稱軍階，只稱「先生」，演變到日後，對情報局長一概只稱「先生」。

戴笠先生的字「雨農」成了情報局所在地的印記。直屬醫院叫「雨聲」，子弟小學叫「雨聲國小」，之後附近開辦另一所小學，直接以「雨農」為名。這一套命名文化由情報局本部溢出四鄰街區：跨外雙溪的「雨農橋」，局本部緊靠的「雨聲街」，陽明醫院另一側叫「忠義街」，從福林橋頭「忠誠公園」直通天母的林蔭大道則叫做「忠誠路」。

把戴笠之於情報局，比做封建王朝的創始太祖，雖然體制上不倫不類，但要論精神內涵，倒是十分貼切。即使時至今日，戴笠仍然如一尊巨靈，籠罩在陽明山腳下的這處街區。即使後人習焉不察，但他卻始終在那裡，以先生的名字和風格為記。

廟，先祖形貌所在也。在帝國京城，太廟供奉著開國太祖和歷代皇帝靈位。紀念館二樓的忠烈堂也有相似的況味。戴笠的全身塑像立在正中央，配祀左右的各有一幅畫像——鄭介民和毛人鳳，是其後的兩任局長。戴笠銅像背後是一面巨大的青天白日國徽，上方一塊匾額「碧血千秋」，兩側的楹聯「雄才冠群英山河澄清仗汝績」「奇禍從天降風雲變幻痛予心」。這對楹聯原本是蔣中正悼祭戴笠身亡的輓聯。銅像前方的長桌上供奉著一列列木刻牌位，都是在情報戰線上犧牲性命，立下重大戰功的同志。

忠烈堂布置意義不言可喻：情報局沒有一天不在祭祀戴笠，以及日後陸續奉祀進來的同志。即使叫「局慶」的日子，都訂在三月十七日，這不是它掛牌辦公的良辰吉日，而是一九四六年戴笠意外身亡的那一天。這是個「以死為記」的單位，陰鬱且莊嚴。

丁孟原站在戴笠銅像前，從背面只看得出他似乎正低頭默禱。胡聞天停在他身後約略三步的位置，輕聲叫道：「報告副座。」

受了點驚嚇的丁孟原回過頭：「是你呀，什麼事嗎？」

胡聞天亮了一下手上的公文夾：「急件公文，持會副座之後局長馬上要看到，是關於玄武案的後續……辦公室參謀說您在這裡。」

「好，不要在這裡說，到外頭去。」

下樓到了室外，光線一亮，胡聞天突然發現丁孟原眼眶泛紅，是剛才在忠烈堂默默哭泣過？他試探著問：「副座，怎麼回事？」

「心裡難受。」丁孟原沒有隱瞞的意思，「剛接到消息，馮先生、薛先生殉職了。」

「是……這一份報告就是……」胡聞天又晃了一下公文夾，意外撞上長官流露情感的時候，他一下拿捏不到分際，只能勉強擠出一句：「外勤同志的犧牲死傷在所難免，副座不要太傷心，保重身體。」

「這兩位，特別是馮先生，對中華民國的貢獻太大、太大了。沒能把他們即時送出來，是我的失敗，大失敗。」

「這……的確是。一、兩個月前我們還在策畫把他們接到臺灣。走海上密渡他們不放心，拿假證件冒名搭飛機風險太大。還在請小黃帶話和他們商量時，結果一班人都被抓了，連小黃……。」

「小黃有消息嗎？」丁孟原掏出手帕擦擦臉。

「沒有，還沒有開庭，但兩位先生已經處死，他的審訊應該也結束了。大概只等著開庭走過場了。」胡聞天停了停，又說：「不瞞副座，我前幾天也做惡夢夢到他。」

「黃敏聰？夢到什麼？」

「是。夢到他被架在老虎凳上，被刑求，磚頭一塞，血就從大腿裡噴出來……」

「坐老虎凳哪裡會噴血？你們當年的審訊課誰教的？」丁孟原勉強笑了一下。「你這個夢做的……」

「我知道老虎凳不會大出血啦。就是……這個惡夢做得特別恐怖。」胡聞天怎麼也想不到，會和長官像朋友一樣，談起自己的夢。不過能開口也好，太多話，原本不知怎麼說起。「不過這時候，不瞞副座，醒著和睡著了好像沒有分別。睡著了做惡夢，醒著也像在做惡夢。有時明明知道在上班，卻希望這場『惡夢』趕快醒來，小黃出任務平安歸來，一切如常。」

「你第一次碰上聯指對象失事？」丁孟原問。

「也不算，但這一次是最嚴重的。之前的，有的逃了；也有的對象，本來就不那麼讓人尊敬……」胡聞天趕忙加一句解釋：「當然也不是說那樣的對象失事了就不要緊。」

「我知道你的意思。我們聯絡、指導不少工作對象。我們這一行在哪裡都一樣，會走上這條路為我們工作的，有的是為錢；有的是被我們捉住了短處，有把柄在我們手上；有人為了報復長官同事……什麼樣的都有。但玄武案這幾位，特別是馮先生、小黃，都是少有私心，工作動機和思想最純粹的同志。我們說『投身』情報工作，他們真的是把自己的命賭進來。」丁孟原嘆了口氣：「這樣的同志失事，最讓人傷心，過不去。」

「副座遇過更多這種事吧？」

「有過，不過情節可不能說。」丁孟原搖搖頭，接著說：「其實不只我，局裡多少人，誰沒有幾件像這樣的傷心事，你幹久了就知道了。」

「那別人都怎麼過去的？你們遇上了，都怎麼過去的？」胡聞天問。

「沒有人過得去。只要還有一點良心，沒有人過得去這種事的。」

「那……」胡聞天一句語還沒問出來，丁孟原接著又說：

「你看著聯指的對象死了，坐牢了，身敗名裂，禍延朋友、家人。局裡沒有人願意自己的工作出紕漏，但再謹慎的人，都不可能完全不出錯。如果失事是因為你我辦事的人犯了錯，那我們就是揹著這個罪過，內疚地活一輩子。就算表面上不是你犯錯，不知道誰犯了錯——或者純粹就是那邊辦案手段太高明，你也一樣好過不起來，永遠會自己問自己：我有沒有機會讓他們不必失事？但沒有答案的。」

「沒錯，就是這個心情。都不知道該跟誰說去。」胡聞天低聲應和。

「這種事，我們敢說，誰敢聽呢？」丁孟原開了話匣子，語氣激動。「特別是馮先生這樣的對象，對國家最重要的案子，我多希望功德圓滿，把他兩人平平安安都接到臺灣過晚年。」

「馮先生……你記得他經常是用錄音帶錄音，小黃帶回來，我謄寫、整理之後再向上報告。」胡聞天眼光望向遠方某處，失了神的語氣空空洞洞的：「我記得他的聲音，低低沉沉的。每次錄音回來，我要一字一句謄寫，邊寫邊會想著見過一面的他的樣子。聽久了，謄寫多了，感覺他在對我說話。可能也真的是，他這些想法、心情，也只能對我說。像這樣的同志、長輩，如今一下子人死了……」

「我們這種工作，要揹上太多這樣的人命包袱。我們不比三軍其他單位，軍中其他單位，幹得愈久，軍階愈高，愈是春風得意。但我們不一樣，能幹上高階的，誰心裡沒有幾件這種說不出來的抑鬱？到最後只有個餘生苟活著的感覺，不停問自己：他們為我們死了，我們還活在這裡，領著獎金，說不定還頒勛章。你說，這他媽的究竟算什麼？」

話說到這裡，胡聞天接不下去了，只得沉默以對。過了一陣子，丁孟原回過神來：「不是有文要我簽字？」

接過公文，丁孟原一邊簽著字一邊問道：「你等會兒有事嗎？」

「把這份文送給局長以後就沒了。」

「那好，等下你到門口找我，我們去個地方。」

胡聞天回情戰大樓交了差，帶著狐疑回到門口。丁孟原站在發動的座車旁邊招呼他上車，胡聞天原本伸手準備拉開前門，丁孟原攔住他，「不要緊，坐後面。」

胡聞天和丁孟原沒有閒話可談，一路沉默地看著窗外，車出了情報局，上高速公路往北到汐止，接上了剛通車的北二高往南，穿過一座又一座隧道，下了安坑交流道，過了碧潭走上北宜公路，走沒多久猛一右轉，胡聞天認出到了青潭橋。車子向左一轉，開進了一個山腳下的小社區，丁孟原對著司機說了一句：「好，就到這裡。」車子戛然停住。

兩人下了車，眼前是一片山坡，有點陡，及膝的雜草間隱隱有條路，丁孟原撥著草往上走，胡聞天跟在後頭。走了幾十公尺，突然出現一塊平地，一座紀念碑矗立在空地中央。四周草地平平整整，顯然有人不時來清理。走近紀念碑，腳下感覺微微高起，原來是踏上了一片石板地面，紀念碑就立在石板地上，正面陰刻的字跡幾乎無法辨認，胡聞天憑著殘餘在筆畫邊緣的一點點金漆，勉強認出最底下似乎是「技術總隊」四個字。

「東南軍政長官公署技術總隊。」丁孟原搶在胡聞天開口前先出了聲：「技術總隊原本是我們保密局的單位，說『技術』，其實是爆破，在部隊撤退時或者潛到敵後，破壞橋樑、建築、鐵路這些基礎設施。

「當年老總統下野，李宗仁對我們恨之入骨，停了我們的糧餉。但局裡大部分的人都沒有散，工作沒有停。這個時候上頭把技術總隊移給了東南長官公署，派到重慶、廣州、汕頭這些地方破壞被共產黨接收的軍事設施。

「技術總隊移撥出去後，他們是正式編制，有糧有餉。所以局本部的同志都得靠技術總隊接濟，沒有錢，每個月送一批米來，局本部的同志和眷屬才有一碗飯吃。當年來臺灣的同志，大部分家屬就在局本部旁邊的芝山岩山坡上，搭個棚子、木屋就住下。吃飯時間一到，幹部連同家屬老老小小就到局裡餐廳開伙，揭得開鍋，靠的就是技術總隊給我們一點米。

「這件事現在的人也不說了，晚進來的像你們，應該都不知道了——這碑是本來就有的，他們自己立的，也許是駐地的紀念。我只是交代勤務隊要把這處碑維持好，情報局不要忘本。」

丁孟原一口氣講完了這座碑的往事，一如預料，胡聞天完全不知道這段歷史。但畢竟小時候聽多了父執輩說起跟隨政府遷臺故事，倒也能夠體會個六、七成。他邊想著丁孟原說的故事，邊抬著頭繞著這座碑轉了一圈。碑的背面刻著密密麻麻的字，整整齊齊排列著，字跡侵蝕殆盡，只能從鑿刻的痕跡——三字一組，間或有兩字、四字，看來出應該是人名，是當年技術總隊的將士，還是捐款立碑者的銘記，已然不可考了。

「我是來和他們道別的。」丁孟原突如其來一句話。嚇了胡聞天一大跳，他知道這位直屬長官帶著他坐了幾十分鐘的車到這裡，不會只為了講幾句傷春悲秋的閒話。但沒想到先是忠烈堂，後是技術總隊這座碑，都是向先人辭行的。胡聞天嚇了一跳，眼睛瞪大，嘴巴微張，不知道該接什麼話。沉默了半晌，囁囁擠出一句：「副座不是幹得好好的……」

「不好！局裡任何一個幹久了的人都傷痕纍纍，那可能好好的？」丁孟原臉上浮起一絲苦笑。「玄武案是這麼個結束，於我，似乎是個提醒：我們的時代走到頭了。該交棒讓位了。」

「是局長要你為玄武案負責的嗎？」

「其實沒有。沒有哪一位局長這麼說。但以後你就知道了什麼叫知所進退。」

丁孟原遠遠看到座車司機靠過來，探著頭張望他們是不是要走。丁孟原朝著他揮了揮手，作勢要他再等等。跟著又說：「其實也不只玄武案，就是覺得自己在情報局的生涯走到頭了。

我年輕時派到泰緬邊區，之後去美國、去歐洲，回局本部升了副局長，這已經是我們情幹班出身的幹部，能坐上最高的位置了。更不要說副局長的最後幾年，還參與了玄武案，事業上，可以說句『無悔』了。只是，雖然說無悔，但總是有遺憾。玄武案是一件……」

「副座要說到玄武案，我有想不透的地方。」

「怎麼說？」

「這兩天上班，一空下來，我就會拿玄武案的檔案東翻西翻，邊看邊回憶：是不是我真的哪裡做錯了，疏忽了，才害得小黃被捕？還是問題出在他或馮先生那裡？是行動時被人盯上了？還是被人設計……現在抓了鄺家祥，他是潘中統的小弟，但不是納編玄武案的專案人員，所以怎麼追，也只能追到潘中統。不可能追到換人之後的黃敏聰。」

「理論上是這樣。」

「再者，外頭批評李登輝那一段……」胡聞天突然停下來，猶豫著接下來的話該不該說，畢竟情報系統，尤其是資深前輩，討厭李登輝的人實在太多。

「你覺得呢？」

「我覺得批評他洩密的太不懂行了。怎麼可能因為那一句話刨出整個玄武案？」

「你說得對啊。那些其實是政治攻擊。恆信、恆不信的人，他們在乎的都不是事實。」

丁孟原突如其來的肯定，讓胡聞天嚇了一跳，但膽子也大了一些。

「如果鄺家祥、李登輝這兩條線都不能直接查到馮潼，那玄武案究竟怎麼回事？」

「你拿望遠鏡看月亮，就只能看到一個點；上下左右動一動，也許可以再看到附近二、三十尺——但也就看到這麼多了。也許是薛智理或馮先生那裡出的事？也可能是黃敏聰被盯上？等他回來也許可以多知道一點……但是，兄弟，太多專案都是用『不知道』結案的，而且可能永遠沒人知道怎麼回事。」

「我明白。只是沒想到你對李登輝……」

「我對李登輝就事論事，臺獨是他的信念，我和他不一樣。但我判斷不是他就不是他。」

「但即使戴先生不是也說過：『特種工作人員本身在政治上沒有主張』？」胡聞天語氣帶一點挑戰：「再者，像『特種工作人員是領袖的耳目』這樣的訓示，如果不認為為它過時了，是不是要有更好的解釋？」

丁孟原露出了苦笑：「情幹班沒有白讀，戴先生話你記得挺熟的。」想了一會兒，丁孟原又說：「戴先生的話，我覺得要配合他所在的時代來解釋。那時的領袖，就是國民黨、蔣總統。特工人員除了三民主義的信仰以外，不能有其他的、個人的認同。但是……」

胡聞天打斷了丁孟原，搶著說：「但軍人對國家的認同，還是不能只從感情上講，還是應該講理性吧？而且，戴先生的時代，和現在也不一樣了。」

「講理性，文官可以講。內政部、交通部，不管誰當總統，都是做一樣的事，為國家、政府服務，這很『理性』。但是我們情報局，沒有辦法只講理性。早年我們在滇緬邊區，緬共、中共兩頭打我們，我們憑什麼支持下來？又或者現在，派你或其他同志進入大陸，這會送命的事，你們為什麼去？這一點都不理性，要人送死，靠的是理想、熱忱和感情，『團體即家庭，同志如手足』，沒有感情，情報局的工作是維繫不了的。

「你用的戴先生的話，我覺得也可以是你的解釋，因為時代變了。但是如果你換一種解釋，說成原本對國民黨政府的效忠都要放棄，老百姓選誰出來就效忠誰，那這個凝聚情報局同志工作的精神核心就要重新建立——我也覺得道理上是該重新建立了，但我自己無法接受，那我就退伍吧。

「這一場總統選舉，陳水扁的主張，不是我認同的主張，我不會向主張臺獨的總統敬禮，但我用我的方法表達，就是自己離開。」

胡聞天一時接不上話，丁孟原一看錶，拉了胡聞天一把：「回去吧，今天要準時下班。」

「怎麼呢？」

「女兒結婚請客。」丁孟原笑開了，伸手從上衣口袋掏出一張表面泛黃，邊角有些缺損的黑白照片，影中人是一個剛出生不久的小女孩，抱在媽媽手上。「就是這個。」丁孟原指指相片。

「這是她剛出生時？」

「對，今天晚上我要把這張照片送給她。我當年在緬甸，我用油紙把照片包著，放在背包外層，想看的時候拿出來，解開油紙看一看，不管打仗還是駐防，背包在，照片就在。晚上我要跟她講：『當年在叢林裡，緬共拿著槍追殺我的時候，我都沒有把妳丟掉。將來，妳自己也別把照片弄丟了。』

「我今天晚上就只送女兒這個禮物，把情報局的記憶送給她，我的時代也就過了。」

胡聞天和丁孟原一起工作二十年，少有私交，想不到這天下午兩人竟然有這一段談話。他心念一動，熱血衝上腦門，兩腿立定一靠，抬起右手，作勢就要敬禮。

「唉！」丁孟原搖搖頭，「我們又不是陸軍，不這麼敬禮。」他伸出右手，「來。」

胡聞天上前握住丁孟原的手，「明白了，副座……丁先生保重。」

「我不是『先生』。先生們都死了，只剩下我們苟活著。」

10

韓瑞金刻意選了個大清早來到福國公墓，放眼四界，只有他一個人，清明節剛過，大部分的墳頭雜草盡去，一個一個黃土堆，他念起了小時候不知從哪裡聽來的詩：「城外土饅頭，餡草在城裡。一人吃一個，別嫌沒滋味……。」

對著抄寫位置的紙條，韓瑞金找到了這座墳。原本該在八寶山的，如今只能在滿山遍野的人群裡，擠出一小塊，在一方石碑上留下自己的姓名。

站在馮潼的墓前，韓瑞金不可能不想起半年前那一幕。

滿面紅光的江澤民，語氣熱絡地招呼韓瑞金落座。相比韓瑞金直挺工整的坐姿，江澤民倒是整個人靠在椅背上，左腿抬跨在右膝上，露出了黑襪上方的一截白晰的小腿，流露出一種得意自在的況味。

這位在八九年六四事件裡被臨時指名，愴惶上陣的總書記，如今一點一滴拿下統領軍隊的權力。如今他為了直搗既得利益集團的核心——軍工裝備研發採購，他需要在這個體系裡抽梁換柱，這也就是韓瑞金此時坐在這裡的原因。

「我計畫成立一個新的部門負責所有裝備採購，讓你指揮，你覺得如何？」

中央打算成立新部門的風聲早傳了好長一段時間，韓瑞金也曾經聽聞。但他自認自己早已不在主流，抱著待退養老心態的人，連參與閒談的興致都不會有。沒想到不僅親耳從總書記口裡證實了傳聞不假，新機構首長的職務就在他眼前，唾手可得。

江澤民見他有點猶豫，再加把勁鼓勵他：「找你，是想找一個懂行的，又和現在這批人沒有瓜葛，清清白白的人。你是這樣的吧？」

「謝謝總書記提拔，一定不讓您失望。」這時再推諉，就顯得虛偽了。韓瑞金坐挺了身子，朗聲答應。

「那好，你回去以後，先組一個班子調研，包括執掌哪些工作、規模有多大，要用多少人。儘快給我一個報告。」江澤民想了想，再說道：「按這個部門的級別，你的軍銜肯是要再提一級的，但這個要看時機，現在還說不準，好嗎？」

總書記雖然留了後話，但也等於親口許諾了讓韓瑞金從中將升上將。他聞言不再多話，只是用力一點頭：「是。」

「那就這樣了。你先回去吧。談的事情，留心保密。」江澤民邊說邊起身。韓瑞金也跟著站起來。忽地腦袋裡閃過馮潼的身影，想起了他們的談話和自己在他邀約「做生意」時不置可否的態度。韓瑞金突然從升將軍的熱頭上一下掉進了冰窖裡。總書記正準備離去，只剩下走幾步路時間可以自保。他不再考慮了，對著江澤民的背影一聲：「報告總書記。」

「還有什麼事嗎？」江澤民疑惑地轉過身來。

「有的……有件事……我想先和您交個底。」

「兄弟，老哥哥來看看你。我也要從軍中退了，將來見了你，會是咋個感覺？」韓瑞金雙手合掌，心裡默念著。

韓瑞金不久前才向江澤民交代了馮潼曾經試圖吸收他為臺灣工作，指天誓地強調自己沒有答應。換得了總書記的信任，接掌新職，升上將指日可待。但沒想到新辦公室沒有坐進幾天，前天忽然接到隨員通報，總政有位副處長來訪。

「總政？是誰啊？找我做什麼？」韓瑞金問。

「通知書上是姓伍，伍維平。說是有事和您談談。」

司機還遠遠地在停車場等著韓瑞金，車上堆著他匆匆忙忙從辦公室清理出來的物品，上任不過幾天，東西不多，一輛車倒也夠放。韓瑞金低頭看看錶，紀檢委指定說明案情的時間快到了，他得趕緊回到市區，墓地高低不平，一步幾乎踩空，險些跌倒的韓瑞金額角冒汗，心中惴惴，不知道究竟是因為差點跌倒，還是伍維平的一個問題：「我們有很確定的情報，您沒有拒絕馮潼，您就是『玄武三號』。」

第七部　餘人和餘生

第十八章

01

一塊大紅布條在臺北世貿一館外牆上垂掛下來，上頭印著「臺北國際烈酒博覽會」，舞獅踩著鞭炮，由大頭和尚引到西裝筆挺的協會會長面前送上好采頭，會長把一個大紅包塞進獅子的嘴裡，順手把另一個紅包交給身邊一位中年貴婦，「妳也賞一個吧。」

身著一襲明黃旗袍的中年貴婦微笑著點了點頭，往前走兩步，紅包向獅頭上輕輕一點，舞者打開獅口收下紅包，會場響起一片掌聲，會長笑眯了眼。

黃旗袍的貴婦是這場開幕典禮的焦點，今年的「烈酒博覽會」第一次有了中國大陸廠商參展，為此還特別規畫了「大陸白酒區」。從鎂光燈投射的方向可以看出來，來採訪這場開幕典禮的，大半不是酒品線，而是兩岸、政治線記者。從一九九五、九六年的飛彈演習，到九九年的兩國論，再到二〇〇〇年陳水扁當選。如今陳水扁上任三年，北京在「烈酒博覽會」上放行了大陸廠商參展，是不是代表中國對民進黨政府「聽其言、觀其行」即將結束，兩岸交流熱潮即將重啟？

然則各路觀察家盯得雖然緊，但沒有人發現這位明黃旗袍的貴婦，就是由艷星搖身變作高科技設備貿易商，如今又拿下三家中國白酒代理權的Diana，她乘著這股交流熱潮第一次走進臺灣。跟著她的，依然是一襲黑色套裝，冷艷、低調的黎玥兒。

黎玥兒提著Diana的手袋遠遠站在一旁，低頭沉思，不管是舞獅的鑼鼓喧天，或者此起彼落的鞭炮爆炸，她似乎完全沒聽到，心裡想的只是昨天見到潘中統的情景。

「妳怎麼知道要來找我？」在新公園的椅子上，潘中統兩腳交跨著，半側著身子對著身邊的黎玥兒。潘中統的背後，二二八紀念碑的尖塔直插天際，黎玥兒赴約前特地來繞了一圈，仔仔細細讀了一遍碑文。

「鄺家祥告訴我，您是最照顧他的前輩。」黎玥兒低聲說：「當時他在猶豫該不該和我……談感情的時候，我知道也問了您的意見。」

「他媽的，他好意思這麼說。我照顧他是真的，但我被他害慘了更是真的。」潘中統突然拔高了聲音。「我是跟他說要交女朋友沒關係，可以的；可是從來沒跟他說變節、中美人計、出賣同志也都可以。」

聽到「中美人計」，黎玥兒低下了頭，「他這個事，您信也好，不信也好……我並不全知道。」

「但妳這個事，我一點也不想知道。」潘中統說：「反正我是全完了。我最後東山再起的機會，因為鄺家祥這小子管不住褲檔，全完了……是我他媽的自己作死。」

說著說著，潘中統突然停住，一挑眉毛：「所以，妳究竟來找我幹什麼？」

「我想問，鄺家祥判多長的刑，還是……該不會槍斃了？沒槍斃的話，關在哪裡？」

「好啊，千里迢迢來一趟，違反規定私下接觸臺灣特務，原來是找我問這個。問這幹麼？妳不是立了大功了？」

「我求求您，可不可以不要這麼說話。」黎玥兒語帶哽咽，「我千辛萬苦來到這裡，聯絡上您，就為問您這一句話。」

「無期徒刑，人在臺北新店軍事監獄，從外頭看就四個大字『明德山莊』。」沒料到潘中統這麼直截了當，黎玥兒連忙拿出紙筆。「那個地方很偏遠，妳要包車去。如果是家屬，探監比較方便，所以妳自己設計身分、準備證件吧，反正他是香港人，香港有親戚也很正常。」

「謝……」黎玥兒一句話沒說完，潘中統又打斷了她。

「但我之前說了，我不能白告訴妳，我要的東西呢？」潘中統伸出了手。

「我帶來了，但不在身上。」黎玥兒的語氣恢復冷靜，「您要的東西：嚴先生和蕭女士的判決結果，這不難打聽，但……中央對馮將軍這起間諜案件的通報文件，邊緣不可以切掉，要完整、有文號，這太敏感了，我一定要確認您的用途。」

「我知道妳在怕什麼。我就問妳要這一次，這一樣東西，只要妳給完整了，我就不再吵妳。」潘中統停了停，再補一句：「妳給東西我也不上繳，反正我也該退休了，不需要這一點績效。」

「那您要這些東西究竟要做什麼？」

「我要把它們帶進棺材，拿它們陪葬，讓自己到下輩子都記著，我對不起馮將軍。」

這個答案大出黎玥兒意料之外，她還來不及反應，潘中統搶著開口：「給不給？」

「給。我相信您。我明天去探監，後天給您。您到我酒店來取，方便嗎？」

「沒問題，就說定了。」

「烈酒博覽會」開幕典禮結束後，黎玥兒向Diana要求了一天假，「第一次到臺灣，機會難得，我想四處走走看看。」Diana沒有不答應的理由。

依照潘中統指點的方法，黎玥兒就自己所知道的，畫了一張鄺家祥的家譜，她發現自己媽媽和鄺家祥的媽媽同姓，於是決定把她們說成為姊妹。那自己就是鄺家祥的表妹，之前在內地做生意，去年回香港之後才知道表弟在臺灣犯法坐牢，這次是代表家族來探監。她一次一次背誦鄺家爸爸、媽媽、姊姊的名字……。

新店軍監果然不是容易到達的地方。她先研究了捷運路線，從碧潭站出來就得叫車了。計程車司機看起來倒是司空見慣。聽了目的地，隨口問了句：「來探監嗎？」黎玥兒應付了兩句，無心多聊。

車到監獄，一股焦躁不安油然而生。她怯怯地走到接待處，身著軍裝的憲兵迎了上來，令她有點緊張，但這位年輕士兵倒是客氣，問清楚黎玥兒要探監，遞上一張表格。黎玥兒填完，憲兵低頭一看，露出了奇特的表情——混雜著驚嚇和不可思議。

「妳是他什麼人？」

黎玥兒背出了一連串她早就記好的「家族關係」。值班的憲兵聽著似乎有點意外。

「不能看他嗎？」黎玥兒問。

「呃……這個人不在這裡了。」

「不在這裡……？」黎玥兒一時不知道這是什麼意思：「轉去其他地方了嗎？」

「嗯……也不是，就是不在這裡了。」憲兵邊說著邊站起身，但又覺得放黎玥兒一個人很不禮貌，於是又回頭補了一句：「妳要是他親戚的話，可以問問他臺灣家人。」

02

「你說有事要向我面報，就是為了談這個？」孫衍樑的語氣，聽得出他感覺非常不可思議。

「對！主要是這個事。」潘中統出院好一段時間，再三要求面見局長。孫衍樑再三推拖不成，只能見了他。潘中統沒有什麼改變。襯衫下擺依然耷拉在長褲外頭，半側身看著局長，一條腿時不時抖兩下。「對局裡來講，這是一等一的大事。」

「馮潼、薛智理兩位先生，進不進忠烈堂，不是我說了算。」

「就是你說了算，不然我說了算？」

孫衍樑感覺自己似乎招惹上一個老無賴。「就算我可以決定供奉。那第一，是不是也得等到他們兩位殉職的消息明確一點……」

「我可以告訴你，確定殉職了。」潘中統毫不客氣插了話，孫衍樑白了他一眼。

「另外也還有保密的問題……」

「保什麼密？媒體都登出來了，案情清清楚楚，和我們知道的一模一樣，就是給李登輝的大嘴巴給害死了。」

「你怎麼知道共產黨是因為李前總統說的話，才破了案。」

「常理啊！長官，常理！」潘中統提高了聲音：「做我們這一行，你擺什麼架勢，我回什麼招，大家都心知肚明。我做這麼久，一看就知道。不用什麼證據。」

潘中統的態度讓孫衍樑為之氣結，但他也不想和潘中統多做這種無謂的爭執。新政府的政策已定：玄武專案，連同它的失敗，全都列進「過去式」。這時候，任何的動作，特別是將殉職的馮潼、薛智理供奉進忠烈堂。對岸會不會再有動作反制？新政府高層會怎麼看待情報局私自再有動作？湖面好不容易平靜下來，孫衍樑不想再往裡頭丟石頭。

孫衍樑先前命令了督察室「盯一盯」潘中統。「盯」的結果是他私下去見了蕭婷玉和嚴聖邦的家人，是單單致意還是去送了錢？孫衍樑想，以潘中統這種自走砲性格，做什麼都不會讓人太意外。

蕭婷玉和嚴聖邦是潘中統到了澳洲後重新部署在馮潼身邊的路線。曾經有研析單位在報告上註記了這兩條路線的情報來源相近，懷疑是同一來源。但孫衍樑讓自己處在「知情與不知情之間」，是這樣「過度使用」了馮潼，造成後來失事嗎？孫衍樑不想面對這個問題，何況它根本無解——至少孫衍樑這樣安慰自己。

但潘中統找上門，就是為了逼孫衍樑必須面對馮潼之死：「我可以說，馮先生是從政府遷臺以來，情報局策反的最高階的解放軍軍官，他殉職了，我們理應隆重紀念。也要提醒大家，是一個『臺獨總統』大嘴巴害死了烈士。」

「我不認同你後面這一句。」孫衍樑努力壓抑著怒氣，「但我答應你，去向上頭提一提，把兩位先生供奉進忠烈堂——我也覺得這是遲早應該要做的，但就是有個『時機』因素的考量，希望你能了解。」

「我不了解。你願意做總比不願意好。但我會用我自己的方法，把這段歷史真相公諸世。」

「你可不要上媒體、接受訪問，出了事我真的保不了你。」孫衍樑警告他。

「記者程度都太差，道聽途說，狗嘴裡吐不出象牙，我要我就會自己寫了。」

「這些事都是機密，你寫了依法都得要處理的。」孫衍樑換了個語氣：「你退休在即，何苦給自己惹麻煩？」

「你也知道我退休在即……我錯信了鄺家祥那個傻小子，玄武案失敗，也賠上了我的蕭婷玉和嚴聖邦……」

「你從來沒有報過這兩個工作人員，無案可查。現在失事了，要我們怎麼辦補償？」孫衍樑的語氣，既是責備，也是探詢。

「這看你了。我雖然沒有報過他們的名字，但工作績效是實實在在拿回到你手上的。現在補報，家屬多少就有點補償，探視、打官司也都有錢。給不給補報，就看你一句話。」

「老潘，我跟你說，補償、救助的法治化，現在上頭要求得很緊，用錢不比以往方便了。」孫衍樑補了一句：「這一次可以，但下不為例。也希望你保守工作機密，不要傷害局裡。」

「該守的祕密我會守，但歷史事實是大是大非，我不會拿這個和你談條件的。」

落下話的潘中統，不等孫衍樑回答，站起來逕自走出了局長室。

03

「妳怎麼知道我會在這裡？」李光權站在書房落地窗前，示意黎玥兒坐下。

「鄺家祥前一封寫給我的信，信裡要我來找『伯父』，還夾帶了這裡的地址。他跟我說，所有事情『伯父』都知道。我猜『伯父』就是你，看起來我沒猜錯。」

「我請他們給妳拿杯茶？」

黎玥兒用力搖了搖頭，直視李光權：「鄺家祥到哪裡去了？」

「妳去探監？」

「對。但看守所說沒有這個人。是被你們帶到哪裡去了嗎？」

李光權沉默了半晌，緩緩開口：「他們說『沒有這個人』也沒錯……因為這個人，沒有了。」

黎玥兒瞬間動彈不得，微張著嘴，怔怔盯著李光權，說不出話來。

「一審判無期徒刑之後，他就找了個塑膠袋，趁守衛不注意，把自己悶死了。」

「你們……」她勉強吐出兩個字，臉上不知是憤怒還是哀傷，或者都有。

「我沒能保住他，讓他被逮捕、被審判。所以沒有『我們』，只有我一個人。」

「既然你什麼都知道，為什麼還是讓他……讓鄺家祥被關進去？」

黎玥兒質問才完，李光權連忙轉身向窗外，不想讓眼前這個年輕女孩看到他扭曲的表情——哪怕只有一瞬間。「不在其位，不謀其政。我無能為力，保不住他。」

「他後來執行的是你交給他的任務，不是嗎？」

「是，但是妳要知道，他那是『死裡求活』。他變節已經被發現了，原本就該逮捕、判刑。我是給了他任務，同時也是給他機會。」李光權停一停，讓自己冷靜下來，接著繼續說：「如果我還在位置上，鄺家祥頂多就『家法』處理。但是，這裡是臺灣，領導人一句話我就得下來，一下來什麼都不是，我想見接任的局長，人家都不一定見我。不管願不願意，妳都要了解，在我們這裡就是這樣……」

「況且，有件事我百思不得其解……」李光權停了好長一段時間，黎玥兒似乎猜到他要問什麼，低著頭，眼淚搶先滴了下來。

「我想不透，我讓鄺家祥到深圳待命接黃敏聰，他把原本的手機留在香港，帶的是剛買的全新電話和號碼，身上沒有任何可以追蹤的信號，為什麼還是被董萬年的手下找到？」

「您不用猜了，他是向我們公司借的車子，粵港車牌方便帶著人穿過邊界。」

「所以，是妳舉報了鄺家祥。」

「他一直是被董萬年盯著的……那天董萬年找不到人，就問到我這裡來……在深圳，他們認真起來的話，要找一部粵港車牌的車子也不是難事。」黎玥兒低著頭，用著幾乎聽不見的聲音說。

「所以妳不想保護他？」李光權突然抬起頭，直視黎玥兒。

「我這才是在保護他。他很善良，但內心很脆弱。被你們放在兩股勢力中間，他能不能承受？你天天坐辦公室發號施令，董萬年這種人，你真見識過嗎？我們可是天天都要和這個人、這群人周旋，在裡頭求活路。鄺家祥與其被你們撕成兩半，不如就靠了一邊。我唯一能替鄺家祥做的，就是讓他在更走投無路之前，先被他們找到。」

「所以『黃敏聰是在市區就被捕』這樣的情資，也是鄺家祥配合董萬年說來誤導我們的？」

「細節我不知道那麼多，但我想是。」

「這不是細節，而是坐實他背叛國家、組織的一條證據。」

「這……他太冤了。他有話說不清啊。」

「幹我們這一行，命該如此，誰有話能說清了？」

04

原來這裡就是酈家祥總是說著的「芝山」，她終於有機會來看一眼它的樣子。

「搭公車的話，到『芝山公園』站，一下來就是雨聲街，再找到一條巷子底……。」記得有一次酈家祥半開玩笑說自己想逃回臺灣。「你躲回情報局，我到臺灣上哪找你？」黎玥兒笑著問，酈家祥還就認真地向她介紹起路線來。

順著記憶裡酈家祥描述的路線，黎玥兒來到芝山岩山腳下，路邊有家咖啡店，一隻小貓把爪子搭在玻璃窗上，她停下來隔著玻璃逗弄它好一會。走進窄巷，不遠處就看到了巷弄底的大門和「親愛精誠」那座照壁。她對著大門呆站了一會，直到疑惑的憲兵往外走了幾步，吹哨子、揮著手，警告她趕快離開。

黎玥兒轉頭走開，雨聲街上，情報局的高牆沿街而立。她想像著，牆裡頭是什麼樣子？她彷彿看見一個說起普通話還結結巴巴的小青年，怯生生地跟著隊伍繞過「親愛精誠」進入情報局大門。這個在她眼中即使年過三十，依然蒼白而豫猶不決的男人，當年為什麼選了這麼一個陰黯的職業和人生？

回想過去，她對酈家祥原本只是發自孤獨，不以為意的男歡女愛，卻因一場意外的月事生出了真心的感情。董萬年對酈家祥的壓迫讓黎玥兒憤怒，這不只是情報戰場的鬥爭，而是雄性動物對競爭者的獵殺。在酈家祥奉命等待接應黃敏聰的晚上，黎玥兒向董萬年洩露酈家祥的行蹤，同時交換的條件是董萬年讓酈家祥投奔大陸，從此和臺灣情報局斷絕關係。

但董萬年沒有遵守約定，鄺家祥依舊過著雙面間諜的人生，直到被臺灣情報局逮捕下獄。後來黎玥兒接受了董萬年的追求，才一點一滴弄清楚了，當年董萬年為什麼不守約定讓鄺家祥留在大陸，反而讓他繼續回臺灣工作？

答案是她自己。董萬年告訴黎玥兒，鄺家祥涉入的是馮潼間諜案，「這麼高級別的臺諜特務，妳想想多敏感？」當時出借車子的黎玥兒，立時成了上級董萬年嚴加調查的對象。為了保住黎玥兒，鄺家祥答應董萬年，繼續在臺灣情報局「爬高鑽深」，為自己也為心愛的人「爭取立功表現」。讓自己繼續成為同時被董萬年和李光權操作的懸絲木偶，也注定了人生最後的結局。

黎玥兒完全明白了潘中統的心情。她把手探進提包，捏住一個小塑膠袋。她下定了決心，轉頭攔了一部計程車，交代司機直接回酒店。

05

潘中統還沒走到黎玥兒的房間，就被低調但態度堅定的警察擋在三公尺外。看到門口拉起印著「刑案現場」的黃、紅色塑膠帶，穿著鑑識背心的警察快步而安靜地進進出出，潘中統已經猜到發生了什麼事。

下了電梯回到飯店大廳，潘中統藉口自己手機壞了，向櫃檯借了個電話：

「古記者嗎……是我啊，潘先生……宇同兄你現在有空的話，到信義區這個飯店來……有大新聞等著你……現場先不要錯過，不要讓人家收拾乾淨了，你就什麼證據都沒了……什麼事你不急著問……我再慢慢說現在這些狗官的故事給你聽……。」

第十九章

01

二零零八年政黨輪替後，兩岸關係回暖，近日更宣布十一月七日將在新加坡舉行兩岸領導人高峰會，又稱「馬習會」。凡此種種，稱兩岸關係處在「一九四九年以來最佳」都不為過。據悉，為彰顯兩岸和解，使馬習會氣氛更加融洽。透過兩岸國安高層談判，已經確定達成史上首宗「換諜」協議。然遺憾者，經多方運作爭取，大陸釋放回臺灣的俘虜，吾弟並不在其中，而是另有其人。深盼吾弟切莫灰心喪志，靜候佳音。

黃敏聰放下信，腦海浮現魏龍城的身影，這位十六年前在看守所結識，引領他進入情報局的前輩，隔一段時間就會託黃敏聰的妻子在探監時，轉交一封問候信。二〇〇八年馬英九上任之後，魏龍城等一批退休情報局官員相信，兩岸關係一旦好轉，談判釋放黃敏聰等在獄中囚禁的「臺灣間諜」就成為可能。

在北京市第二監獄，黃敏聰能看得到央視、新聞頻道或者兩岸關係的「央視四套」頻道，魏龍城筆下兩岸大局的變動，黃敏聰大致也能感受得到。長久以來，他像一個站在一方乾裂的田畦上，仰望著山坡乾枯的河道的農夫，馬英九執政後，眼見清澈的山泉滾滾而下，但什麼時候分潤到自己這塊田裡來，黃敏聰不知道。

魏龍城的信，讓黃敏聰知道他自己被一次巨大的契機遺落在外，山泉剛好只澆灌到前一塊田。「為什麼是你們先我後？」黃敏聰愈發煩躁，憤憤不平。

02

情報局的大會客室燈光明亮，長桌這一側局長端坐中間，政戰主任和一位不明職務的參謀分別坐在左右兩側。魏龍城坐在局長正對面，退伍多年，外貌富富泰泰得像個殷實商人；倒是他身邊的丁孟原，身材依然精瘦，眼神銳利不減當年，只有花白的頭髮標記了這位前副局長已經退伍多年。

魏龍城原本讓了讓丁孟原坐中間，但他笑笑婉拒：「消息是你帶來的，你坐中間。」丁孟原一閃身讓到魏龍城身側，順手一帶胡聞天，兩人同樣一左一右把魏龍城拱到中間，和對面坐成了一個三對三的格局。

「三位前輩，來訪有何賜教？」

聽局長一開口的官腔官調，魏龍城皺起了眉頭：「向局長報告，想必我們來之前主任已經向您報告，黃敏聰就要出獄了。」

「謝謝老前輩指點，不過我們這裡，還有沒有消息呢……這位黃敏聰，我知道是當年的幹部，負責……」局長轉頭望向政戰主任，主任會過意，接了話：「這位黃先生當年負責某項專案的交通，是聘用幹部，這我們查過了。」

「你不用用『某項專案』，這裡我們三個，全都是案內人員，玄武案局長應該聽過的。」魏龍城語氣開始顯得不耐煩。

「不瞞前輩，聽過是聽過，但那是封存多年，永久保密的案子，我們是不會打開來看的。是什麼情況，還要請老前輩賜教。」

聽到局長一個軟釘子碰回來，丁孟原開口了：「玄武案起於我，我也全程參與，現在要在這裡『賜教』，說到明天也說不完。局長您也不用全知道，聽過就行，聽過就知道案子的重要。我們這次來，是希望局裡在黃敏聰回來之前，先做好準備，能滿足他當年的要求。」

「他要求回任軍職是吧。這事很不好辦啊。」情報局長決定不再裝糊塗。在這場會議開始前，他已經和局內幾位幹部商定，黃敏聰回任軍職這件事，「無法可依，無例可循」。況且現在兩岸關係還算穩定，這時簽請總統高調表揚一名獲釋的情報員，「上頭會怎麼想我們？會不會覺得我們在找麻煩？」政戰主任的話，言猶在耳。

「為什麼不好辦？」魏龍城追問。

「無法可依，無例可循。」局長拋出了撒手鐧。

「怎麼會沒有前例？當年抗戰勝利後，汪精衛政府的周佛海因為實際上替戴笠先生工作，戴先生一直保護他不受審判，直到戴先生自己殉職才……」

「這是大陸時期的事了。」局長有些不耐煩了。

「局長，別人都可以嫌棄這是『大陸時期的事情』，只有你不行，你傳承的是戴先生同一個位置。」魏龍城的語氣異常嚴肅。

「好吧，不談大陸時期。」看到局長安靜下來，魏龍城又說：「到臺灣，民國三十九年，保密局在臺灣抓到大匪諜吳石，消滅整個『臺灣省工作委員會』，負責人蔡孝乾非但沒判刑，還任官，最後升了少將。」

「關鍵在局長們願不願意為黃敏聰上大簽給總統吧？」丁孟原冷冷地補了一句。

「要上大簽，我隨時都可以。」局長也激動起來。「但上的簽要合法，符合人事法規的簽呈，總統也才能批示。黃先生的案子，我們人事處研究過，他犯法坐過牢，當年是撤職查辦，現行法令是沒有空間的，上了簽總統也不能批啊。」

「憲法規定總統是三軍統帥，這才是最高的法律吧。」魏龍城冷冷地頂了回去。「以黃敏聰為國家立下的功勞，難道不值得總統一個赦免嗎？大赦、特赦，罪刑兩免，沒了罪，還不能回任軍官嗎？況且，情報是天天接敵的戰線，黃敏聰立下的是戰功。不要說回任，升官都應該。」

「那為什麼當年你們不給他上簽？」一直沒出聲的政戰主任突然反問。

「那是……我們沒來得及。」胡聞天也忍不住了，「什麼『你們』、『我們』的？不是同一個情報局嗎？」

「情報局是同一個，但當年專案失敗，敵後布建被老共一鍋端掉，玄武二號被捕，連才布建、根本還沒開始工作的『三號』……那個姓韓的，也被老共發覺……」

「你聽誰說『三號』也被發覺的？結案報告是這樣寫的嗎？」胡聞天聲音也高了起來。

「潘中統。不是嗎？這幾年他接受的訪問，寫的文章還不夠多嗎？」

「你就確定他寫的對？你說韓瑞金？那傢伙膽子小得很，一聽要吸收他，第一時間就拒絕了。後來『三號』改了名，不用『玄武』這個名字，後來全案移給了……」胡聞天突然停住，意識到自己說多了。

「那『三號』是……」政戰主任話還沒說完，胡聞天拉下臉，一根手指幾乎指到政戰主任鼻尖：「你不要問我。我忘了。」

「大家停一停。」眼見不該出現的話題都出現了，氣氛愈來愈僵。局長眼神示意政戰主任別再出聲，跟著說道：「三位都是前輩，我有話就直說了。現在情報局的工作，沒有前輩以往這麼多方便了。例如用錢，沒有預算，還有自己的小金庫——你們一定懂的。但現在，小金庫繳公了。」

局長停了一下，刻意放慢了語速：「例如黃先生未來的補償，全都是依照《國家情報工作法情報人員》的規定……黃先生屬於『情報協助人員』，就依照《情報協助人員補償及救助辦法》的規定來辦。」

丁孟原剛要講話，局長再搶下話頭：「我說的，就是臺灣現在的情況。政黨都輪替兩次了，一切講制度，依法行政。三位前輩可以相信我，黃先生的金錢補償，法律許可範圍內，我一定從寬從優。但法律沒有規定的事，請原諒局裡，不能做就是不能做。」

無可商量的語氣。

03

其實魏龍城沒有什麼內線消息，只是算著日子，黃敏聰即刑滿，依常理就該出獄。但獄裡的黃敏聰卻愈發焦躁。

「您說您不知道關多久？但刑期不已經是確定了，等期滿前半年，減刑通知書一下來，知道您減多少天，出獄的日期不就定了？」有天，一位獄友不解地問他。

「刑滿是刑滿，你刑滿出獄了一定能回家；但我刑滿了，共產黨一定讓我回家嗎？有沒有可能他們在甘肅、青海給我來個『指定居住』，不准離開那個市、那個鄉，名義上我是獲釋了，但根本回不了臺灣？」

見到獄友默不做聲，黃敏聰補了一句：「一想到這件事更煩了，愈接近刑滿時間我愈煩。」

直到二〇一八年九月，一紙「減刑通知書」到了黃敏聰的手上，刑期扣除減刑日數，出獄時間是明年一月二十三日，恰好是黃敏聰這一代人熟悉的「一二三自由日」。

焦慮中的日子特別難熬，但太太的家書不久之後也到了他的手，信中提及中國官方已經通知黃家人為黃敏聰買好機票，當天到北京機場接人，出獄後直接遣返臺灣。看到這裡，黃敏聰一顆心才稍稍放下，只是不到離開中國國境那一刻，這些都不能算數。

太太、哥哥、姊姊……在首都機場航站樓外頭，黃敏聰和他們每一個忘情擁抱。黃敏聰紅著眼框到華航櫃檯劃位時，兩、三名記者上前詢問：「你是不是黃敏聰？」黃還來不及回答，同行的北京二監人員就喝開了他們。黃敏聰想，看來自己出獄的消息已經傳開，放話的或許是魏龍城，應該是藉著曝光消息壓迫中共不要抓回自己吧。

黃敏聰想著想著，已經走到登機門口，他轉頭望向進機場以來一路暗暗跟著他的兩個男人，二監送行的人低聲告訴黃敏聰，那是北京市國安局的人，來確定他上了飛機。黃敏聰暗想，這兩個傢伙的任務真多餘。

再一次踏進機艙，坐進座位，機門一關，同樣的引擎聲響起，這一次飛機直接滑向跑道——晚了二十年的起飛。黃敏聰回想在機場大廳裡因為魏龍城放話而來的記者，稍稍安心了些，他知道魏龍城沒有忘記他的出獄時間。黃敏聰決定一回去就聯絡魏龍城，還有胡聞天，讓他們出出主意，怎麼樣爭取回國軍任官。他想：自己這次回去，肯定就能升少校了吧。

註1：蔡孝乾，一九〇六年生於臺灣彰化，在上海求學時受共產主義影響，之後加入紅軍，經歷「兩萬五千里長征」。一九四五年二次大戰結束，受中共指派回臺灣成立「臺灣省工作委員會」，但一九五〇年被國民黨政府保密局逮捕，「懺悔」之後擔任國防部情報局「匪情室」副主任，官至少將。

註2：「密渡」其實就是偷渡，但情報圈子嫌「偷」字不夠莊重，通常稱「密渡」。

註3：這是中國北方口語，意思是難管理、問題多，一不小心就會惹來麻煩的傢伙。

註4：「訪聯室」活躍於一九八〇年代以前。當年許多像沈于雁這種外省軍人家庭，開始透過各種海外關係往老家幫忙轉信，俗稱「大信封裡裝著小信封」，「大信封」寄到海外代轉處，「小信封」寄回老家。正常情況下，轉信的人只拆掉大信封，但與訪聯處合作的轉信點，會把「小信封」一併拆開，詳細記錄寫信人的姓名、年籍以及老家的親友關係。老家家人回信時，同樣做成紀錄。單單是這樣的往來資訊登錄，就能夠得知不少中國大陸的真實國情狀況，更何況如果發現了值得進一步「下工夫」的對象，例如老家親友是政府官員或共產黨幹部，訪聯室會嘗試上門拜訪寫信人，請他在和老家親友寫信時，夾帶一點情報單位的「需求」。那個年代的外省老兵多半忠黨愛國，不太過分的要求，一般不會拒絕。

註5：一九八一年，中國全國人大常務委員會委員長葉劍英提出了《有關和平統一臺灣的九條方針政策》這個後來稱做「葉九條」的政策文件，搶在臺灣開放探親之前，先對著臺灣人大開門戶。

註6：這裡的「邵氏」指一九三四年成立的香港警隊政治部，一九九五年主權移交前夕解散。政治部為英國政府設在香港的情報單位，由軍情五處統轄，英文名稱為「Special Branch」，縮寫成S.B.，和知名的邵氏影業（Shaw Brothers）相同，因此被戲稱為「邵氏」。

註7：解放軍軍工用語裡，把飛彈的「彈頭」稱做「戰鬥部」。

註8：戴笠，一八九七年出生，二十九歲考進黃埔軍校，一九三八年成立「軍事委員會調查統計局」，幾經演變成為今日的國防部軍事情報局。身為情報首長，戴笠擁有、使用各種化名，「戴笠」是外界最熟悉的名字，這個名字來自漢代古詩〈越謠歌〉：「君乘車，我戴笠，他日相逢下車揖。」歌謠的情境，寄託了戴笠低調、不強出頭的性格。這樣的性格讓他深受蔣中正的信賴，委以特工重任。中日戰爭在情報戰線上的戰功，是戴笠事業的高峰，他生平的種種傳奇色彩都來自於此。然而在中日戰爭結束隔年，戴笠在一趟飛南京的行程中，座機撞山失事身亡。一般認為，戴笠身亡是蔣中正在國共內戰失敗的重要原因之一。

謝辭

那是個盛夏酷暑的下午，鏡傳媒還在東興路的二〇一九年，初次見面的林毓瑜走進咖啡店，和郭湘薇一起。我送上她們要借用的回憶錄，書封露出李登輝霸氣的臉，讓人想起鏡文學總編輯董成瑜的意志：她要定了這個故事，不甘心青史成灰，哪怕只用小說保存起一份精神氣質都值得。三十個月從訪問到寫作，沒有董成瑜和裴偉社長的厚待，就不會有《叛國者》這本書。

一九四五年二次世界大戰結束，國民黨統治下的臺灣不只是「經過」冷戰，更是東西對抗的前線——到今天都是。但如今盤點歷史，光是西德就留下多少諜戰故事，更不要說美國，或者鄰近的南韓。臺灣不是沒有冷戰情報故事留下來，但主流市場裡難得一見。它們多半被遺忘在重慶南路老牌書店巨大書架上那個不被整理到的角落，運氣好的話，舊書店裡也能找到一些——用筆名隱身的作者，有時連版權頁都沒有的書冊，講述著如今主流政治論述裡早被論斷為不合時宜的那些真假難辨的故事。

《叛國者》的寫作採訪，是重新翻找這些故事的過程。我衷心感謝在這裡沒有辦法一一列名的長輩們，他們傳授我密寫術或者反跟監要領，他們不隱藏對某些政治人物的厭惡。提到同志或聯指對象失事的錐心之痛，有人幾乎掉下眼淚。這些情節不只提供《叛國者》故事的豐富細節，更提醒我們，這段歷史距離我們並不遙遠——不管從時間、空間或者歷史效應來度量。

感謝林毓瑜、郭湘薇包容我對小說創作工序的生疏。她們陪著作品一章一章累積，一個版本一個版本改寫，有時甚至忘記了記憶裡某個缺點究竟已經在前一個版本改掉了，或是這個版本新發現的。辛苦她們兩位要不斷刷新記憶，給我精準的修改建議。孫中文在發行前的最後校訂，藍偉貞的企劃宣傳，接起了《叛國者》和讀者之間的最後一哩路。

故事一寫到女性角色，我就會對著電腦發呆大半天。鏡文學的陳昱俐是經驗豐富的劇作家，向她討教，經常讓我化險為夷。心思細膩的老同事歐佩佩，提醒了我自己沒能發覺的性別偏見。感謝鏡好聽的搭檔程遠茜，讀一本「半成品」的小說的精神勞動必定遠多過美感體驗。不過縱使得到她們的指點，角色描寫上的所有不足，唯一原因依然是自己功底不足。

我曾在多年前負責採訪國防線新聞，和時任漢翔公司董事長羅正方有幾面之緣，日後直到他創辦經緯航太，我們都不曾聯絡。但故事推到如何透過商業採購獲得敏感技術和元件的議題時，我想到的第一位可供諮詢的專家就是他。我冒昧拜訪，但他熱情接待，一席長談，啟發我想像出故事發展的多種可能。

故事裡臺灣以外的場景包括香港、上海和廣州。上海我憑著出差的記憶加地圖，勉力勾畫出黃敏聰的逃亡路線。香港雖然是其中我生活過最久的地方，但人情風土和臺灣或中國本土截然不同。書中牽涉到香港的歷史背景、地理區位、人物塑造和港人口語的用法，都靠《端傳媒》的老同事，香港作家蘇美智協助校訂。至於協助廣州場景校訂的兩位中國朋友，我希望有朝一日能夠列舉你們的姓名，公開致謝。

謝謝羅正方先生和蘇美智提供的專業意見，但書中情節如果仍有扞格或錯誤，仍然應該由作者自己負全部責任。

如何應對共產黨統治下中國，是臺灣數十年來的難題。我不時想到曾經任職陸委會和海基會的劉德勳及已故的馬紹章兩位先生。儘管他們和《叛國者》的寫作並不直接相關，但劉德勳和他的同代人，是臺灣政府面對中共最先驅的一批行政菁英，他們對民主的堅持，不因兩岸對比下臺灣的小而心虛，不卑不亢的風度，提示了我——不管在紀實報導或小說裡，書寫中國和中國人的基準。多年前，我曾經因為一次魯莽的採訪行動給自己招來了麻煩，劉德勳和馬紹章當時的協調搭救讓我全身而退，還能在《叛國者》裡留下一點真實經歷——當然是改寫變形之後的。

兩年半工作期間，不管採訪和寫作，任何的感想、議論，第一個分享的對象都是太太寧怡——她恐怕也不得不聽。某些工作階段裡需要長時間寫稿，家庭和孩子照顧只能由太太和媽媽承擔。除了理家，寧怡是經驗極為豐富的國際新聞譯者，以及對文字校訂近乎精準無暇的審稿人，我不敢想像如果沒有寧怡的幫助，這本書如何可能以現在的面貌問世。

我的父親，陸軍上校李韡棠不到三十歲來到臺灣，在臺灣渡過之後的七十多年。在臺灣的半數時間裡，他是偌大的國家機器裡一顆勤懇忠實的小齒輪，就量體看，他幾乎不存在；但有些時候，可能正正因為他就只依著日常節奏轉動了一下，歷史就轟隆轟隆開往另一個完全不同的方向，一如書中的密碼員李吉仲。在《叛國者》最後修訂的階段，父親離開了我們。他留下一本漫記生活感想的小筆記本，囑咐在他身後再看。小筆記本頁數不多，但因為戰亂離家而無從陪伴母親、父親的傷痛，幾乎一頁就有一筆。父親的遺言讓人驚覺，我們有幸生在臺灣這塊自由之地，是他們付出了多少代價方才得到。

鏡小說
068

叛國者

作　　者：李志德
責任編輯：孫中文、郭湘薇
責任企劃：藍偉貞
整合行銷：何文君
副總編輯：陳信宏、林毓瑜
總 編 輯：董成瑜
發 行 人：裴　偉

封面設計：蕭旭芳
內頁排版：宸遠彩藝工作室

出　　版：鏡文學股份有限公司
114066 臺北市內湖區堤頂大道一段 365 號 7 樓
電　　話：02-6633-3500
傳　　真：02-6633-3544
讀者服務信箱：MF.Publication@mirrorfiction.com

總 經 銷：大和書報圖書股份有限公司
248020 新北市新莊區五工五路 2 號
電　　話：02-8990-2588
傳　　真：02-2299-7900

印　　刷：漾格科技股份有限公司
出版日期：2023 年 5 月初版 1 刷
2024 年 1 月初版 3 刷
I S B N：978-626-7229-41-5
定　　價：430 元

國家圖書館出版品預行編目 (CIP) 資料

叛國者/李志德著. -- 初版. -- 臺北市：鏡文學股份有限公司, 2023.05
面；14.8×21 公分. -- (鏡小說；68)
ISBN 978-626-7229-41-5(平裝)

863.57　　112005905